NAOS

Ouvrage publié sous la direction de Stéphanie Chabert

Carte : Stéphane Arson

2, rue Nicolas Chervin | 69620 Saint-Laurent d'Oingt

ISBN : 978-2-35408-957-3

Loi n°49 956 du 16 juillet 1949 sur les publications destinées à la jeunesse : mai 2010.

WWW.MNEMOS.COM

Lucie Thomasson

LE MONDE DES PREMIERS

TOME I

PALAIS ROYAUX
HAUTE INSTANCE JURIDIQUE DU CONTINENT
ZONE INDUSTRIELLE FERROVIAIRE
LA RÉSERVE CONTINENTALE DE BÉTAIL
LES GRENIERS CÉRÉALIERS DU CONTINENT
Les Grandes Battues
Osjern
NIRHVALD
CREIN
Stridel
HERJAFOL
Stalam
BLUSTRODE
HAFFERYN
Les Champs de Roses
L'Académie
MILANTAL
ERISTÈNE
Antharpe
TRISTÈNE
Lac d'Istale
LITRÉANS
ENATHON
Lac Orman
N
O
S
ANCHORIS
Les Haras Royaux
HAMILCAR
Nakhti

À ceux qui ont mordu la poussière
et se sont relevés la bouche pleine de terre.

À ceux qui, comme moi, y croient encore
et y croiront toujours.

À ceux qui gardent les pieds ancrés au sol
et l'esprit dilué dans les étoiles.

Encyclopédie complète des affiliations magiques

Les premiers

La magie des Premiers affecte tous réceptacles physiques et humains, quels qu'ils soient. Leur pouvoir est grand ; les Premiers dirigent les Prévoyers, les six grands domaines du Continent.

Les Créateurs : Maison Eristène

Les Créateurs, plus petite famille du Continent, perçoivent l'essence de toute vie. Incapables de l'abîmer ou de la consumer, ils peuvent néanmoins la manipuler afin de soigner ce qui les entoure, incluant leur propre corps lorsqu'ils le jugent nécessaire. Leur espérance de vie est plus longue que celle des autres Continentaux. Menant une politique très indépendante, la famille Eristène possède un petit nombre de routes commerciales et ne s'exprime que peu dans les affaires extérieures. Son avance inédite dans les domaines de l'astronomie et de la couture fait de leur Prévoyer un territoire de modernité.

Les Devins : Maison Litréans

Les Devins vivent en avance sur leur temps. Les membres de cette famille peuvent prédire un nombre théoriquement infini de futurs immédiats, influencés par l'évolution de leur environnement. Leur affiliation est l'une des plus difficiles à maîtriser ; le taux de mortalité de leurs enfants est estimé à trois nouveau-nés sur cinq. Peu enclins aux bains de foule et aux environnements animés, les Litréans vivent en petit comité et travaillent dans la plus grande discrétion, réservant les apparitions publiques aux évènements exceptionnels. Théodore Litréans, actuel Seigneur de la famille, a été élu homme du Continent cinq ans de suite par La Continentale.

Les Horlogers : Maison Hamilcar

Les représentants de cette famille sont capables d'altérer la perception du temps de ceux qui les entourent, mais aussi de le manipuler à leur guise. Peu enclins à utiliser leur affiliation, ils ne s'en servent que pour leur plaisir personnel (Auguste Hamilcar a plusieurs fois été surpris en train d'accélérer son référentiel de temps pour faire passer plus vite ses réunions) ou lors d'évènements exceptionnels. En effet, il leur arrive d'enfermer les grands condamnés dans des bulles temporelles, où ceux qui la subissent revivent éternellement la même scène sans jamais s'en rendre compte. Très populaires auprès de leurs citoyens, les Hamilcar sont connus pour la proximité qu'ils entretiennent avec le peuple.

Les Clairvoyants : Maison Hafferyn

Les Clairvoyants usent de leurs talents télékinétiques afin de manipuler objets et personnes comme ils le souhaitent. Tout ce qui se situe à proximité d'un Clairvoyant est susceptible de tomber sous son emprise. Les origines de cette famille restent sombres : considérée comme un danger dans les temps anciens, leur affiliation a manqué de disparaître. Leurs capacités ont longtemps fait l'objet de polémiques concernant la puissance qu'ils possédaient en tant que dirigeants. Consciente de cela, la Maison porte toujours une grande attention à chacune de ses actions. Les Clairvoyants se servent rarement de leur pouvoir.

Les Illusionnistes : Maison Blustrode

Les Illusionnistes dominent la large classification des familles aux pouvoirs perceptifs, incluant les Peintres et les Caméléons. Capables de créer des illusions sur n'importe quel réceptacle physique, ils peuvent insuffler leurs enchantements à leurs semblables sous forme d'hallucinations sensorielles indissociables de la réalité. La Maison Blustrode est tout aussi connue pour son histoire artistique que pour sa neutralité dans la diplomatie continentale. Leur politique stricte et la forte prévalence de l'exécutif militaire lui valent régulièrement d'être qualifiée de « famille répressive », bien que son Prévoyer reste la région la plus sûre du Continent.

Les Empathes : Maison Herjafol

Les Empathes forment une famille peu étendue. Leur capacité à percevoir les émotions des autres fait d'eux de grands négociateurs, mais les force à adopter un comportement solitaire. Les Herjafol sont connus pour ne vivre qu'en petit comité. Régnant sur des terres pauvres au climat froid, les Empathes ont appris à exploiter les collines riches en minerai de leurs immenses forêts. Aujourd'hui, celui qu'on nomme « l'Empire Herjafol » a construit et possède l'intégralité des voies de chemin de fer du Continent.

PARTIE I

DOMPTER LA BÊTE

Le crachotement sale des trains sur les quais. Leurs cheminées qui laissent échapper des fumées grises, plus ou moins claires, jusqu'au plafond de verre enchanté qui les dissipe dans l'air. Au niveau d'un wagon voisin, une famille de Seconds, alourdie de bijoux criards, invective le personnel de gare chargé de monter leurs valises. Rien ne va assez vite, les fauteuils moelleux qu'on leur a attribués les attendent. Leurs bagages doivent faire le poids d'un demi-bœuf, et l'agent de quai chargé de les monter est à deux doigts de casser en deux. Nous, les Terciers, avons moins de paquetages, moins de bijoux. Pour courir travailler à l'autre bout du Continent, il vaut mieux voyager léger.

C'est le matin, alors il n'y a pas grand monde. L'heure idéale pour envoyer les futurs domestiques de l'Académie rejoindre leurs Prévoyers respectifs.

L'heure idéale pour jeter cent élèves par la fenêtre le lendemain d'un meurtre.

LA CONTINENTALE

Votre quotidien d'information !

MACABRE SOIRÉE POUR LA DOMESTICITÉ

Avant-hier soir, au sein de la prestigieuse Académie, le corps sans vie d'une élève a été retrouvé peu après la tombée du jour. Poignardée à plusieurs reprises, elle serait décédée des suites de ses blessures. L'établissement a rapidement été investi par la garde et confiné jusqu'au lendemain.

En ce début de Saison des Blés, les étudiants présents terminaient leur apprentissage en domesticité. Les autorités compétentes ont déclaré avoir avancé leur départ afin « de garantir leur sécurité et de permettre des recherches approfondies ». *Les témoignages des élèves et du personnel, recueillis peu après le drame, ont permis d'innocenter l'intégralité des résidents de l'Académie.*

Le capitaine de la garde se veut rassurant : « Nous sommes soulagés de constater que l'Académie n'hébergeait aucun criminel. Nous mettons toutes nos forces au travail afin d'élucider ce triste mystère. Nous rappelons à la population alentour que les rues sont étroitement surveillées et qu'il est possible de prévenir toute activité suspecte. »

Mais ce drame n'a peut-être rien d'anodin. Rappelons-nous que l'Académie est construite à la frontière entre les Prévoyers Litréans et Eristène. Celle-ci fut érigée comme un symbole de paix après la guerre ayant déchiré les deux régions. En la touchant, l'assassin attaquerait-il la stabilité du Continent ?

Qui aurait intérêt à ce que les relations diplomatiques entre ces deux familles se dégradent ?

Est-il possible que tout cela n'ait rien à voir avec le contexte politique actuel pour le moins frisquet ?

Voilà trop longtemps que le Voyageur, meurtrier tristement célèbre, commet ses méfaits dans l'ouest sans laisser de trace. Lui qui jetait son dévolu sur des Secondes, écolières ou apprenties, s'en prend désormais aux futurs serviteurs du Continent. Pourquoi viendrait-il jusqu'ici perpétrer ses crimes ? Selon un des enquêteurs sur place, la jeune femme possédait des traits physiques qui correspondraient à ceux des victimes du Voyageur : petite taille, peau claire, cheveux bruns bouclés. Elle se situait également dans la tranche d'âge ciblée par le criminel…

Le Prévoyer Litréans, lui non plus, ne manque pas de pistes. La Noble Cause, célèbre mafia qui gangrène la région depuis près de vingt ans, aurait-elle eu des comptes personnels à régler ? Les dernières années ont vu l'organisation prendre de l'ampleur, au point de forcer les Litréans à organiser des chasses à l'homme pour débusquer ses membres parmi les institutions de son Prévoyer. Craig et ses complices seraient-ils passés de navire de plaisance à bateau de guerre ?

Le passé de la victime, et par conséquent ses liens familiaux et affectifs, reste encore inconnu.

Découvrez en page huit l'entrevue de l'Intendant en chef de l'Académie.

Extrait de la 18 721e édition de *La Continentale*,
premier journal d'information du Continent,
jour 14 de la Saison des Blés.

CHAPITRE I

VICTOIRE

J'ai dormi comme une masse cette nuit. Considérant les évènements, je ne préfère pas me demander pourquoi. Le souvenir défile dans ma tête avec trop de détails. Je n'arrive pas à me concentrer sur Dimitri, qui me précède entre les passants qu'il surplombe tous d'une tête. Derrière chaque bagage posé par terre, entre chaque wagon, il y a peut-être le cadavre de cette fille, face contre le sol, les membres désarticulés. Ses longs cheveux ondulés, bruns, s'étalent partout en grosses mèches luisantes : sur son dos, sur le tapis qui a imbibé une tache écarlate. Elle continue de grossir. Sa robe est déchirée à plusieurs endroits. Le tissu est remplacé par des trous sombres qui suintent et…

Une odeur chaude, métallique et profonde me remonte dans le nez. Je contre l'envie de vomir par une autre inspiration forcée. Ma vue se brouille un instant. Je manque de percuter Dimitri, qui a ralenti pour je ne sais quelle raison. Il se tourne et pose ses yeux d'aigle sur moi :

— Désolé. Tu te sens bien ? Tu es plus blanche qu'un drap.

— Oui, ça va, éludé-je rapidement en serrant le manche de ma valise.

Mon ami s'attarde un instant sur mon visage avant de reprendre la route, plus lentement cette fois. Nous nous mettons en file indienne avant de pouvoir monter dans le wagon.

Je n'avais pourtant attendu que ça, le départ. Deux années d'apprentissage pour servir les Premiers du Continent, pour sortir, avec mon frère, des quartiers pauvres d'Enathon. Pour avoir un avenir. Maintenant que je file, séparée de lui, vers le Prévoyer Hamilcar, j'ai envie de figer le monde en claquant des doigts, pour voler du temps et le passer avec lui.

Je tourne la tête vers les quais dans l'espoir de le voir. Il y a d'autres cortèges d'élèves près de trains à l'arrêt, attendant comme nous leur départ vers les Prévoyers voisins. Avec la fumée des cheminées, une brume épaisse m'empêche de voir loin. Guilhem rejoint le Prévoyer Litréans, alors son convoi est bien plus éloigné. J'espérais l'apercevoir.

— Surprise !

Je sursaute, pivote et me jette au cou de celui qui, derrière moi, vient de parler.

— Guilhem ! Qu'est-ce que tu fais ici ? Ton train va partir ! enchaîné-je aussi vite en détaillant les quais d'en face.

— Eh, y a pas le feu au Destin, je monterai à l'heure. Je pouvais pas partir sans dire au revoir à ma sœur préférée.

— Pourquoi tu te crois encore drôle avec cette blague ?

— Parce que t'es la seule et qu'elle marche à chaque fois, me répond-il, ses yeux bleus et brillants, avant de m'étreindre.

J'oublie le prochain train, nos deux destinations, l'autre bout du Continent. L'odeur du charbon brûlé, c'est la sienne, douce et discrète. Les crissements de l'acier frottant contre l'acier, celui du sifflet annonçant un départ proche s'effacent lorsque je m'appuie contre son épaule. Les jupons colorés des dames, les montres à gousset flamboyantes, la peinture neuve des wagons… Je ne vois que son gilet gris, sa chemise un peu froissée.

Plus rien n'existe, sauf lui.

— Tu vas me manquer… Si tu savais…

— Je sais, me répond-il, la voix rauque.

Il me serre dans ses bras. En temps normal, je lui dirais qu'il a trop de force et qu'il m'étouffe. Mais je ne veux pas qu'il me lâche. Ma tête me serre. Je connais cette sensation. Pendant un instant, je me sens partir. Mon cœur bat dans mes oreilles. Des pensées, des mots, aussi nombreux que les voyageurs sur les quais, m'envahissent et me noient contre mon frère.

Au revoir. Adieu. Partir. Peur. Manquer.

Je presse fort les paupières pour chasser ces idées parasites, puis m'écarte de Guilhem. Sa chemise est tachée de deux petits points.

Mon frère me regarde, secoue la tête. Le sourire détendu qu'il essaie d'afficher se transforme en un rictus tordu. Ses cheveux blonds aux reflets sombres forment des épis qui s'envolent un peu partout avec la fumée et les courants d'air. Je crois qu'il a oublié de tailler la barbe brune qui pousse sur son menton. C'est loin d'être son profil le plus flatteur, mais je me concentre pour enregistrer cette image de lui. La dernière avant des Saisons, des années peut-être. Ce visage que je connais depuis presque toujours. Ces yeux bleus, ces pattes-d'oie et cet air insolent que j'ai presque peur d'oublier.

— Ça va être compliqué sans toi, murmure-t-il, si bas que je ne l'entends presque pas.

— J'espère que tu seras capable de ranger tes vêtements tout seul, tenté-je d'une voix mal assurée.

Il sourit.

— On s'écrit ?

— On s'écrit, m'assure-t-il. Tu me raconteras comment c'est de se faire piétiner par un griffon.

Sa remarque m'arrache un rire qui me réchauffe un peu le cœur. Je lui donne un coup dans l'épaule.

— Et toi, Dimitri, continue-t-il en s'approchant de notre ami, jardine pas trop fort surtout.

— C'est littéralement pour ça que j'ai été pris, Guilhem, lui répond-il en l'étreignant brièvement, l'air blasé.

— T'es beaucoup trop sérieux pour ton propre bien.

— Va dire ça aux Litréans quand tu t'occuperas de Raphaëlle, mais « pas trop fort ».

— D'accord, tu marques un point.

Un sifflement proche retentit. Le signal de l'embarquement. Dimitri se saisit de sa valise aussi sec. Je passe une main sur le coin de mes yeux et me tourne une dernière fois vers Guilhem. Il fouille dans la poche de son pantalon et en sort une statuette en bois. Un peu bancale, elle porte les traces du couteau mal aiguisé utilisé pour la tailler. Je connais trop bien cet objet. Nous l'avions fait, plus petits, pour nous occuper lors d'un après-midi pluvieux. Persuadé d'être aussi doué que l'ébéniste de notre quartier, Guilhem avait essayé de reproduire une de ses œuvres à la va-vite : un petit soldat qui se tient au garde-à-vous. Évidemment, ça n'a pas marché, mais il ne s'en est jamais séparé. C'est son porte-bonheur.

Il me la tend. Je n'ose pas la prendre.

— Je préfère que tu la gardes.

— Guilhem, tu es sûr ? Je veux dire, tu l'as taillée toi-même, elle a… Je ne sais pas, quinze ans… Elle a tout vécu avec toi !

Il hausse les épaules pour se donner un air désinvolte.

— Guilhem…

— Je te la donne.

Je le connais. Il ne reviendra pas sur sa décision. Alors, presque à contrecœur, je prends la statuette. Il passe une de ses mains dans mes boucles auburn et les décoiffe tendrement.

Ma tête est encore prise entre deux murs étroits lorsque je monte dans le train. Je me concentre sur la haute stature de Dimitri devant moi, qui me bouche la vue, pour balayer cette sensation et les pensées qui viennent avec. Ce qui aide, c'est que la valise est tellement lourde que j'ai l'impression de transporter le poids de mon futur. Je râle devant les marches du wagon. Heureusement que l'agent de quai, un Second qui manipule l'air, écarte la fumée du train pour nous, parce que sinon je ne verrais pas mes pieds. Mes bottines claquent au rythme de ma courte ascension. Je tiens le porte-bonheur de Guilhem dans une main : collé à la poignée de ma valise, il appuie contre ma paume de tous ses angles durs. Les notes stridentes d'un sifflet nous poussent à nous dépêcher. Une femme appartenant à la garde s'assure que tous les élèves montent dans le bon train : nous évitons la queue des voyageurs autour des rames et les bousculades des corps qui slaloment entre les masses immobiles.

Mon cœur bat la chamade. En deux ans, j'ai appris à devenir une domestique exemplaire. En une semaine, j'ai été affectée, j'ai trouvé un cadavre, dit adieu à mon frère et pris le train. Celui qui relie les six Prévoyers. Qui va d'un bout à l'autre du Continent aussi vite qu'un cheval au galop. Le bruit des rails et celui de la vapeur m'aident à oublier le reste. Je n'ai jamais voyagé ; les billets ont toujours coûté trop cher pour nous. De toute façon, ce n'est pas comme si les parents de Guilhem pouvaient se permettre des jours de repos.

Une fois les marches gravies, je pénètre dans les wagons, précédée par une file de voyageurs cherchant leur place. D'un coup, les bruits venus des quais s'assourdissent. Nous sommes plus nombreux et plus serrés à l'intérieur, pourtant, l'endroit est calme.

— Ça fait du bien quand ça s'arrête, marmonné-je en soupirant.

Dimitri m'a entendue. Il me jette un regard en coin, puis se tourne vers un homme appartenant au personnel du train. Élégamment habillé, il nous conduit à nos places à pas feutrés. Les fenêtres sont impeccablement nettoyées et décorées d'épais rideaux bleus. Ils répondent aux murs, parés d'une nuance plus claire. Un bleu, couleur de la Maison Herjafol, qui se marie parfaitement au bois sombre dans lequel sont taillés les tables et les compartiments. Les broderies des sièges, les poignées des portes se parent d'éclats dorés.

Partout où il y a les Premiers, il y a de l'or. C'est une constante universelle.

Je suis obligée de tenir ma valise à deux mains pour passer dans les couloirs. Qu'est-ce qu'elle est lourde, à la longue! Lorsqu'on nous désigne notre compartiment, à Dimitri et moi, je grogne en voyant que les porte-bagages sont situés en hauteur.

— Ils ont de jolies décorations, les Herjafol, mais pour ranger ses affaires de façon pratique, y a plus personne.

— Laisse-moi faire, me répond Dimitri.

Je profite de sa taille pour le laisser caler nos valises au-dessus des sièges. La banquette en cuir sur laquelle je me laisse tomber est moelleuse et tiédie par le soleil. Je place le soldat de bois sur le rebord de la fenêtre, respire un grand coup. Mon ami vient s'asseoir en face de moi. Avec ses longues jambes, il doit se tortiller un peu pour s'installer.

La lumière réchauffe ma peau. L'envie de plonger dans le sommeil pour tout oublier pendant quelques heures me titille. L'arrière de ma tête est douloureux maintenant que les pensées parasites se sont estompées. Je passe une main au-dessus de ma nuque, fais semblant de rajuster une mèche de cheveux sur ma tresse. Une fois l'endroit séparant mon crâne de mon cou trouvé, j'appuie dessus très fort d'un doigt. Ma nuque se détend. Je m'autorise à fermer les yeux sans penser à rien. Dimitri, appuyé sur l'accoudoir de son siège, observe avec intensité les personnes passant devant notre cabine. Il statue :

— On est bien libres pour des domestiques qu'on fait partir par mesure de sécurité.

Un homme habillé comme un Second de haute lignée passe la tête dans notre compartiment. Il me jauge à peine, passe sur Dimitri, écarquille les yeux en voyant la cicatrice qui orne sa joue droite, puis reprend sa route aussi sec.

— Le train a l'air surveillé, pourtant. Il y a du personnel tous les deux pas. Et puis il est propriété de Premiers. Je pense qu'il y a un certain nombre de gardes.

— Ce n'est pas faux, admet-il. Les enquêteurs ont innocenté les élèves et le personnel, hier. Peut-être qu'ils ont préféré la piste du Voyageur.

C'est vrai que l'on a tous été interrogés après la découverte du cadavre. Moi la première. Ils ne risquaient pas de laisser filer celle qui a trouvé le corps. Je m'en serais bien passée. L'odeur de la tasse de thé à l'orange, chaude et réconfortante, que l'on m'a servie pendant que l'on m'interrogeait me remonte dans le nez. Le temps s'est écoulé de façon bizarre ce soir-là et le lendemain. Je mettais des siècles à accomplir la moindre chose, et après ce qui m'a paru être un instant, nous étions chassés vers nos Prévoyers d'affectation.

— Ou peut-être que les Premiers ne tolèrent pas que leurs domestiques soient accusés de meurtre et que cela retarde leur arrivée, ironisé-je.

Dimitri esquisse un bref sourire. Son front se ride sous la réflexion.

— Je pense surtout qu'ils se demandent qui irait s'attaquer à des Terciers comme nous. Et pourquoi. Au sein même de l'Académie, en plus… Ça n'était jamais arrivé, commente-t-il en croisant les bras.

Il n'y a plus personne sur le quai. Les pas des retardataires résonnent dans le wagon, couplés aux voix du personnel et au murmure lointain de quelques conversations. Un homme en uniforme à l'expression avenante vient s'assurer que nous sommes bien montés. Un autre arrive quelques minutes après pour nous proposer des boissons. Dimitri et moi acceptons avec plaisir l'eau fraîche qu'il nous sert. Il s'éclipse ensuite en fermant la porte de notre compartiment.

— On n'a pas d'affiliation magique, pas de poste important et on n'a pas un sou, commenté-je après un soupir. Je ne vois pas ce que notre mort apporterait à un tueur sorti de nulle part. Les Seconds ont plus d'argent et leur magie n'a pas d'effet sur les gens. C'est bien plus intéressant de les dépouiller... Et les Premiers...

— Personne ne s'en prend aux Premiers.

— C'est vrai.

Le silence retombe.

À travers la fenêtre, je regarde les passants, hommes et femmes, Seconds et quelques Terciers, se presser entre les trains. La lumière éclatante de midi filtre à travers les nuages de vapeur. Sur le quai d'en face, une autre locomotive et d'autres élèves de l'Académie. Trois coups suraigus de sifflet, tout près, me font sursauter.

Notre wagon s'ébranle. Certains passants se retournent pour observer le départ du convoi. Le paysage se met à avancer lentement au travers de la fenêtre. Je sens quelque chose tambouriner à intervalle régulier sous mes pieds. Le bruit des roues contre les rails qui prennent leur élan, lourdes et grinçantes.

Totom-totom-totom.

C'est aussi mon cœur qui bat lorsque je reconnais Guilhem, tourné vers notre wagon, entre les élèves qui montent dans le train et les voyageurs qui se disent au revoir, mains et mouchoirs levés.

Totom-totom-totom.

Je rabats le montant de la fenêtre. Il me voit. Le vent glisse doucement entre mes doigts. Dimitri et lui s'adressent un signe amical de la main. Puis nous nous regardons, pendant ce qui semble être une éternité. Le petit soldat de bois tremblote à côté du verre d'eau, secoué par le crachotement des moteurs.

Totom-totom-totom.

Les machines chauffent, le train accélère. Guilhem m'adresse un de ses stupides clins d'œil de voyou. Je lui offre ce que j'espère être mon plus beau – et mon moins triste – sourire.

Totom-totom-totom-totom.

Je laisse la fenêtre ouverte quelques instants et je regarde mon frère, les quais, la gare disparaître. J'écarte la main pour tenter d'attraper l'air, de l'attraper lui.

Lorsque je referme la fenêtre, un calme étrange retombe dans le compartiment. Déjà, la gare cède la place aux abords de la ville, oubliés par les Premiers et toujours marqués par la guerre. Des maisons rénovées avec des morceaux de toiture branlants. Un cimetière surchargé où les tombes se serrent, corps poussiéreux alignés comme des dominos. Plein de petites sépultures dédiées à un habitant du village, à un membre de la famille. À côté d'un banc, dans le jardin d'un hôtel particulier. Au milieu des habitations inégales, une ruine condamnée. Plus l'on s'éloigne de la ville, plus les terrains sont en friche. Jusqu'à ce qu'on n'aperçoive plus que de la lande, légèrement jaunie par le soleil de la belle saison, un peu cultivée par endroits. Un homme, accompagné par son cheval sur un chemin de campagne, marche seul au milieu du paysage vallonné.

Et cela tombe d'un coup ; ce que le départ précipité a occulté me revient avec violence. Une tristesse lasse, qui s'exprime sans larmes.

Dimitri n'est pas du genre bavard, mais j'ai l'impression qu'il sait toujours quand et comment parler.

— Ça n'est pas facile de quitter quelqu'un que l'on n'a jamais laissé partir.

Je hoche la tête. À force de scruter tout le monde avec son regard d'aigle, j'ai l'impression qu'il comprend mieux les autres que les autres ne se comprennent eux-mêmes.

— As-tu fini par laisser ta mère partir, toi ?

Il ne dit rien. Je soupire et prends une gorgée d'eau qui me rafraîchit le ventre. Mes ongles pianotent sur le verre. Deux belles Secondes habillées de robes corsetées et brodées passent dans le couloir en riant. Peut-être des amies. Peut-être des sœurs. De vraies sœurs.

— Guilhem n'est pas mon frère, mais c'est tout comme. Le Destin a de drôles de façons de jouer avec l'amour, murmuré-je pour moi-même.

Dimitri me fixe un instant de ses yeux perçants avant de répondre.

— Les liens affectifs sont un sujet complexe. La famille n'est pas seulement de sang, et ça n'est pas une mauvaise chose. Mais nos racines biologiques nous attirent, irrésistiblement.

J'émets un petit bruit d'approbation. Dimitri esquisse un sourire qui rend son regard inquiétant presque doux.

— Peut-être que tu retrouveras tes véritables parents. Ou pas, d'ailleurs. Peut-être qu'au final, tu n'auras plus besoin de savoir qui ils sont. Parfois, il faut juste laisser faire le temps.

— Tu parles comme un vieux sage, lui fais-je remarquer sans pouvoir m'empêcher de sourire.

Il croise les bras, hausse les épaules.

— Je me suis posé des questions similaires fut un temps.

Avant que je puisse lui répondre, la porte de notre compartiment s'ouvre. On nous propose d'autres rafraîchissements, le repas de midi et le journal.

Curieuse de connaître les dernières nouvelles du Continent, je demande le dernier numéro de *La Continentale*. Le papier brut, facilement froissable, du journal m'apaise de façon inexplicable. Je déplie la gazette. Les pages un peu rugueuses sous mes doigts frottent entre elles avec un bruit satisfaisant. Je pose les yeux sur les gros titres. Un sifflement impressionné m'échappe.

— Ah, d'accord. Donc tout le Continent est au courant. Incroyable.

— Ça ne m'étonne pas, marmonne Dimitri, déjà occupé à lire. En tout cas, les journalistes n'ont pas perdu leur temps.

— Qu'est-ce que ça va donner, quand on va arriver à Anchoris ? Tu penses qu'ils vont nous examiner ? Je vais devoir changer de transport, aussi… Je ne te suivrai pas au palais des Hamilcar, pensé-je en me mordant la lèvre.

— Ouais, me répond Dimitri d'une voix un peu distante.

Mais le trouble disparaît vite, balayé par le froncement de ses sourcils lorsqu'il se concentre de nouveau sur l'article.

CHAPITRE 2

VICTOIRE

Je me suis endormie.

Le bruit régulier, un peu cahotant, du train sur les rails m'a bercée pendant ma lecture. J'ai fermé les yeux sans m'en rendre compte. Quand je les ai rouverts, la fenêtre laissait passer des couleurs vives et les bruits de conversations que je n'arrivais pas à comprendre.

Lorsque le jour tombe, Anchoris, ville principale du Prévoyer Hamilcar, devient orange. On raconte que le soleil se noie dans la mer et saigne dans l'eau, qui reflète les couleurs de sa mort sur la ville. En vérité, c'est juste que le ciel prend des teintes orangées. Mais ça reste une jolie légende.

Par contre, ce qui n'est pas une légende, c'est qu'il fait chaud. Beaucoup plus que sur le Prévoyer Eristène, où se trouve l'Académie. L'air du wagon était plus frais que dehors. D'ailleurs, l'extérieur n'a pas la même odeur : salé, agrémenté de parfums inconnus et d'un arôme chaud, qui me rappelle une balade en forêt lorsque la Saison des Blés bat son plein. À peine arrivée sur le quai, j'ai enlevé ma petite veste en laine pour la porter à la main et glissé le soldat de bois dedans. J'avais déjà envie de retirer mon uniforme, qui me collait dans le dos, pour une des tuniques fines que portaient les citadins.

On nous a guidés de la gare à une auberge, dont les chambres avaient été réservées pour nous. C'est la garde de la ville qui nous y escorte, et l'on attire les regards de plus d'un habitant. Certains, habillés avec des tissus plus légers, des robes amples et des pantalons en toile, faisaient les gros yeux en observant ma robe cintrée et mon col haut. Dimitri, avec l'ensemble de sa chemise, de son veston et de sa veste, a aussi eu droit à des regards circonspects.

J'ai beau avoir dormi comme un loir pendant le trajet, j'ai accueilli la nuit à Anchoris avec joie. Elle est passée d'une traite, du moment où ma tête a touché l'oreiller jusqu'au lever du jour. Juste le temps de me lever, de passer mon dernier repas en compagnie de Dimitri et de reprendre mes affaires pour repartir vers les Haras. Lui reste pour rejoindre les Hamilcar. Moi, j'ai encore plusieurs heures de trajet pour aller me perdre dans la campagne du Prévoyer.

Dimitri n'est pas très émotif : une embrassade brève mais sincère, la promesse de nous écrire. Une deuxième vague de tristesse. Au revoir, Dimitri.

Mon humeur ne s'est pas arrangée avec le voyage.

Voilà près de deux heures que la diligence qui nous mène à notre destination, moi et deux autres élèves de l'Académie, roule sur un chemin caillouteux et mal entretenu. Mes camarades n'ont rien d'intéressant ou d'intelligent à dire. J'oscille entre un léger malaise, l'ennui profond et la nervosité. Je regrette très fort le lit moelleux de l'auberge.

Lorsque la diligence s'enfonce dans un énième nid-de-poule, nous grognons à l'unisson.

— S'ils avaient eu la brillante idée d'emmener les chemins de fer jusqu'aux Haras royaux, on ne se paierait pas ça depuis ce matin, rouspété-je en tapant du talon contre le sol.

— Ils n'ont développé les trains que pour faire du commerce, me fait remarquer l'un d'entre eux. Les Haras sont pas si loin d'Anchoris, mais bon…

L'argent, toujours l'argent. Et mon dos, hein ?

Plus lasse qu'agacée, je cale un des coussins posés sur les banquettes entre mes vertèbres et le dossier. Le soulagement est mince, mais il suffit pour le moment.

Par la fenêtre s'étendent plaines et bosquets. Les couleurs de la végétation sont plus ternes, le soleil à son pic. Je n'ai pas pu m'acheter des vêtements locaux, alors je subis ma robe longue et mon chemisier, beaucoup trop épais pour la température actuelle. En plus, l'air est sec. Je dois faire attention à ne pas trop m'agiter.

Je pense à Dimitri, resté à Anchoris pour son premier jour de travail au palais des Hamilcar. À Guilhem… qui doit avoir moins chaud déjà, et c'est pas du luxe. Du moment qu'il ne fait pas n'importe quoi. Ou qu'il n'a rien oublié.

Ça aussi, ce serait pas du luxe, un Guilhem responsable…

Nous sortons de l'ombre de la forêt, accompagnés par l'odeur du bois tiède et le chant matinal de quelques criquets. La lumière redouble d'intensité. Un de mes camarades émet un sifflement.

— Ouah, mais c'est sacrément grand !

Les Haras royaux. Le seul endroit où je voulais être affectée. C'est le lieu le plus célèbre et le plus mystérieux du Prévoyer. Il n'y a que les Hamilcar qui y viennent. Aucun visiteur, aucun noble, aucun citoyen, hormis les habitants, ne s'y déplace.

On nous a dit que les Haras ressemblaient à une petite ville, mais je n'ai jamais pu en prendre la mesure. Des dizaines de maisonnettes en pierre claire s'organisent autour d'un centre-ville, que l'on devine facilement depuis notre position. Plusieurs bâtiments excentrés, larges et imposants, sont plantés au milieu d'immenses prairies. La hauteur des plafonds et des portes, que je devine d'ici, me fait imaginer qu'il s'agit des écuries. Leurs toits, moins pentus que par chez nous, sont recouverts de tuiles ondulées aux teintes roses.

J'aperçois une silhouette massive et sombre, allongée comme un chat dans l'herbe épaisse. Avec la distance et les jeux de lumière, on distingue un bec acéré et une tête massive. L'ombre bouge et déploie deux ailes, qu'elle utilise pour ventiler paresseusement l'air. Mon cœur s'emballe, j'écarquille les yeux.

Un griffon, en plumes et en os. Un parmi tant d'autres ici, que je vais apprivoiser et apprendre à dresser.

L'image des écuries de l'Académie, la texture du foin et du pelage rugueux des chevaux que l'on a appris à monter s'impose en moi. Le plaisir de travailler avec des animaux. Ma poitrine se gonfle de joie.

De l'autre côté du domaine, un peu plus au nord, se dresse la maison de repos des Hamilcar. Avec ses grosses colonnades, ses nombreux balcons et ses arches, nul ne peut la rater. Je me demande quand ils y viennent : pour les beaux jours, peut-être ?

Les silhouettes des habitants qui traversent les rues ou se baladent dans les prés grossissent, lentement mais sûrement. Mes doigts me chatouillent de façon désagréable. Je serre les lèvres, cligne des yeux, réalise brutalement que je suis arrivée et que c'est là, désormais, qu'une nouvelle vie commence.

Mes deux camarades de voyage descendent avant moi. Ils partent travailler dans les bâtiments administratifs : ils sont en charge des comptes et du ravitaillement des Haras. La punition de la paperasse… Je n'envie pas leur position.

Lorsque la diligence reprend sa route, nous sommes à peine en périphérie des Haras. L'anxiété m'étreint la gorge et fait accélérer mon cœur. La ville grossit et je rétrécis au fur et à mesure que nous nous rapprochons.

D'un coup, plus de mouvement. Je me tends, surprise par ce silence soudain. Ma nervosité reflue pour laisser place à de la curiosité. Le cocher ouvre la porte de la diligence, croise mon regard et s'écarte comme pour me céder le passage.

— Vous êtes arrivée, jeune femme. Les Haras royaux. Descendez prestement, que je puisse remonter. J'ai un trajet retour à faire, moi.

Si j'étais ses parents, je lui en aurais collé une derrière la tête pour lui apprendre à être moins désagréable.

La diligence me laisse seule sur un large chemin, accompagnée en tout et pour tout de ma valise. La rue dans laquelle j'ai atterri est large, pavée de roche couleur crème et recouverte d'une fine pellicule de poussière. Nous ne sommes pas au centre des Haras, parce que les maisons ici sont plus grandes et espacées de bouquets d'arbres ou de petits jardins sauvages. Un coup d'œil vers le soleil m'indique que je me trouve à l'est des Haras. Si je tourne la tête vers la droite, je peux observer les grands prés fauchés, derrière les maisons.

— Excusez-moi.

Je sursaute et manque de lâcher mon bagage.

— Oh, pardon jeune demoiselle, je ne voulais pas vous effrayer…

La barbe grise en face de mon visage est savamment tressée, ornée de plusieurs bagues scintillantes. Je n'ai jamais vu ça de ma vie. En levant les yeux, je me rends compte qu'il a aussi des cheveux poivre et sel. L'homme est grand, vraiment grand pour l'âge que je lui donnerais. Pas trop épais aussi, même si notre différence de taille le rend plus imposant. Mais ce sont ses pattes-d'oie qui m'agrippent, comme des tatouages de chair dessinés autour de son regard pétillant.

Je veux parler, mais mes lèvres restent collées et ma mâchoire fermement vissée. J'ai honte, et ça se voit.

Je resserre des doigts moites sur ma valise. L'inconnu me sourit. Rien d'autre. Le calme sans tempête.

— Vous êtes Victoire ?

— Oui, monsieur, dis-je en esquissant une révérence. Je suis enchantée de vous rencontrer.

— Pas de courbettes, je vous en prie, proteste-t-il gentiment. Appelez-moi Abraham. Je suis votre mentor, votre collègue aussi, maintenant. Je tenais à venir vous chercher, le Haras est bien trop grand lorsqu'on ne le connaît pas. Tenez, laissez-moi prendre votre valise…

Mon mentor.

— Mon mentor ?

— Eh bien, oui, me répond-il, l'air étonné, à moitié penché vers mes bagages. Tous les apprentis, les futurs éleveurs de griffons, sont formés par des anciens. Je ne vais pas vous laisser avec un de nos animaux sans entraînement. Vous tenez à vos bras, à vos jambes et à ce joli nez, n'est-ce pas ? Alors vous avez un mentor !

Je cligne des yeux d'un air stupide.

— Personne ne vous a prévenue de rien ?

Je me sens très seule.

— C'est l'idée, oui.

Abraham laisse échapper un soupir.

J'ai un mentor. Il a – à vue de nez – trois fois mon âge, répète la moitié de ses phrases, mais a l'air vraiment gentil. Je ne sais pas si c'est sa ressemblance avec un bouquet d'herbes séchées qu'on pend au-dessus des cheminées, terni mais chaleureux, mais il me rassure. Je me sens avec lui à la maison, et pourtant rien ici n'est hospitalier.

Abraham me déleste de ma valise. Je le laisse faire. Il soupire en la soulevant, mais a l'air de s'en débrouiller bien mieux que moi. D'un signe de la tête, il m'indique la direction à prendre.

— Dans ce cas, bienvenue aux Haras royaux, Victoire. À quelle caste, quel groupe magique appartiens-tu ?

— Les Terciers.

— D'accord. Il y a beaucoup de Terciers ici, et un certain nombre de Seconds aussi. J'espère que tu te plairas. C'est moi qui t'expliquerai tout, t'apprendrai ce qu'il faut savoir. Je serai ton guide. Mais avant, notre maison est par là-bas…

Nous nous engageons parmi les rues plus à l'ouest, plus proches du centre-ville. À l'œil, je dirais que ces maisonnettes, aperçues depuis la diligence, sont réservées à la domesticité. Tandis que nous nous traversons de petites rues ombragées, je remarque qu'à travers les fenêtres, il y a de la vie. Les gens restent à l'intérieur, jouent aux cartes ou cousent, évitant l'air chaud du milieu de matinée. Nous sommes le quinzième jour de la Saison des Blés. Je n'ai pas envie de connaître les températures de la fin d'après-midi.

Ma robe soulève de petits nuages de poussière à chacun de mes pas. L'air tiède glisse sur ma nuque et dans ma bouche. Je vérifie discrètement que le petit soldat de bois, caché ce matin dans le décolleté de mon uniforme, est toujours à sa place. Le contact de l'objet m'ancre sur terre.

Allongée sur le lit de ma chambre, je contemple le plafond en me laissant bercer par le silence.

L'endroit est aménagé dans les combles ; les fenêtres s'ouvrent sur le toit, et une partie du plafond s'incline avec douceur. Tous les meubles, de la penderie dans laquelle j'ai déversé ma valise au bureau installé contre un mur, sont en bois. La luminosité, les murs peints dans des tons frais et l'odeur des tissus passés à la lessive me donnent l'impression d'être au milieu d'une étendue d'herbe fraîche. Après deux jours de voyage, cela fait du bien.

Abraham n'a pas forcé la conversation pendant le voyage, ce qui est un autre bon point. Même si je le connais depuis quelques heures, je trouve que sa maison – notre maison – lui ressemble bien. Le rez-de-chaussée est accueillant, mais pas trop chargé, avec une longue table en bois, une petite cheminée à son bout et une cuisine avec un comptoir large pour couper légumes et viande. Des tas de livres s'entassent sur plusieurs étagères disséminées. Je ne sais pas quelles sont les herbes qui séchaient, pendues au plafond, mais leur odeur m'a rappelé des souvenirs culinaires. Il y a aussi un escalier étroit, collé contre un mur, qui mène à la chambre dans laquelle je me trouve.

Je ne sais pas s'il existe des enchantements capables de rendre des logis agréables, mais si c'est le cas, alors j'en suis victime. La poussière, cachée dans certains recoins difficiles d'accès ; la lumière, découpée par la forme des arbres, qui inonde la petite cuisine et vient lécher la table. L'ordre parfois relatif des lieux, les objets oubliés.

— Quand tu auras fini ton apprentissage, tu disposeras de ton propre logement, m'a dit Abraham.

Une vraie maison pour moi toute seule. On se l'imaginait comme une récompense que le Destin ne nous réserverait jamais, petits, avec Guilhem. Trop cher, trop beau pour des citoyens frappés par la guerre.

Tout ça, c'est derrière moi. J'étais déterminée à suivre les conseils de notre père. À partir vivre ailleurs pour se construire une autre vie. À gagner de l'argent pour ne plus jamais en manquer. Aujourd'hui, c'est le début de tout ça. Je ne compte pas laisser passer ma chance. Et lorsque j'aurai assez d'économies, je partirai. Je ferai le tour du Continent s'il le faut. Pour chercher des traces, suivre des pistes, et peut-être retrouver mes parents biologiques.

Pour le moment, je peux compter sur les Haras et sur Abraham, qui travaille avec des griffons depuis presque vingt ans.

Je crois que je l'aime bien. Je crois que je vais aimer cet endroit.

La texture des draps sur ma peau est tellement douce que je ne les sens presque pas. Je trouve l'énergie pour claquer des doigts ; toutes les bougies s'allument. Elles sont enchantées. Ça, c'est bien. Ce serait plus raisonnable de les éteindre, mais leur lumière se mélange à celle filtrant par la fenêtre et apporte de la chaleur aux lieux.

L'arôme de quelque chose qu'on frit, suivi de celui de légumes au parfum fort, remonte jusqu'à mes narines. Mes oreilles captent un sifflotement pas très juste, mais guilleret. Pendant un instant, je songe à fermer les yeux et à faire une sieste, là, maintenant.

Je tourne la tête pour observer le petit soldat de bois. Posé sur la table de nuit, il est là pour me tenir chance. J'espère qu'il ne manque pas trop à Guilhem.

Je vais le garder précieusement avec moi.

Solide. Immuable.

CHAPITRE 3

GUILHEM

Le Destin est un enfoiré. Il nous laisse faire, prévient de rien et nous regarde nous tauler sur les chemins bourrés de cailloux qu'il a tracés pour nous. Parfois, tu crois que ça va bien se passer. Aucun obstacle à l'horizon, pas de danger immédiat. C'est pile à ce moment qu'il te prend par la main, sans que tu t'en rendes compte, pour te noyer dans les problèmes.

Je l'ai vécu, gamin, quand ma mère est tombée malade. Je pensais pas en faire l'expérience moi-même.

Assis dans mon compartiment à regarder défiler le paysage, je me disais que c'était un nouveau départ. Que ça pouvait que mieux aller, même si j'étais seul et loin de Victoire. J'aurais vendu mes fringues si ça m'avait permis de rester un peu plus longtemps avec elle. Ce soir-là à l'Académie, quand on m'a annoncé qu'elle avait trouvé un corps, j'ai eu peur.

Heureusement, ma sœur, elle est aussi solide que l'acier des Herjafol. Elle s'est pas laissé démonter. C'est plutôt moi qui ai paniqué quand ils ont sorti la pauvre fille. Sa voisine de chambre avait les mêmes cheveux bouclés qui descendaient sous les épaules, la même peau claire, une stature à peu près pareille… Pendant un instant, j'ai cru voir Victoire sous le drap. Ça m'a rendu malade.

C'est pas comme si on avait eu le temps de beaucoup y penser, de toute façon. Deux jours plus tard, on s'alignait joyeusement dans les wagons en direction de notre Destin. Si j'avais pas été le seul gars pris sur le Prévoyer Litréans, j'aurais au moins pu discuter. C'était la grosse ambiance dans mon compartiment vide.

Voyager jusque chez les Litréans. Rencontrer les Premiers. Un sacré défi. Une des rares fois de ma vie où je me suis senti stressé. J'avais une journée de train pour arriver jusqu'à Milantal, la plus grande ville du Prévoyer, et je l'ai passée à taper du pied par terre.

Et puis, c'est pas comme s'il y avait beaucoup de trucs pour me distraire : le journal parlait que du meurtre à l'Académie, les mots croisés à l'arrière étaient trop durs pour moi, et le paysage se résumait à deux trois vallons pas trop pentus, avec de plus en plus de moutons et de nuages au fil du voyage. J'ai failli m'endormir vers la fin, mais les gens des compartiments voisins se sont mis à discuter assez fort pour me réveiller en sursaut.

Quand j'ai aperçu le lac autour duquel est bâtie Milantal, j'ai poussé un grand soupir. Enfin, c'était fini. Restait à savoir si ce qui arrivait était mieux ou pire. En entrant dans la ville, j'ai réalisé qu'elle était gigantesque. Avec sa promenade qui bordait l'eau, ses places marchandes assez grandes pour y loger un train et l'afflux de gens dans les rues, on était plus sur la même échelle que l'Académie. Ça faisait trop longtemps que j'avais pas vu la civilisation. Les maisons et les boutiques montaient sur quatre ou cinq étages, avec des balcons pleins à craquer. La pierre, aidée de bois à certains endroits, avait une couleur un peu grisâtre. Parfois, je la confondais avec la teinte du ciel.

Quel temps de merde il faisait. Je savais pas encore que c'était le climat habituel. Je me suis dit que, si c'est de là que venait Dimitri, ça expliquait pas mal de trucs sur son caractère. Mais, malgré ce qu'il m'avait raconté, je gardais espoir.

Arrivé à la gare, j'ai été escorté par un des contrôleurs du train. Il avait la tronche d'un mec en colère contre le monde entier. Pas bavard, pas sympa. Heureusement que je l'ai pas quitté d'un œil : la gare était immense, et il allait tellement vite que j'ai failli le perdre de vue. On a connu mieux, question accueil. Au moins, la verrière qui surplombait les quais était très belle.

Monsieur Tout-Fâché m'a largué devant la grande horloge qui marque l'entrée de la gare. Un vent frais faisait flotter ma veste et me remontait dans le cou. Sans m'adresser un mot, il m'a désigné une diligence, a fait un signe au cocher qui prenait sa pause, puis a fait demi-tour aussi sec. Pas d'humeur à me laisser abattre, j'ai rejoint le véhicule et engagé la conversation.

— C'est vous qui m'emmenez au palais des Litréans ?

— Tout juste, m'a répondu le cocher en donnant une tape affectueuse sur la croupe d'un de ses chevaux. Vous sortez de l'Académie, non, à voir votre trombine rose et lisse ?

— Oui, ai-je acquiescé en lui tendant mes valises.

J'ai toujours pensé que je faisais plus âgé, après avoir passé mon enfance à travailler dehors au lieu d'aller à l'école. Coup dur. Enfin, j'avais pas envie de me remémorer les cours de rattrapage que me faisait subir Victoire au milieu de la nuit. Mieux valait enchaîner.

— Eh ben, sacrée promotion mon gars, a-t-il sifflé, admiratif. Au moins, vous êtes vivant, c'est déjà ça. Allez en route, on doit vous attendre.

Bon, à partir de là, le voyage a été beaucoup plus lent. J'ai eu tout le temps d'admirer les routes pavées, les gens qui jetaient des regards aux véhicules en se demandant qui se trouvait à l'intérieur. C'est fou, le monde qu'il y a à Milantal. Enathon est aussi une grosse ville, mais j'ai trouvé qu'on était moins entassés. Ici, on aurait dit que les gens vivaient tous dans le centre.

On a fini par se diriger vers les quartiers calmes. Vu la gueule des maisons, j'aurais parié qu'on roulait sur un paquet de fric. Mais on a continué notre chemin jusqu'à ce que les rues larges et paisibles s'enfoncent dans de petits bosquets. J'ai senti de l'humidité dans l'air. Un instant plus tard, il commençait à bruiner.

Tu parles d'une arrivée.

Il y a eu un stop un peu long où on m'a demandé de descendre. Deux gardes face à une porte en fer noir qui faisait quatre fois ma taille, une fouille complète de ma personne et de la diligence ; à vue de nez, j'étais chez les Litréans.

De là, on a remonté une allée de terre bordée d'arbres pas épais, jusqu'à déboucher sur une clairière. Enfin, clairière. Comment dire ? C'était le domaine des Premiers, ni plus ni moins. Des hectares de terrain parsemé d'un arbre par-ci par-là, de quelques massifs, de buissons taillés au poil et d'une placette pour garer les véhicules. Ma nouvelle demeure bouchait le paysage comme un nuage devant le soleil.

Le palais des Litréans était un manoir. Y a pas de mot plus approprié. Symétrique, tout en rangées de fenêtres avec des tours de chaque côté et des gravures sur la pierre pour décorer les devantures. Le style des plaines comme décrit dans les livres d'école, sublimé par l'éclat morose de la pluie.

Joie.

Bon, dans les faits, je jouais pas aux malins. En découvrant l'endroit, j'ai réalisé que j'étais bien arrivé. Plus de voyage, plus de guide grincheux. Ici et maintenant, c'était le début. J'aurais bien aimé que le cocher m'accompagne jusqu'à l'entrée, mais il m'a fait comprendre qu'une fois ma valise récupérée, je me démerdais seul.

Grognant contre la pluie, j'ai pris mes affaires et me suis dirigé vers la majestueuse entrée du manoir. Il faut dire qu'elle avait de la gueule, avec ses deux colonnes porteuses et la mosaïque sur son perron. Une silhouette se tenait à côté de la porte. En m'approchant, j'ai réalisé que c'était un domestique. Un gars un peu plus grand que moi, sans doute le double de mon âge. Avec ses cheveux gominés, rabattus en arrière, et la moustache travaillée qu'il portait, je lui ai trouvé un air rigolo. Il y avait un truc qui flottait à côté de lui. Un bout de papier. Un bout de papier *volant*. J'ai pas eu le temps de cligner des yeux qu'il m'avait déjà apostrophé :

— Bienvenue, bienvenue au palais ! Oh, quel temps de chien, venez vous abritez, ne traînez pas, m'a-t-il pressé en lissant sa moustache, concentré sur ses notes en lévitation. Guilhem, c'est cela ?

— Euh, oui, ai-je répondu, prêt à lui serrer la main.

Avant que j'aie fait le moindre geste, l'homme s'est retourné pour partir en direction des jardins. Étonné de ne pas entrer, j'ai stupidement posé la question.

— On entre pas par ici ?

— Par ici ? Mais non, voyons ! s'est-il exclamé comme si je lui avais sorti ma meilleure blague. Les domestiques ne passent pas par les grandes portes, enfin !

Une particularité du palais que je ne connaissais pas encore. À ce moment, je me suis dit qu'ils devaient être sacrément guindés, ces Premiers. Presque autant que le domestique devant moi. Quoiqu'à bien regarder, il avait pas l'air d'un valet ordinaire. À la place d'un costume classique, il portait une queue-de-pie. Déjà, c'est pas commun. Ensuite, les boutons de sa chemise étaient dorés, et pas noirs.

— Je m'appelle Émile et je suis le domestique personnel de Théodore Litréans.

Là, j'ai cligné des yeux. J'avais en face de moi l'homme qui servait directement Théodore Litréans. Le vrai Théodore Litréans. Une quasi-légende du Continent. Émile était celui qui le suivait partout, connaissait sa vie et ses moindres secrets. J'ai eu l'impression qu'une montagne me tombait sur les épaules. Bordel. J'y étais vraiment.

Via un chemin de cailloux, on est arrivé à l'entrée des domestiques, une petite porte bien plus modeste. Une main sur la poignée, un grincement, et nous pénétrions dans le manoir. Je m'attendais à découvrir des salons immenses avec des peintures au kilomètre sur les plafonds et des meubles dorés à l'or fin, mais nous sommes arrivés dans un vestibule sombre. L'endroit était large. Sans doute pour laisser passer les gens sans qu'on se bouscule. De là, Émile s'est raclé la gorge, a jeté un œil à ses notes, puis s'est remis à parler.

— Bien. Nous voilà arrivés dans les pièces adjacentes de la demeure. Ce sont des endroits réservés aux domestiques, la noblesse n'y vient pas. Ici, nous sommes au rez-de-chaussée. On y trouve les cuisines et la cantine, c'est là que vous prendrez tous vos repas. Il y a des panneaux disposés un peu partout, vous n'aurez pas de mal à trouver votre chemin. Voyons, voyons… La demeure compte six étages.

— Six ? Mais c'est énorme !

— Eh bien, oui, c'est la norme dans notre belle région. Les quartiers des domestiques, avec les douches et les espaces communs, sont situés au sixième, a ajouté Émile sans tenir compte de mon soupir désespéré. Je vais vous emmener à votre chambre. Nous allons passer par les chemins officiels.

— Officiels ? lui ai-je demandé alors qu'il se mettait en route, prenant un couloir sur la droite fléché « salons d'accueil », « accès étages », « aile est » et « cuisines ».

— Oui, là où vivent les Premiers. L'entrée que vous avez vue, les escaliers, les boudoirs… Vous pourrez ainsi vous familiariser avec les lieux.

J'ai réprimé une remarque agacée sur le ton qu'il employait et me suis contenté de le suivre. Nous avons croisé plusieurs dames de chambre et deux cuisiniers, qui ont salué Émile et m'ont regardé avec curiosité, mais mis à part ça, y avait pas foule. Non pas que j'allais m'en plaindre. J'étais crevé.

Nous avons traversé plusieurs salles attenantes aux cuisines, où s'entassaient des montagnes de vaisselle et de linge de table, avec des couverts que j'avais jamais vus de ma vie. Tout ça, c'était bien beau, mais les abat-jour austères et les couleurs sombres des lieux me mettaient pas vraiment en joie, alors j'ai préféré faire la discussion.

— Les Litréans ne veulent pas voir leurs domestiques ?

— Oh, c'est plus compliqué que cela, Guilhem, m'a corrigé Émile d'un geste de la main. L'affiliation des membres de la famille Litréans, vous l'imaginez, les rend sensibles à leur environnement. Il est plus agréable pour eux que nous ne soyons pas là. D'ailleurs, il existe un réseau de couloirs entre les murs du palais qui couvre l'intégralité de la propriété. Aujourd'hui, je vous fais emprunter les voies officielles, mais dès demain, je vous montrerai.

J'ai oublié de lui répondre, parce qu'après avoir poussé une énième porte, on a débarqué dans l'entrée. La vraie entrée du manoir. Même le hall principal de l'Académie était pas aussi beau que ça. L'endroit était toujours sombre, mais le lustre au plafond, qui fait trois fois ma taille, illuminait le bois et les parures d'éclats dorés. On aurait dit que tout était incrusté de fils d'or. Les murs lambrissés et tapissés de motifs floraux, le parquet en chêne tellement bien ciré que je me voyais dedans… Et puis cet escalier massif, tellement large, qui s'étalait jusqu'au sol et nous invitait à monter à l'étage… On était plus dans le même monde. Les lourds rideaux vert bouteille qui encadraient les fenêtres m'ont tout de suite rappelé les chemises de Dimitri.

— Eh bien, il est l'heure de gagner vos quartiers. Après vous, Guilhem. Une promotion telle que la vôtre mérite bien que vous admiriez les lieux en montant, hum ?

— En parlant de promotion, ai-je rebondi en m'engageant vers les escaliers recouverts d'un tapis aux couleurs ternes, j'aimerais savoir…

— Comment vous êtes arrivé là ? Voyez-vous, Raphaëlle Litréans fête son quinzième anniversaire cette année. C'est son entrée dans l'âge adulte, et, comme tout membre de la famille, elle peut désormais choisir un domestique personnel… un compagnon pour la vie, a gloussé Émile. Nous cherchions le bon candidat : pas trop guindé, pas trop benêt, bon cuisinier. Votre profil a fait mouche, Guilhem. Vous êtes l'heureux élu de cette Dame. Il faut dire que les candidats ne se bousculaient pas non plus…

Sacré coquin, le Émile. J'aimais pas trop son humour de vieux bouquin à l'eau de rose.

J'ai passé mes doigts sur la rampe de l'escalier, me dévissant la tête pour admirer le plafond peint avec sobriété. Les couleurs discrètes, sombres, respiraient l'élégance. Ça m'a presque fait oublier qu'on devait monter six étages. Et que ma promotion sentait le salé.

— Mais vous vous rendez compte que j'ai aucune expérience ? lui ai-je demandé, un peu désespéré, en l'entendant parler comme si tout allait bien.

— Oui, bien sûr.

J'ai eu envie de redescendre aussi sec.

Peut-être que ce poste valait pas les portraits accrochés aux murs et les bouquets de fleurs parfumés dans chaque coin, finalement. Mais le temps de me demander combien de temps ça me prendrait de sortir d'ici en courant, on était au dernier étage. J'ai pris un moment pour m'adosser contre la rampe, essoufflé. Émile, lui, avait pas transpiré une goutte.

En relevant la tête, je me suis rendu compte que l'endroit était moins décoré. Pas plus moche, attention, juste… plus dépouillé. Contrairement aux autres étages, où chaque escalier débouchait sur un salon au pif, ici, on arrivait sur un couloir très large. Toujours des lambris aux murs, par contre, pas de tapis par terre. On retrouvait les abat-jour moches qu'il y avait près des cuisines.

Pas de doute, j'étais à la maison.

— À votre gauche, il y a les douches et les salles de repos, avec une bibliothèque au fond du couloir. Mais vous verrez tout cela plus tard. Je vais vous montrer votre chambre. Vous allez voir, c'est très mignon ici, m'a-t-il indiqué en partant vers la droite.

En montant, on a croisé deux trois personnes, mais rien de bien fou. Par contre, j'ai direct senti qu'ici, c'était plus animé. Y avait pas mal de voix étouffées qui venaient de l'autre côté du couloir et, en se dirigeant vers les chambres, Émile a dit bonjour à du monde. J'ai serré quelques mains. Les gens avaient l'air assez curieux. Je me demande s'ils savaient tous que j'étais là pour Raphaëlle.

— Treizième porte à gauche, la voilà, a chantonné Émile en m'ouvrant. Bienvenue chez vous, Guilhem !

Je suis arrivé dans une pièce rectangulaire, éclairée par une fenêtre large comme celles de l'entrée. Tout de suite, j'ai remarqué qu'elle avait pas de rideaux. Bon. Mis à part ça, c'était plutôt sympa par ici. Tout était propre, y avait un lit plus large que celui de l'Académie et un tapis moelleux au sol. La décoration restait simple : un grand placard pour ranger tout mon bordel, un bureau avec un petit miroir et un guéridon à tiroirs surmonté d'une lampe.

— Elle est enchantée ? ai-je demandé à Émile en la pointant du doigt.

— Bien sûr, Guilhem !

— Trop bien ! me suis-je exclamé comme un gosse en claquant des doigts pour qu'elle s'allume.

J'ai choisi d'ignorer le haussement de sourcils de mon collègue pour laisser tomber ma valise par terre et m'étirer comme un chat. Que ça faisait du bien d'être enfin arrivé !

Je pensais qu'Émile me planterait là, mais il s'est dirigé vers le mur de droite et a contourné le placard pour poser une main sur le mur.

— Vous faites quoi ?

— Je vous montre l'accès aux galeries. Là.

En observant sa main, j'ai remarqué qu'il appuyait à un endroit précis du mur. On aurait dit que quelqu'un avait passé un coup de peinture sur la zone. Après avoir pressé les doigts dessus pendant quelques secondes, j'ai entendu un *clic*. Une partie du mur s'est descellée, et il l'a ouverte comme une porte. Derrière, des pierres grises et une obscurité vraiment pas engageante.

La mâchoire m'en est tombée.

— Mais non. C'est comme dans les romans d'aventures !

— Oui, Guilhem, comme dans toutes les demeures centenaires, m'a répondu mon collègue. Je vous ai montré comment l'ouvrir.

Il vous suffit de la repousser pour verrouiller la porte, a-t-il ajouté en illustrant ses propos d'un geste. Bon, c'est tout ce que je voulais vous montrer. Vous pouvez vous installer tranquillement, créer votre petit chez-vous…

Je me suis précipité vers ma valise, l'ai déverrouillée d'un coup de doigt habile et ouverte en grand. Mes affaires étaient en bordel, mais je m'en fichais.

— … et vous coucher tôt. Je vous attends à six heures devant votre chambre demain matin.

Au début, j'ai cru qu'il me faisait une blague. Je me suis arrêté d'un coup et ai levé les yeux vers lui, espérant voir un sourire ou un indice me disant qu'il plaisantait. Mais non.

— Quoi ? ai-je échappé, la voix tremblante. Six heures ?

— Eh bien oui. Je vais vous montrer comment fonctionnent les passages intermuraux et vous faire visiter les cuisines au rez-de-chaussée, a soupiré Émile comme si j'étais le dernier des crétins. Il s'agirait que vous connaissiez un peu mieux les lieux. Ensuite, vous porterez le petit déjeuner de Raphaëlle pour huit heures. Ce sera votre première rencontre avec elle, alors soyez impeccable. Il y a plusieurs uniformes à votre taille dans le placard. À demain, Guilhem !

Sans me laisser le temps de répondre, il a rejoint la porte à grandes enjambées et a quitté la pièce en claquant le battant derrière lui.

J'étais seul, assis au milieu de mes chemises propres, dans le silence absolu de ma nouvelle chambre. En face de mon lit, contre l'autre mur, l'absence des chemises rangées sans un pli par ordre de couleur. L'absence des graines plantées le long d'un axe parfaitement rectiligne et qui auraient toutes donné le même nombre de fleurs une fois poussées. L'absence de Dimitri. Plus doué pour tailler des haies que pour les interactions sociales…

Ma chambre était trop vide et silencieuse sans lui. Notre duo me manquait déjà.

Encyclopédie complète des affiliations magiques

Les seconds

La magie des Seconds affecte uniquement les réceptacles physiques.

Les Herboristes : Maison Ladran

Les Herboristes, capables d'enchanter les onguents pour modifier leurs propriétés et leurs effets, ont mis très tôt leur magie à profit en montant un véritable empire médical. Les pommades d'un Herboriste, si bien préparées, réparent les os brisés et reconstituent même la peau brûlée. Famille étendue aux nombreux mariages et hybridations, les Ladran possèdent le monopole de la santé sur le Continent. Environ neuf médecins sur dix, à l'affiliation plus ou moins diluée, sont des Herboristes.

Les Chuchoteurs : Maison Jonasson

Les Chuchoteurs, famille restreinte issue du Prévoyer Herjafol, sont capables de communiquer avec les animaux via l'échange de leurs émotions. Réputés secrets, fuyant la célébrité, les représentants de cette affiliation vivent en majorité sur leur Prévoyer d'origine. Néanmoins, un certain nombre d'entre eux ont obtenu une place de choix dans les lieux d'élevages. Quelques grandes familles de Premiers, comme les Hamilcar ou les Blustrode, emploient leurs services.

Les Allumeurs : Maison Solts

Les Allumeurs contrôlent toute source de lumière, du moment que celle-ci est créée artificiellement par l'être humain. Ils sont capables d'en modifier l'intensité, la couleur, et certains peuvent charmer les lampes pour que celles-ci ne s'allument qu'à certains moments de la journée. S'ils n'enchantent pas les luminaires, eux seuls ont le privilège d'allumer la lumière d'un claquement de doigts. Les Allumeurs, d'abord cantonnés aux lampadaires de rues, sont aujourd'hui très demandés pour la décoration d'intérieur.

Les Chaudronniers : Maison Stoja

Il s'agit d'une des rares familles à être restée sur son Prévoyer d'origine. Issue des terres froides du Prévoyer Herjafol, les Chaudronniers forment un clan restreint, mais célèbre. Ceux-ci sont capables de modeler les métaux à leur volonté avec leurs mains. Très proche de l'industrie ferroviaire, elle a accumulé une fortune colossale en s'associant avec la famille Herjafol. Aujourd'hui, elle touche quasiment à toutes les branches de l'industrie du Continent.

CHAPITRE 4

VICTOIRE

Aujourd'hui, j'ai rencontré mon premier griffon.

Enfin, ce n'est pas exact. Depuis mon arrivée, Abraham m'a emmenée en observation. Dressage, régime alimentaire, comportement… Il m'a appris tout ce que je devais savoir pour pouvoir approcher et m'occuper de ces géants de plumes et de serres. Dans leurs enclos grands comme notre maison, j'ai pu les étudier et m'habituer à leur présence. Les animaux m'apaisent, alors je n'ai pas eu de mal à m'acclimater. Je me sentais comme dans les écuries de l'Académie.

Mais ce matin, c'était le grand jour. J'allais, pour la première fois, essayer d'établir le contact avec un griffon sauvage.

— Nous allons voir un animal capturé il y a peu. Je préfère que tu le rencontres ce matin. En fin de journée, nos animaux sont plus agités.

La voix d'Abraham portait à travers les champs que nous traversions alors que la nature s'éveillait autour de nous.

La matinée était fraîche. Les dernières gouttes de rosée s'accrochaient à la végétation et à la roche restée dans l'ombre. L'eau qui perlait sur les hautes herbes du pré rafraîchissait agréablement mes doigts. C'était difficile de croire que d'ici deux heures, la température aurait tout évaporé. Seul le frottis des fourrés contre mes bottes et celles d'Abraham troublait le silence de l'aube. Le pantalon de mon nouvel uniforme était zébré par l'humidité au niveau des genoux. Les écuries se dressaient devant nous, obstruant une partie du paysage au fur et à mesure que nous nous approchions. Elles se composent de plusieurs bâtiments éloignés de la ville, servant à séparer les griffons sauvages, agressifs et méfiants, de leurs congénères apprivoisés.

Même en coupant à travers les prés situés derrière notre maison, le chemin jusqu'aux écuries est long. J'ai eu le temps d'observer la forêt qui borde les prairies, de tourner la tête pour voir les Haras s'éveiller derrière moi. Les cheminées qui se mettaient à fumer, les volets qui s'ouvraient comme on déplie un livre…

— Comment te sens-tu ?

Abraham, arrêté à une vingtaine de mètres du bâtiment, m'a adressé un sourire serein.

— Bien, ai-je répondu avec le plus d'aplomb possible, pour apaiser mon cœur qui oscillait entre l'envie de fuir et celle de me jeter sur les portes pour me confronter au griffon.

Il y en a une dizaine qui s'alignent sur les murs extérieurs, pour permettre aux dresseurs de sortir les animaux individuellement de leurs stalles. Celle en face de nous ressemblait à toutes les autres. Mais pour moi, elle paraissait plus dangereuse, plus fragile, plus mystérieuse.

Le temps de la pratique était arrivé. Mon premier vrai exercice de dressage. Mon mentor a posé une main apaisante sur mon épaule, ajoutant :

— En tant que Chuchoteur, s'il arrive quoi que ce soit, je serai là pour t'aider.

Les Chuchoteurs sont une vieille famille de Seconds : ses racines remontent à plus d'une dizaine de générations. Ils sont dotés du pouvoir de communiquer avec les animaux et de les plier, pour certains d'entre eux, à leur volonté. Pas étonnant qu'Abraham soit ici. Avec son affiliation, sa voie était toute tracée.

Je ne savais pas si je réussirais, mais connaître le pouvoir de mon mentor me rassurait.

J'ai hoché la tête de la façon la plus déterminée possible.

La théorie. Le gouffre. La pratique. Le premier dressage.

— Tu vas voir une jeune femelle. Nos chasseurs l'ont ramenée peu avant ton arrivée. Nous l'avons appelée Thalya. Elle est moins farouche que la plupart des griffons sauvages, mais elle ne se laissera pas faire.

J'ai fait quelques pas mesurés en arrière. Le bruit des feuilles sous mes semelles et le pépiement des oiseaux étaient assourdissants.

Le soleil chauffait mon uniforme, projetait des éclats colorés sur la rosée. J'ai regardé Abraham se diriger vers la porte avec sa tranquillité habituelle. Il me paraissait trop lent, comme étiré par le temps. D'un coup de bras habile, il a déverrouillé le battant et l'a ouvert en grand. L'intérieur des écuries formait un trou béant creusé dans le mur. Mon mentor s'y est engouffré, se laissant avaler par l'obscurité. De la sueur s'est mise à humidifier mon front.

Des bruits de grattement, plusieurs grognements bestiaux. Puis mon mentor est sorti à reculons, rapide et concentré sur ce qui le suivait. J'ai relâché une inspiration que je ne savais pas avoir retenue. La tension a fini de me réveiller. Je devais mettre de côté les nuits pleines de cauchemars sur l'Académie et ce corps face contre terre qui retenaient mon sommeil en otage depuis mon arrivée. Clignant des yeux pour en chasser la sensation collante et piquante, j'ai fait un pas en avant. Un autre. Abraham et moi nous sommes rejoints à mi-chemin, sans un bruit. Les bruits se sont rapprochés. Mon mentor s'est mis à siffler doucement, jusqu'à ce que la bête sorte et éclipse tout.

Des pattes massives dotées de griffes aiguisées lacéraient la terre, arrachant des touffes d'herbe sèche sur leur passage. Et pourtant, lorsque Thalya a émergé de la stalle, son pas était silencieux.

Elle était plus grosse que les griffons domestiqués des autres écuries. J'ai dû lever le menton pour la regarder alors qu'elle s'approchait. J'avais pris l'habitude de voir des plumages ocres stagnant autour de nuances sableuses. Un atout de taille pour se camoufler dans les montagnes, m'a expliqué Abraham. Sauf que Thalya portait un brun sombre qui se rapproche du bois des sapins. Le long de ses ailes était parsemé d'une ligne blanche, une zébrure qu'on ne pouvait que remarquer avec la lumière. Elle devait remonter jusqu'à son dos et traverser ses épaules, mais de là où j'étais, impossible de le voir.

Thalya était concentrée sur mon mentor. À côté, Abraham me semblait trop vieux et trop frêle. Je l'avais déjà vu apaiser des animaux en colère, les rendre dociles juste en les touchant, comme s'il appliquait un baume anesthésiant sur leur esprit. Ça n'éliminait pas le sentiment de danger qui figeait mes muscles à ce moment.

Les yeux d'aigle de la bête, aussi jaunes que la flamme d'une bougie, étaient plantés dans ceux de mon mentor. Je voyais ses serres, sans doute plus grosses que mes deux mains, retourner la végétation et creuser des sillons de terre bouillie. Une fois à l'extérieur, Thalya s'est arrêtée un instant, immobile comme une statue de bronze, avant de se remettre à bouger sans prévenir. La peur a fait remonter une bile amère dans ma gorge.

Le griffon s'est avancé vers Abraham, a claqué d'un bec aussi long que sa gueule, les plumes hérissées. Mon mentor n'a pas bougé. Il s'est baissé, une main tendue, paume vers le ciel. Comme s'il venait nourrir les pigeons.

Mais le pigeon, là, il était sacrément gros.

Thalya a raclé le sol et émis un cri qui a fait remonter des frissons le long de mon dos. Elle a déployé ses ailes. Abraham a manqué de les prendre en pleine face. Puis elle a levé les pattes, tenté de nous intimider. Le courant d'air généré a ébouriffé mes cheveux, les détachant d'un coup sec. La bête s'est tournée vers moi. Comme si elle s'était planté une écharde dans la patte, elle a esquissé un mouvement de recul en m'adressant un grognement menaçant.

J'étais un lapin face au canon d'un fusil.

Ou peut-être pas. Avec des gestes lents, j'ai pris une position similaire à celle d'Abraham. J'ai tenté tant bien que mal de vider ma tête, de passer outre l'agressivité qu'elle me portait. On aurait dit qu'elle me détestait encore plus que mon mentor. Le griffon passait de lui à moi, nous sondant à chaque coup d'œil. Je me suis appliquée à ne pas détourner le regard.

Lorsqu'elle s'est rendu compte que nous restions impassibles, Thalya s'est un peu calmée. Elle nous jaugeait. Après ce qui m'a semblé une éternité, à moitié accroupie dans l'herbe à sentir la chaleur monter dans l'air, le griffon s'est avancé. Il a fléchi les pattes comme un prédateur prêt à bondir, rabattu ses ailes contre ses flancs. Ses plumes sombres et soyeuses scintillaient à la lumière. Thalya s'approchait par à-coups, méfiante à chaque mouvement.

J'ai glissé un regard vers Abraham. Il me l'a rendu.

C'était mon tour.

— Thalya a mauvais caractère, a soufflé mon mentor avec un œil tendre dirigé vers la bête, mais elle n'est pas méchante.

— J'ai l'impression de la mettre mal à l'aise…

— Tu vas devoir prendre le temps. Te sens-tu prête ?

Encore une fois, j'ai hoché la tête sans dire un mot. Le sang pulsait jusque dans mes paumes. J'ai pris quelques inspirations pour drainer la tension nouant mon estomac. Abraham a esquissé quelques pas discrets en arrière. Thalya lui a jeté un œil avant de planter son regard dans le mien. J'étais sa cible directe.

Je me suis concentrée, faisant ressurgir ce qu'Abraham m'avait appris avant ce jour. Mon corps fatigué fut parcouru d'une décharge froide qui me remit d'aplomb dans l'arène.

La majorité des dresseurs ne sont pas des Chuchoteurs. Tout est dans la tête, Victoire…

L'envie de passer mes doigts dans ses plumes me titillait. Elles avaient l'air douces et solides à la fois. Il allait falloir l'y habituer pour qu'elle puisse participer aux spectacles de voltige.

Trois étapes.

D'abord, établis un contact. Tu dois convaincre l'animal que tu ne lui veux pas de mal. Il faut qu'il se calme, qu'il accepte de s'approcher.

Je me suis penchée en avant, tendant la main droite de la même façon que mon mentor. Thalya a claqué du bec et s'est ramassée sur elle-même en glapissant. Ma paume a vacillé, mais j'ai maintenu le cap.

Les griffons sont fiers. Ils doivent sentir que tu les respectes, mais que tu ne te soumets pas. Rester immobile est une bonne façon de procéder.

Je suis restée figée, me faisant violence pour ne pas prendre mes jambes à mon cou. En face de moi, une bête sauvage qui poussait des cris d'orfraie et se cabrait pour m'intimider.

Ne penser à rien. Se concentrer sur elle. Respect. Calme. Empathie. Et surtout pas de la peur, comme celle qui menaçait de remonter à chaque instant jusqu'à ma gorge.

Thalya a senti quelque chose. Elle s'est redressée lentement. La bête a fini par s'approcher de moi d'un pas étrangement léger, sans me quitter des yeux. D'un coup, j'ai eu l'impression qu'on m'avait jeté un sac de sable sur les épaules. Ses pupilles, comme deux fentes noires, me cisaillaient et me comprimaient les poumons. Je suis restée immobile, décidée à lui montrer que j'étais digne d'elle.

Quelque chose a fleuri dans mon ventre. De l'admiration. Là, tout de suite, malgré la fatigue, le stress et la peur, j'ai réalisé que j'aimais les griffons.

L'air qu'elle brassait de ses ailes massives était tiède et poussiéreux. Je sentais la terre se coller à ma peau moite. Mes lèvres étaient sèches. Je ne lui voulais pas de mal. Nous étions à égalité, elle et moi.

En plus de son agressivité, Thalya était méfiante, beaucoup plus qu'avec mon mentor. Il fallait que je m'accroche. Les secondes, les minutes passaient et je restais là, le regard planté dans celui du griffon. Un moment, elle s'est redressée de toute sa hauteur pour m'intimider. Au moment d'abattre un puissant coup de bec sur moi, elle s'est ravisée et a reculé. Je sentais les larmes qui perlaient au coin de mes yeux, mon souffle si ténu que j'avais l'impression de ne plus respirer.

C'était la dernière tentative de Thalya. Elle a fini par se rapprocher à nouveau à pas mesurés. Pas trop vite. Quelque chose a changé dans son attitude. Ses plumes, hérissées il y a quelques instants, se plaquaient sur son corps. Elle s'est redressée pour de vrai, sans bander les muscles de ses pattes comme pour préparer une attaque. Je n'osais rien faire : si jamais je lui refaisais peur, il allait falloir tout recommencer…

J'ai senti quelque chose sur le bout de mes doigts. Surprise, j'ai manqué de tomber en arrière. Un mouvement de recul léger m'a échappé, auquel Thalya a répondu en miroir. Puis j'ai compris. Elle m'avait touché la main. Avec un roucoulement grognon, la bête a tendu le cou vers moi, appuyant encore une fois sur ma peau de son bec. Mes épaules se sont affaissées. La tension quasi palpable a fondu comme la cire d'une bougie. Si j'avais pu, je me serais retournée vers Abraham pour lui montrer.

Cale-toi désormais sur son mode de pensée. C'est le contact qui crée la connexion, Victoire.

En voyant Thalya m'effleurer plusieurs fois la main, mon corps s'est dénoué. Des petits chocs ont parcouru mes membres. J'avais apaisé un griffon. Il essayait de créer le contact. J'ai ressenti un instant la présence d'Abraham derrière moi. Comme si j'avais un relief rassurant dans mon dos, prêt à me soutenir.

Le griffon est venu se mettre juste devant moi. Sa tête se tenait à dix centimètres de mon visage. Aussi près, j'ai ressenti physiquement la force d'esprit qui l'habite. J'ai reculé ma main, qui flottait désormais autour de son bec. D'un coup, la plaine est devenue silencieuse. Les oiseaux ne chantaient plus, le vent a cessé de faire bruisser l'herbe. Autour de moi, le monde retenait son souffle.

Calme.

Le mot qui a résonné dans ma tête m'a prise au dépourvu. J'ai cligné des yeux, senti mon crâne se comprimer dans une sensation que je connais trop bien. Ce n'était pas le moment d'être prise d'une migraine et de pensées en vrac.

Thalya n'avait pas l'air dérangée. J'ai posé un, deux, cinq doigts sur son bec. Le griffon a émis un autre bruit, plus doux. J'ai senti Abraham bouger derrière moi. Ma paume a effleuré la surface solide, remonté sans se presser jusqu'à son visage. Lorsque ses plumes sont passées entre mes doigts, j'ai découvert que c'était exactement la sensation que j'avais imaginée. Si douces et pourtant rigides, leurs fibres dansaient au moindre courant d'air.

Thalya s'est appuyée sur ma main, toujours alerte. J'ai passé ma main derrière ses oreilles duveteuses, descendu mes doigts jusqu'à son cou. Le gonflement soudain d'une cacophonie de voix dans ma tête me saisit. J'ai l'impression d'être tombée dans les ronces. Je retire d'un coup ma main et manque de chuter en arrière, secouant la tête pour chasser le brouhaha qui couvre les sons extérieurs.

Thalya écarquille les yeux, se cabre et m'envoie un coup de tête dans le bras qui me fait valser sur le côté. J'essaie de me stabiliser, ne sachant plus où se trouve le sol. Elle pousse un hurlement plus perçant que les voix dans ma tête et fait siffler mes tympans. Une sensation violente et sourde m'assaille de la main jusqu'au coude. Je lâche un cri de douleur, à peine le temps de me lever qu'une énorme serre m'agrippe l'épaule et me projette à terre. Ma tête cogne le sol. Plus de voix. Des points lumineux dansent dans mon champ de vision. Ma chemise de travail est en lambeaux. Mes dents crissent le long de ma mâchoire en compote.

Relève-toi, Victoire! Vite!

La vue brouillée par le choc, je m'appuie sur mon mauvais bras, pousse un râle, essaie de me reculer le plus vite possible en moulinant des pieds dans l'herbe. Thalya se trouve au-dessus de moi, cachant l'éclat du soleil. Dressée sur ses pattes arrière, elle s'apprête à m'écraser entre ses serres.

Mon sang a quitté mon visage pour se recroqueviller vers mon cœur. Je ne suis plus qu'un corps de glace.

CHAPITRE 5

GUILHEM

J'ai jamais aimé le matin. Sentir la lumière du soleil me percer les paupières, c'est pire que Victoire qui me faisait la morale quand je séchais les cours.

Quand j'ai ouvert les yeux, le lendemain de mon arrivée, le réveil sur mon guéridon indiquait même pas cinq heures. Fallait croire que les volets extérieurs suffisaient pas pour bloquer le soleil. Sans déconner, le manoir était sombre comme du café et il pleuvait tout le temps, par contre, à cinq heures ce matin-là, il faisait clair ! Et puis franchement, les Litréans, ils avaient de sacrés beaux rideaux dans leur palais. Tu vas pas me dire qu'ils avaient pas le budget pour en accrocher chez les domestiques ?

Dans un grognement, j'ai maudit le Destin avant de me lever. Le parquet froid m'a fait râler, et je me suis précipité sur le tapis pour abréger ma torture. Au moins, j'avais dormi comme une masse, et c'était pas gagné avec ce qui était prévu pour mon premier jour. Faut dire que le lit était vachement confortable. Je m'attendais à pire pour un domestique. La vie de palace, ça avait du bon.

Il fallait absolument que je me réveille ou la journée allait être catastrophique. Une douche. C'était la bonne idée, de prendre une douche. Rien de mieux pour être frais et dispos. Et surtout, pour éviter de penser que dans quatre heures, je rencontrais une Première.

Je savais que ça pouvait pas bien se passer.

J'ai mis trente minutes à trouver les douches, avant de réaliser qu'elles étaient situées dans le couloir d'en face. Faut dire qu'on trouvait pas grand monde debout à cette heure-ci. J'ai fini par demander mon chemin au premier mec qui passait. Il a lorgné mes cheveux en bataille et ma chemise déboutonnée d'un air bizarre avant de m'indiquer la bonne direction. Je sais que j'ai pas une gueule incroyable le matin, mais il aurait pu s'abstenir de me regarder comme ça. Enfin bref. L'eau était chaude, c'est tout ce que je demandais.

Heureusement que ça m'avait réveillé parce que, à la bourre comme j'étais, c'était la panique dans ma tête. Pas question d'être en retard pour mon premier jour.

Maintenant, quand je repense à ce matin-là depuis le trou où je me caille et où je suis plus seul qu'Émile dans son lit, cette époque a un arôme doux. Mais surtout amer. Comme la fois où j'ai croqué dans un carré de savon noir en espérant que ça ait le goût de l'odeur.

J'avais même pas pris le temps de m'admirer dans le miroir après avoir enfilé mon nouvel uniforme. J'avais tout juste fini de fermer les boutons de mes gants qu'Émile avait toqué à la porte, puis était entré comme si c'était sa piaule.

J'ai bégayé un bonjour à moitié mâché, à moitié offusqué.

Mon collègue m'a scruté de haut en bas sans paraître horrifié. J'en ai conclu que j'avais enfilé mes fringues comme il fallait, ma queue-de-pie le long de – et pas *dans* – mon pantalon et mon nœud papillon bien droit et serré.

— Bonjour, Guilhem, vous êtes à l'heure, c'est bien, a-t-il débité sans s'arrêter, fermant la porte derrière lui. J'espère que vous êtes prêt pour votre première journée, nous allons rejoindre les cuisines par les passages intermuraux. Pouvons-nous y aller ?

Ce jour-là, j'ai retenu une règle essentielle : Émile était toujours pressé. Peu importe le lieu, peu importe l'endroit, il avait toujours quelque chose de mieux à faire. On a bourlingué entre les murs du manoir pendant une bonne heure. J'ai toujours été impressionné de voir à quel point ces passages étaient larges. Aucun risque de percuter un collègue, même si je transportais un matelas avec moi. Bon, ça a jamais été mon truc de me balader entre deux murs de pierre, éclairé par la lumière de lampes enchantées et souvent d'humeur maussade, mais il faut dire que c'était quelque chose. Avec le temps, j'ai compris que les murs de ce palais étaient aussi épais que les non-dits qui régnaient chez les Litréans.

L'avantage, c'est qu'après ça, je savais me repérer dans la demeure, du moins entre ses murs. Descendre aux cuisines m'a rappelé à quel point j'avais faim. Dans le vestibule, c'était branle-bas de combat. Des cuisinières, des préposés au nettoyage, plusieurs jardiniers, tout ce beau monde s'esquivait avec des trucs plein les bras. Sept heures. Le manoir se réveillait.

Dans les cuisines, je suis resté comme un con : devant moi s'alignaient plus de gazinières et s'entrechoquaient plus d'ustensiles que dans mes fantasmes les plus torrides. Le bruit des poêles qui grésillent, le bouillonnement distinct de l'eau pour le thé, les effluves du sucre qui fond… Il a fallu un commis gros comme un cube pour me sortir du passage. Je savais que j'étais fait pour ça. La cuisine. Le service. Entre les arômes délicats, les cuillères à soupe, les plateaux d'argent et les salons privés.

Dès qu'un des cuisiniers a vu Émile, il s'est mis à murmurer à son voisin, qui a fait passer le message à l'autre… En trente secondes, tout le monde nous avait salués d'un hochement de tête. Y avait pas à dire, être le domestique personnel d'un Premier, c'était pas n'importe quoi.

— J'ai vu les cuisines, et c'est vachement sympa, mais du coup, on fait quoi maintenant? ai-je glissé à Émile après une minute à observer les gens cuisiner en salivant.

— Eh bien, nous allons manger, m'a répondu mon collègue, pile quand une grande femme, que je devinais être la cheffe, nous apportait deux assiettes garnies et fumantes.

Et au milieu des cuisines, sur nos tabourets, nous avons pris notre petit déjeuner. De part et d'autre de notre plan de travail, on se passait la bouffe, on coupait ses légumes et on braillait des ordres dans la vapeur et les allers-retours.

C'était une sacrée arène. Le goût de ces combats-là me rend nostalgique.

L'odeur du pain grillé avec du sucre, une odeur de caramel. La sensation du plateau en argent tiède autour de mes doigts, celle de la lumière qui éclairait l'intérieur vert et brun des salons. Par contraste, l'air qui passait entre mes manches et le tissu de mes gants faisait froid. Ça se sentait que la Saison des Blés était plus fraîche qu'à Enathon.

Raphaëlle habitait à l'opposé des cuisines, au rez-de-chaussée. C'était pas plus mal, parce que les Premiers passaient pas souvent par là, donc j'étais pas obligé d'emprunter les passages intermuraux. Tout droit dans les couloirs, après avoir dépassé un millier de portes menant à des salles de danse, des boudoirs et des bureaux privés.

Par contraste avec les cuisines, le palais était paisible. En tout cas, plus paisible que moi, qui serrais les lèvres en suivant mon chemin. Pour me rassurer, je me répétais le même mantra.

Serein et motivé.

Émile m'avait dit que tout se passerait bien. J'avais aucune confiance en cette affirmation, mais si je faisais semblant assez fort, peut-être que ça finirait par marcher.

Serein et motivé.

On m'avait dit que Raphaëlle et son frère habitaient tous deux le rez-de-chaussée, tandis que leurs parents étaient logés au premier. Ça voulait dire que, du deuxième au cinquième, y avait que des enfilades de quartiers privés, de balcons, de salles à manger et de boudoirs. J'avais pas envie de penser à la quantité de marches que je devrais me taper le jour où ils auraient des invités. Tout ça pour apporter des plateaux avec trois assiettes dessus, comme celui que je tenais entre les mains. Ils pouvaient pas venir se servir comme des adultes responsables, les Premiers ?

Plus j'avançais dans les couloirs et plus les teintes vert foncé devenaient claires. On passait de la déprime à la tristesse. Le soleil du matin, qui contrastait pas mal avec le temps de la veille, rendait presque l'intérieur lumineux. Toujours ces murs lambrissés avec soin, décorés d'une peinture un peu terne et chargés de tonnes de bibelots. Il y avait des tableaux qui bougeaient, des assortiments d'assiettes dans lesquelles j'aurais jamais mangé tellement elles étaient sophistiquées, des compositions de plantes sèches dans des vases géants… C'est sûr qu'on manquait pas de décoration ici. Si on ajoutait les motifs des rideaux, les tringles aux extrémités travaillées et les meubles agrémentés de coussins, ça avait vraiment la gueule d'une maison noble.

J'ai fini par déboucher sur un très grand salon, qui ressemblait presque à une salle de lecture vu le nombre d'étagères couvertes de livres sur les murs. On aurait pu y mettre vingt personnes qu'il resterait de la place. C'était sans doute la pièce dont Émile m'avait parlé. Je voyais bien les deux couloirs, qui partaient chacun dans une direction, au bout. La pièce était presque déserte. J'ai pris le temps d'admirer l'endroit baigné de soleil. Fallait dire que le vert, ça rendait pas mal, ici. C'était paisible, lumineux. Enfin, ça devait être comme ça environ cinq jours par saison, vu le temps de merde qu'il fait sur ce Prévoyer. Les fenêtres, ouvertes, faisaient danser les rideaux et sécher les tables basses, qui m'avaient l'air tout juste nettoyées.

À mes pieds, le tapis qui recouvrait la pièce s'était animé. J'y ai vu des oiseaux prendre leur envol et m'éviter avec prudence, des moutons trop occupés à brouter pour faire attention à moi. Des fils d'or paraient les coutures et faisaient écho aux cadres sur les murs.

— Tu cherches quelque chose ?

La voix venait d'une demoiselle de chambre occupée à nettoyer les vitres. Je l'avais même pas remarquée. Ses yeux décortiquaient mon plateau, mon uniforme. D'un coup, elle a ouvert la bouche, formant un « oh » surpris.

— Tu es le domestique personnel de Raphaëlle ?

— Euh, oui, ai-je répondu après une brève hésitation. Je dois lui apporter son déjeuner et…

Avant que j'aie pu finir ma phrase, elle s'est avancée en époussetant ses mains sur son tablier. Je l'ai regardée réorganiser le plateau que je transportais avec des yeux ronds : elle changeait la théière de place et saupoudrait le pain grillé d'un peu plus de sucre. Je n'ai pas osé reculer, de peur de faire tomber la vaisselle.

— La jeune Dame préfère lorsqu'on la sert comme ça.

— Ah. D'accord, ai-je bredouillé, un peu confus. Bah, merci, du coup, j'imagine ?

La demoiselle a secoué la tête.

— Pas besoin. Je sais juste des choses que tu n'as pas encore apprises. Ton arrivée était attendue, tu sais, a-t-elle ajouté après une hésitation.

— Ah, c'est ça les regards bizarres ? Les félicitations ? Je me disais, aussi…

Ses lèvres s'étaient étirées, signe que j'avais réussi mon coup.

— Tu viens d'arriver et tu récupères un poste qu'on est censé obtenir après plusieurs années. Il y en a qui se posent des questions. D'un autre côté, on était en manque d'effectifs avant ta promotion. Émile avait une idée très précise du profil qu'il cherchait. Et quand il veut, on lui obéit.

— Ah.

Serein et motivé.

La jeune femme a ensuite haussé les épaules et s'est redressée, les mains sur les hanches. Elle a contemplé mon plateau avec satisfaction.

— Ça devrait aller. Ses appartements sont au bout du couloir à gauche, m'a-t-elle indiqué en retournant à sa fenêtre. Dépêche-toi, sinon ça va refroidir.

En reprenant ma route, les oiseaux ont suivi mes pas, jouant à tourner autour de mes chaussures tandis que je me dirigeais vers les appartements de Raphaëlle. J'ai focalisé mon attention sur les craquements du pain encore chaud, sur la brise qui faisait voler les tissus, sur la grande porte qui se dévoilait au bout du corridor.

Serein et motivé.

— Vous voilà.

Je n'ai même pas pu dire bonjour. C'est comme si Raphaëlle Litréans savait que j'étais là. Enfin, pour quelqu'un qui prévoyait le futur, c'était pas super étonnant. Elle me scrutait, ses grands yeux chocolat à la courbure innocente me transperçant de part en part. Quinze ans, vraiment ? La lumière dans son regard lui en donnait dix de plus. Inconsciemment, j'ai resserré mon emprise sur le plateau. Un truc invisible pesait sur mes épaules. J'aurais donné n'importe quoi pour pouvoir desserrer mon col, là, de suite.

— Bonjour, ma Dame.

La pièce dans laquelle j'étais entré faisait à la fois chambre et bureau. Les murs étaient décorés d'une tapisserie brune, sur laquelle on avait accroché des tentures soignées. Raphaëlle, enveloppée dans une robe aux teintes rosées, se contemplait dans le grand miroir posé en face d'elle. Une femme de chambre s'activait, nouant son corsage avec habileté. J'ai attendu deux bonnes minutes planté devant la porte. Le temps que la jeune fille tourne sur elle-même pour admirer les plis des jupons, tende les bras pour jauger les manches qui épousaient ses poignets fins. Ses cheveux longs, tressés de fer et de miel, étaient remontés en un chignon qui m'a laissé pensif. Comment pouvait-elle porter ça sur la tête sans attraper mal au cou ?

Elle a donné son approbation d'un haussement de sourcils et congédié sa dame de chambre, qui a emporté le miroir roulant avec elle.

— Posez votre plateau ici, m'a-t-elle ordonné en désignant son immense bureau d'un geste évasif de la main. J'ai du travail qui m'attend.

Je me suis exécuté sans me faire prier. Une fois libéré de mon chargement, je ne savais plus trop où me mettre. À défaut, j'ai fait ce qu'on m'avait appris à l'Académie : je suis resté droit, attendant de nouvelles instructions.

— Quel est votre nom ? m'a-t-elle demandé en chassant une mèche rebelle le long de sa nuque.

— Guilhem, ma Dame.

— Bien.

Elle s'est assise à son bureau, près des fenêtres qui donnaient sur les jardins. Le soleil rendait sa peau plus claire qu'elle ne l'était déjà. Nimbée d'un halo pâle, on aurait cru qu'elle descendait directement du ciel pour régner sur le Continent. Je n'ai pas perdu de temps pour servir son thé, priant pour que mes mains ne fassent pas n'importe quoi. Ses yeux scrutaient mes moindres mouvements, comme pour me juger. Ou alors, elle savait que j'allais me foirer et elle se foutait de moi en avance. Je me suis concentré sur ma respiration, le ciel assombri par une légère couverture nuageuse, le pépiement lointain d'un oiseau à travers les vitres.

J'ai pris mon temps pour verser le liquide en filet, afin qu'il ne soit pas brûlant dans la tasse. L'odeur profonde des feuilles infusées, venues des Terres d'Ailleurs, s'est évaporée dans la pièce. Elle m'a rappelé les marchands sur les grandes places d'Enathon, tous ceux à qui je volais sur les étals quand j'avais faim. Victoire me grillait à chaque fois. Le bon vieux temps.

Raphaëlle m'a semblé satisfaite de sa boisson. Elle l'a sirotée, m'adressant un hochement de tête appréciateur. La chaleur du liquide formait de la buée sur la tasse.

— J'entrevoyais un certain nombre de possibilités pour cette rencontre, a-t-elle murmuré. Vous vous en êtes bien sorti.

J'ai ouvert la bouche, l'ai refermée *illico*. Grand bien m'en a pris.

— Ne cherchez pas à répondre, ce n'était pas une question. Je sais d'avance ce qui va suivre. Évitons-nous l'embarras de phrases convenues.

Puis elle a croqué dans son pain sucré, et un air béat a illuminé son visage. C'est seulement à ce moment-là que j'ai eu l'impression d'avoir une gamine de quinze ans en face de moi.

Le déjeuner s'est déroulé dans un silence confortable. Raphaëlle ne m'a plus regardé, occupée à finir son plateau tout en triant plusieurs cahiers. Après avoir consciencieusement nettoyé ses doigts de toute trace de sucre, elle a repris :

— Vous m'apporterez mon repas de midi dans ma chambre. J'ai pris du retard sur plusieurs de mes cours, je me dois de le rattraper. Oh, et si vous pouviez sortir mes boîtes à bijoux après manger, elles sont dans les commodes… Nous avons une réception bientôt, il va falloir que je prépare ma robe. Ma couturière viendra vers cinq heures.

Sa posture dénotait d'une certaine assurance, d'une habitude à diriger. Son ton, lui, interdisait la remise en question. Je n'ai rien répondu. Elle n'en a pas tenu compte. Avec son pouvoir, c'était du pareil au même.

— Vous a-t-on donné votre clochette ?

— Ma clochette ?

Raphaëlle s'est retournée sur sa chaise, un pli entre ses deux sourcils, puis s'est levée d'un mouvement gracieux. M'intimant d'un geste de ne pas bouger, elle est partie fouiller parmi les tiroirs de sa coiffeuse, un large meuble en marbre surmonté d'un beau miroir.

Après quelques secondes, elle est revenue vers moi avec un objet entre ses mains délicates. La jeune Dame m'a tendu ce qui m'avait l'air d'une montre à gousset. Je l'ai inspectée, puis ouverte, pour découvrir qu'elle contenait deux cadrans. La première indiquait huit heures vingt, la deuxième…

— Voilà votre clochette. Elle ressemble en tout point à une montre à gousset, sauf pour le petit cadran en haut à droite. L'objet est enchanté. Il sonne lorsque j'ai besoin de vos services.

J'ai inspecté la montre sous toutes ses coutures en ouvrant de grands yeux. Un objet enchanté ? Un vrai qui marche, qui existe, rien que pour moi ?

— Excusez-moi, ma Dame…

— Oui ? a marmonné Raphaëlle, qui retournait déjà à son bureau.

— À quoi sert le petit cadran ?

— Oh, cela, s'est-elle rappelée en reprenant son travail. Il s'agit d'un minuteur. Il indiquera le temps qu'il vous reste pour me rejoindre avant que je perde patience.

Je suis resté planté comme un con au milieu de la pièce, à regarder son dos. J'ai haussé les sourcils. Jeté encore un œil à la montre. Relevé la tête.

Là, j'ai su que j'étais tombé sur un sacré morceau.

— Je vous appellerai dès que j'aurai besoin de vous, m'a-t-elle congédié comme un malpropre.

Même si elle ne me voyait pas, je lui ai adressé ma révérence la plus soignée avant de m'éclipser. Sur le pas de la porte, elle m'a interrompu :

— Oh, et faites attention aux fenêtres du salon.

Lorsque j'ai compris le bon sens de cet avertissement, c'était bien évidemment trop tard. Les fenêtres entrouvertes du petit salon avaient *déjà* laissé passer ce foutu vent frais qui avait décoiffé les arrangements floraux. Et je m'étais *déjà* empressé d'aller cueillir les quelques tiges éparpillées sur le tapis moelleux pour éviter de me faire engueuler par un Premier amateur de pistils, le nez au ras du sol, reniflant les bourgeons comme un chien en chasse. Le flair en moins. Parce qu'en me relevant, j'avais dit bonjour avec mon front au bois massif de la fenêtre, ballottée par le courant d'air.

J'avais marmonné des injures, passé mes mains sur la bosse naissante, jeté les fleurs récupérées dans le vase, puis m'étais redressé en pestant.

Le ciel avait repris cette couleur grisâtre bien moche, caractéristique du Prévoyer Litréans, et le salon s'était vidé comment une maison abandonnée.

Madame Pain-Sucré devait bien se marrer avec ses devinettes et ses effets d'annonce, le tic-tac de la montre à gousset résonnant comme un gong sur mes tempes et un chronomètre dans mon cœur.

Elle et moi, on allait bien s'amuser. À mes frais, apparemment.

CHAPITRE 6

GUILHEM

Quand Raphaëlle voulait quelque chose, elle l'obtenait.

Je suis pas stupide, et j'ai pas mis longtemps avant de m'écraser, terrassé par les maux de tête qu'elle me filait avec ses combines.

Lors de la préparation du dernier conseil, j'ai passé trois jours et trois nuits à bichonner des biscuits à des heures indues pour satisfaire son endurance à coups de carburant sucré. J'ai été chercher des fraises au grand marché de Milantal. Sauf qu'en pleine Saison des Blés, ça pousse plus, les fraises. J'ai dû tourner deux heures sur les marchés du lac pour en trouver. Vu la tête qu'elles avaient, je les aurais même pas volées, mais bon…

J'ai essayé d'en rire en me disant que, malgré mon coup de fourchette, j'avais trouvé un adversaire à ma taille. La demoiselle était sèche comme une brindille. En réalité, je trouvais ça flippant.

Depuis l'incident du petit salon, mon front avait viré au bleu, puis était resté sur un vieux jaune dégueulasse. Ma méfiance envers les fenêtres n'avait plus de limites. Pire encore, je les haïssais. Parce qu'aujourd'hui, c'était le jour de la réception, et que je pouvais pas me pointer avec ce truc sur la tronche.

À la vue de l'immonde couleur qui décorait mon visage, Émile m'avait pris en pitié et m'avait refourgué un petit pot de poudre.

— Maquillez-moi ça. Cette réception est une fête en l'honneur des réformes de soins adoptées par le Prévoyer. Vous n'avez pas le droit de vous montrer ainsi.

Sacré Émile…

Là où je suis aujourd'hui, je regretterais presque tes petites attentions mesquines, mais toujours bienvenues. Comment on a pu en arriver là ?

Je me suis poudré, et pas que la bosse. J'avais des cernes terrifiants aussi.

La nuit d'avant, bien après le coucher du soleil, j'étais encore debout, devant le miroir sur pied calé contre un mur de ma chambre, à passer en revue le moindre élément de mon costume : mes brogues noires cirées avec soin, ma chemise blanche sans un pli, mon pantalon droit et bien ajusté, ma queue-de-pie qui portait les armoiries de la Maison Litréans… Les boutons dorés de mes gants étaient bien fermés, le mouchoir qui dépassait de la poche sur ma poitrine scintillait d'un vert profond. Y a pas à dire, j'avais la classe dans cet uniforme.

En me regardant, j'ai eu l'impression d'être quelqu'un d'autre. Ça m'a fait un peu bizarre. J'avais toujours la même tête, avec les mêmes cheveux blonds coupés sous la mâchoire, le même sourire qui part vers la gauche. J'étais beau, j'étais prêt. Comme d'habitude, en fait. Mais ce costume me rendait différent. Il portait un symbole. Celui des Litréans.

Une sonnerie aiguë et pressante a interrompu mes pensées. Je me suis précipité vers mon lit pour attraper la montre à gousset jetée sur la couette. Le petit cadran s'est mis en marche. Trois minutes. Raphaëlle voulait que je me ramène. C'était pas n'importe quelle soirée de riches pour elle.

Même si cette petite fête était politique, ses quinze ans tout frais faisaient d'elle la personne la plus convoitée du bal. Et comme elle devait être la dernière à arriver, il fallait qu'elle fasse impression. Le choix de ses vêtements a été un casse-tête insupportable. Le moindre défaut de couture, le plus infime souci d'ajustement valait aux couturières des regards lourds de reproches, et toute sa suite se serait jetée par les fenêtres si on les avait ouvertes. Moi, je m'étais contenté de faire tapisserie et de lui apporter des quantités abusives de petits gâteaux. Ma tête était pleine de tissus, de corsets trop serrés et de dossiers qu'elle avait passé ses journées à étudier entre deux essayages.

Je me rends compte à présent que les petits fours, les engueulades et les froufrous, c'était le bon vieux temps. Dans la vie, les conneries arrivent trop vite, plus vite que les fenêtres sur un front ; c'est con, j'étais pourtant pas mauvais dans ce genre de situation…

Moins de trois minutes plus tard, j'avais la main sur la poignée de la porte et l'oreille contre le battant. À l'exception de pas agités, j'entendais pas grand-chose.

— Guilhem ? Ne restez pas derrière la porte.

Pris la main dans le sac comme un gamin.

Ses appartements étaient moins en bordel qu'hier, mais on pouvait pas dire que l'ordre régnait. Il y avait toujours ses deux dames de chambre, fidèles au poste, occupées à retoucher le bas de sa robe d'un air blasé.

Raphaëlle, perchée sur un piédestal et partiellement recouverte de tissu, s'est tournée vers un homme, calé à côté de sa coiffeuse. Des pots de poudre et des broches ornées de pierres s'y empilaient comme un Eldorado baroque. J'ai d'abord tiqué, pas sur les bijoux plus gros et moches les uns que les autres, mais sur le type. Sa présence me paraissait complètement absurde.

— Stanislas, voici Guilhem, a dit Raphaëlle entre deux réprimandes aux couturières.

Celui-ci m'a souri sans parler.

Stanislas, son frère aîné malade, lunatique, mélancolique. Enfin, de ce qu'on en disait dans les couloirs du palais. Accoudé à la coiffeuse, il avait pas l'air plus malade que Raphaëlle, coincée dans son corset trop serré. Enfin, pour ce qu'on me demande mon avis…

— Guilhem, allez me chercher deux tartelettes aux fruits. J'en ai terriblement besoin, vous comprenez ? Maintenant, a murmuré Raphaëlle à bout de souffle.

J'allais répondre qu'en à peine le temps de *maintenant*, ses tartelettes auraient la même tronche que du beurre laissé en pleine canicule, mais Stanislas a dégainé en premier :

— Les tartelettes avec ton corset, tu ne devrais pas faire ça, a-t-il soufflé d'une voix timide.

— J'ai trop faim pour attendre le buffet, a répliqué Raphaëlle en ajustant ses boucles d'oreilles. De plus, mon poids ne te regarde pas, cher frère.

Les deux Premiers se sont regardés longuement. Y avait un contraste saisissant entre elle, droite comme un arbre, et lui, les bras croisés façon vieux panier en osier.

J'ai décollé fissa en cuisine, laissant l'arbre et le roseau se regarder en chiens de faïence.

Dans les cuisines, il faisait une chaleur à crever. J'étais à deux doigts de péter les plombs, paniqué par ma fourchette de temps plus que serrée, les tintements des ustensiles, les odeurs de viande en sauce et les cris des gens qui gueulaient sans parvenir à s'entendre. Ça courrait partout pour aller nulle part, avec dans les bras des trucs improbables. Les plats finalisés attendaient, disposés sur des tables, des meubles, même dans les salles adjacentes où se trouvait le linge de table. Je savais que je pouvais pas me démerder tout seul sur ce coup. À deux doigts de pas pouvoir entrer dans les cuisines, j'ai repéré celle que je cherchais, occupée à faire flamber de la viande dans une poêle sans doute aussi grande que l'ego d'Émile. Dès que je suis arrivé à sa hauteur, Aline a pas perdu de temps, comme si elle savait déjà ce que j'allais lui dire.

— C'est Raphaëlle ? m'a-t-elle crié par-dessus le brouhaha ambiant.

— Oui ! Deux tartelettes !

— Bien ! Je vais demander à Boris de te filer ce qu'il te faut pour le fond ! Dans le placard derrière toi, tu as des abricots confits de la saison !

J'ai même pas pu la remercier, parce qu'elle s'est tournée en direction de la salle et a beuglé :

— Vous me libérez le four numéro six ! Boris, deux petits fonds de tarte nappés de crème pâtissière !

Je me suis jeté sur le placard et j'ai attrapé le premier bocal d'abricots confits que j'ai trouvé. Pas le temps de prendre plaisir à cuisiner, j'étais déjà en retard.

Sur le retour, j'ai même pas pris le temps de toquer à la porte. Mon entrée avait dû être un peu brutale, parce que Raphaëlle, assise à sa coiffeuse, ne l'avait pas anticipée.

J'étais en retard. Le dos droit, mon plateau embaumant les fruits chauds dans une main, j'étais prêt à recevoir le savon qui m'attendait.

— Donnez-moi les tartelettes, Guilhem, je meurs de faim.

Les dames de chambre avaient levé le camp en emportant tout leur fatras avec elles. Stanislas était parti, lui aussi. Raphaëlle piquait méthodiquement des épingles discrètes dans ses cheveux. Elle a pris le plateau pour le poser face à elle en soupirant. Deux bouchées, trois secondes de mastication, et c'était fini. Pas une miette en avait réchappé. Elle avait l'habitude de faire ça, c'était clair. La scène était perturbante.

Si je lui avais amené des tartelettes à l'infini, est-ce qu'elle se serait arrêtée de bâfrer ?

Je l'ai vue froncer les sourcils, s'essuyer les doigts avec soin et fermer les yeux en expirant bruyamment. Je me suis contenté de retirer le plateau pour la laisser se maquiller. Ses doigts fins passaient de pot en pot, poudrant sa peau ou teintant sa bouche avec des nuances sobres, mais élégantes. En cinq minutes, le tour était joué. Raphaëlle a pris le temps de fermer puis de ranger tous ses produits de beauté avant de se lever de sa coiffeuse. Elle s'est tournée vers moi, a fait deux pas histoire d'ajuster le tombé de ses jupes, tâté sa coiffure d'une main et redressé le menton.

Ce soir, l'héritière de la Maison Litréans avait décidé de porter les couleurs de sa famille.

Sa robe à la taille marquée, dont le col lui dénudait les épaules, était faite de plusieurs jupons vert bouteille qui s'empilaient et chatoyaient à la lumière. Les coutures avaient été recouvertes de broderies dorées qui s'étendaient sur le tissu comme des racines élégantes. Sobre, pas trop sophistiqué, mais d'autant plus remarquable. Typiquement Premier.

En la voyant, je me suis dit qu'elle avait fait le bon choix.

Avec son menton levé haut et sa tenue impeccable, c'était comme si l'épisode des tartelettes n'avait jamais existé.

La salle était pleine d'aristocrates et de personnalités politiques du Prévoyer. J'avais bien fait d'apprendre mes cours : ça m'a permis de les reconnaître à leurs costumes et aux insignes qu'ils portaient.

Je trouvais que l'ambiance était détendue, mais j'avais pas encore appris à déchiffrer les visages et à tiquer sur les formulations de phrases un peu trop subtiles pour pas être insultantes. Maintenant, je me dis qu'ils étaient bel et bien contents, mais que ça devait pas les empêcher de parler les uns sur les autres et de juger les Premiers qui les avaient invités.

À son entrée, Raphaëlle a été accueillie comme une jeune Dame de son rang en terres amicales : avec admiration, respect, et convoitise. D'ailleurs, elle était entourée de prétendants qui, sachant qu'elle avait désormais quinze ans, tentaient de faire bonne impression. On lui baisait la main, on lui proposait boissons et petits fours, on jouait la galanterie, le nom de famille et la bonne éducation. C'était chiant à en mourir, mais elle avait l'air d'en profiter. Aucun doute que ces messieurs étaient sous le charme. Les tartelettes l'avaient transformée.

Tout en gardant un œil sur elle, je laissais mes oreilles traîner entre les conversations. On y parlait des prétendants de Raphaëlle à demi-mots, on moquait la « bizarrerie » de Stanislas avec une pudeur feinte, on échafaudait des hypothèses d'alliances plus timbrées les unes que les autres…

— Raphaëlle et le fils Eristène ? Pure conjecture, enfin ! Malgré la signature de l'Alliance continentale, les deux familles ne s'entendent pas mieux…

Ça les excitait tous, ces paris de cour, ces querelles de tarés en habits de parade. Moi, j'écoutais. D'autres endroits, d'autres conversations non moins inspirantes.

J'ai suivi Raphaëlle de près alors qu'elle remontait le salon en direction de son père.

J'admirais au passage les lustres en cristal, les fenêtres larges comme cinq personnes et les bijoux des Secondes, qui chatoyaient à la lumière en compétition les uns avec les autres. À côté, la sobriété travaillée de la jeune Première les faisait passer pour des lampadaires.

Théodore Litréans ne dérogeait pas à la règle. Il portait un magnifique costume gris, où l'on pouvait voir se dessiner des fleurs cousues de fins fils verts. Lorsque nous sommes arrivés à sa hauteur, j'ai remarqué qu'il avait accroché plusieurs de ses insignes militaires sur le col de sa veste. Il n'était pas beaucoup plus grand que sa fille, qui n'est déjà pas une asperge, mais son charisme était incroyable. Ses pupilles, mélange d'herbe coupée et de boue, m'ont scruté un instant, apparemment sans grand intérêt puisqu'il s'est tourné vers sa fille, jonglant entre ses doigts avec une coupe de boisson pétillante et lumineuse comme un défilé de pierres précieuses.

Père et fille se ressemblaient tellement que c'en était scandaleux. Le même front bombé, la même tignasse un peu terne, les mêmes yeux ovales.

— Bonsoir, Raphaëlle. Ta mère n'a pas pu venir. Elle reste au palais militaire pour étudier le recours en appel d'un condamné puissant. Peut-être puis-je m'y substituer le temps d'une question ?

Raphaëlle a esquissé une moue qui s'est vite estompée.

— Pensez-vous que le meurtre perpétré à l'Académie aura un impact sur le vote de demain ?

Elle n'y allait pas de main morte, la petite ! À peine chuchotée, la question avait fait mouche.

— Tu attaques en accolade sans tour de chauffe désormais ? a répondu Théodore, amusé, en saluant ses invités d'un hochement de tête. Oui, il y aura un impact. Le Voyageur n'avait pas fait parler de lui depuis trop longtemps.

— Vous avez des doutes sur les conclusions de la police, n'est-ce pas ?

Le visage du Seigneur s'était assombri avant que Raphaëlle ne lâche son coup final :

— Est-ce une manœuvre politique, père ?

Théodore est resté quelques instants silencieux. J'ai profité de ce moment pour saisir une coupe sur un plateau qui passait. Raphaëlle l'a acceptée sans même me regarder. Théodore a repris :

— Je n'ai pas confiance en la famille Eristène. Mais il est difficile d'identifier un coupable parmi eux. Pourtant, le Voyageur est un dos qui me paraît aisément trop large.

— Alors, quelle est la véritable raison de votre inquiétude ?

— Craig.

Les notes d'une valse paisible, échappées du petit orchestre installé derrière les buffets, soulignaient la lourdeur qui s'était installée entre le père et la fille. Je connaissais ce nom. Tous ceux qui se tiennent un poil au courant des faits divers du Continent le connaissent. La Noble Cause et son trafic font la une du journal régulièrement. Craig est un opposant farouche de Théodore. Avec eux, un œil vaut un œil, une dent vaut une dent. Perso, j'avais jamais eu envie de perdre les miens : je me tenais aussi loin que possible des paris et des ragots qui circulaient au palais et dans la ville.

— Cela fait longtemps que la Noble Cause se fait discrète, a poursuivi Théodore. Et je connais trop bien Craig et ses hommes : s'ils ne se manifestent pas…

— C'est qu'ils préparent quelque chose, a fini sa fille. Des règlements de compte ? Mais à quoi bon assassiner un domestique de l'Académie ? Pour déclencher un conflit entre notre Prévoyer et celui des Eristène ?

Théodore s'est contenté de secouer la tête tandis que son front se creusait de rides horizontales.

— Qu'en sais-je ? a-t-il soufflé. Leurs motivations sont aussi floues que l'eau croupie… Le jeu s'est compliqué entre nos familles de Premiers. Plus que jamais, la vérité se devine comme à travers un miroir brisé.

Et moi, qui regardais ce duo royal sans piper mot, qu'est-ce que j'étais censé lui dire, après, à cette gamine trop vieille pour son âge, quand elle se regarderait dans le miroir impeccable de sa coiffeuse ? Qu'à son âge, j'étais encore sur les bancs de l'école ? Que sous le masque de son fard à joues et de son ombre à paupières, elle restait une gamine qui bâfrait des tartelettes en trop grand nombre pour être honnête ?

Spirale infernale des hypothèses qu'on teste jamais…

Et maintenant que c'est trop tard, je me dis que j'aurais dû dire quelque chose, ce soir-là, devant cette coiffeuse, quand les lustres de la cérémonie se sont éteints et que Raphaëlle a cessé de jouer la boule à facettes. J'aurais dû faire quelque chose de bien. Parler de trucs plus terre à terre, lui dire qu'elle pouvait laisser ses parents s'en occuper.

Mais j'avais rien d'intelligent à dire. Est-ce qu'un mot a le pouvoir de tout changer ?

CHAPITRE 7

DIMITRI

Les roses sentent particulièrement bon. Leurs pétales orangés, gorgés d'eau, sont plus colorés que les costumes d'Auguste. Pas de faux mouvement. Le sécateur dans une main, l'autre écartant les ronces, je dois cueillir la fleur parfaite. Une parmi tant d'autres pour mon bouquet de roses. M'occuper soigneusement de ces plantes me donne bonne conscience. Les Hamilcar arrachent leurs fleurs pour les laisser mourir dans les vases pleins d'eau. Moi, je les préserve.

Depuis mon arrivée, les rosiers ont bien meilleure mine. Situés en plein soleil, ils n'auraient pas tenu plus longtemps au milieu de la Saison des Blés. L'arrosage au crépuscule est crucial pour leur survie. Mes collègues sont meilleurs tailleurs de buissons que veilleurs de rosiers…

— Oh, Dimitri !

— Je suis là, dis-je d'une voix forte à un de mes collègues, qui fait les cent pas entre les haies.

— Dépêche-toi, les ornements sont déjà faits, on n'attend plus que le bouquet.

— La cérémonie est dans une heure, statué-je en coupant net la tige de ma rose. J'ai le temps.

J'attrape la fleur du bout des doigts. Au soleil, aucune imperfection sur les pétales. Pas de taillade involontaire. Je la tourne avec douceur…

— Oui, bah t'expliqueras ça à Anaïs, parce que je vais pas me faire engueuler à ta place.

— Pas de problème. J'ai fini.

Mon collègue s'en va dans les jardins en râlant contre Anaïs et contre l'injustice des réprimandes qui lui tombent dessus. Posé sur l'herbe verte qui peine à rester tendre, le vase que j'utilise pour transporter mes fleurs déborde de roses. Quarante-sept pelotes orange et blanches. Je glisse la dernière parmi ses amies, essuie d'un revers de gant la sueur qui s'accroche à mes sourcils, puis l'emporte vers les serres.

Les fenêtres en verre ont été couvertes. Un homme, assis sur un canapé à la propreté détonnante, lit un livre en battant doucement d'une main. Sous ses doigts, un courant d'air traverse les lieux et s'échappe. La température est douce.

Anaïs n'apprécie pas qu'un nouveau jardinier soit arrivé ici. Elle me scrute comme un aigle en chasse lorsque je retire les épines des tiges et réarrange les roses. Il y a de la contrariété dans le pli de ses lèvres. Je n'ai pas de temps pour sa jalousie.

Elle n'a rien à dire concernant le bouquet final. Posé sur une grande table recouverte de terre et de morceaux de végétation, il capte la lumière sans être criard.

— Bon travail, me dit-elle sans aucune conviction. Auguste et Maïa seront satisfaits.

— Merci, dis-je en lui adressant un mouvement de tête.

Je m'apprête à repartir m'occuper des massifs, qui attendent qu'on les débroussaille, quand la voix d'Anaïs m'interpelle.

— Attends. Les Hamilcar veulent te voir. Ils ont beaucoup aimé tes tressages de lierre sur les rideaux lors de leur dernière réception. Maïa veut rencontrer leur talentueuse nouvelle recrue.

Elle détourne brièvement le regard. Ennuyée. Un peu méprisante. Je hausse un sourcil, saisis un torchon humide posé à côté, vérifie qu'il n'est pas souillé.

— À quelle heure m'attend-elle ? demandé-je en retirant la terre entre mes doigts.

— Maintenant.

La tombe d'Assar Hamilcar est la seule au soleil.

Lorsqu'on s'enfonce dans les jardins, à l'arrière du palais, on tombe sur un petit bois artificiel. Il cache le cimetière familial de la famille Hamilcar. Les arbres, épais et feuillus, cachent une grande partie de la lumière. L'endroit est toujours silencieux. C'est à peine si on entend les oiseaux chanter.

La pierre tombale brille comme si on venait d'enterrer Assar. C'est la mieux entretenue de ce petit coin de forêt. Il y a celles qui se sont transformées en monticules avec le temps et le climat, celles dévorées par la mousse et puis, baignée par un rai de lumière que les feuilles ne filtrent pas, sa sépulture à lui.

Mort il y a un an, jour pour jour. C'est peu. Auguste, immense et large, Maïa, qui porte ses cheveux ternis au sommet de sa tête et Isaac, habillé en noir, doivent penser la même chose. Ils sont tous les trois alignés devant la tombe. Mon bouquet est déposé à son pied. Ses couleurs donnent vie aux alentours. Auguste porte un costume assorti. Le hasard fait parfois bien les choses.

Je jette un regard aux quatre domestiques alignés à mes côtés. Je suis le seul à ne pas être majordome ou serviteur. L'un d'entre eux m'examine. Il s'attarde sur ma joue. Se retourne quand nos regards se croisent.

Dès l'instant où Auguste bouge, la moitié d'entre eux disparaît dans les fourrés. Ceux qui restent se précipitent vers les Premiers. Leurs bras tiennent de grandes ombrelles. On tend un papier à Maïa, qui le consulte du coin de l'œil avant de me remarquer.

Je n'ai pas bougé et rien ne m'indique le contraire. Elle échange un commentaire avec son fils. Isaac a les yeux si noirs que je ne vois pas ses pupilles. Il ressemble à un corbeau un jour de pluie.

Maïa Hamilcar finit par me rejoindre. Elle reste digne, le visage fermé et le dos bien droit. Seuls ses yeux rougis et les coins de sa bouche, pliés vers le bas, indiquent sa tristesse. Elle croise les mains. Ses manches, si fines que je ne les vois presque pas, flottent dans l'air.

— Vous êtes Dimitri ?

— Oui, ma Dame, confirmé-je avec un hochement de tête lent.

— Je vous félicite pour votre travail. On ne cesse de me vanter votre talent depuis que vous êtes arrivé. Il semble que cela soit à raison. Nos rosiers ne se sont jamais aussi bien portés.

— C'est un honneur, déclaré-je en m'inclinant avec respect. J'aime écouter les rosiers.

La Dame sourit doucement. Ses yeux, d'un vert terne, portent une note de tendresse à leur embranchement en pattes-d'oie.

— Vous me rappelez ma mère.

Je ne dis rien. Un instant, elle regarde son mari et son fils disparaître entre les fourrés. Je crois voir Auguste, derrière son chapeau et sa longue crinière, nous observer un instant. Mais sa silhouette s'estompe entre deux branches avec mon impression.

Un instant, je suis ailleurs. Guilhem qui finit mon assiette. Le visage contrarié de Victoire, perdu entre ses boucles brunes, lorsqu'elle se pique les doigts en cours de botanique. La frontière nette dans la chambre, entre le royaume chaotique de Guilhem et mon espace rangé.

Je cligne des yeux. Maïa me regarde, patiente. Sa main est tendue. Je viens la serrer comme si nous finalisions un contrat.

— Merci de votre confiance. Vous pouvez compter sur moi pour entretenir vos jardins.

Nous continuons à nous serrer la main. Ses doigts sont plus fins que les miens, mais je sens de la force entre ses phalanges. Maïa ne lâche pas sa prise. Je regarde par-dessus son épaule, persuadé de voir Auguste, au loin, qui nous observe. Quand je sens que mes doigts sont de nouveau libres, je retire mon bras. Et déjà, elle s'éloigne en direction des siens.

Je me concentre sur le bouquet funéraire et ses couleurs.

Les pétales ont commencé à sécher au soleil.

CHAPITRE 8

GUILHEM

Les Grandes Battues ont vite pointé leur nez.

Les emmerdes aussi…

C'était un matin, dans les jardins à l'arrière du manoir. Comme il avait plu dans la nuit, la rosée perlait sur les feuilles et faisait chanter la forêt autour de nous. Le beau temps apportait un petit vent très agréable et évaporait les flaques sans se presser. Ça plaisait aux oiseaux qui nichaient dans les arbres, parce qu'ils chantaient tout ce qu'ils pouvaient. Droit et silencieux, ça faisait deux heures que je tenais une ombrelle finement cousue en dentelle du Prévoyer Hafferyn pour protéger Raphaëlle de la lumière. L'odeur chaude et forte de la poudre à canon m'emplissait tellement le nez que j'arrivais même pas à l'ignorer.

Les Litréans avaient un pas de tir caché au bout de leur propriété. C'était pas une merveille de luxe : juste quelques postes en bois sur lesquels se placer, avec un ensemble de cibles plus ou moins trouées, postées à des distances variables et interchangeables. Mais ça faisait très bien son travail, et ça m'avait permis de découvrir qu'ils avaient aussi une armurerie dans leur demeure.

Raphaëlle et Stanislas avaient décidé de se retrouver pour une séance de tir, tous les deux. Au début, je m'étais dit que faire manipuler des armes à une gamine de quinze ans, c'était pas incroyable, avant de me rappeler qu'elle devait participer aux Battues.

Raphaëlle, postée sur le pas de tir, calait son fusil sur une épaule. Elle avait pris soin de faire attacher ses cheveux et portait une robe très ajustée, avec des manches qui serraient ses avant-bras menus. Pas de dentelle en trop ou de voile qui partait n'importe où. C'était idéal pour ne pas être embarrassée en tirant. Son vêtement avait la couleur du café et ressemblait beaucoup aux robes simples à col bateau que portait Victoire pour aller à l'école. La tresse qui couronnait sa tête avait bien deux ou trois mèches rebelles, mais rien qui détournait ses yeux de la cible.

J'avais jamais vu d'arme à feu avant. Déjà, elles viennent du Prévoyer Herjafol, ce qui fait quand même une sacrée trotte, et puis elles sont pas non plus vendues en masse. Pile ce qu'il faut pour en faire un objet de riche ou de guerre, mais c'est pas un sujet qui me plaît.

Elle avait bien vu que ça m'intriguait, et elle me montrait l'objet avec pédagogie. Mis à part son utilité, c'était vraiment un bel outil, poli avec soin et très esthétique. Forcément, Raphaëlle et Stanislas avaient bien trois ou quatre domestiques qui les avaient suivis jusqu'au pas de tir pour les aider et s'assurer de leur sécurité. Il y avait même un instructeur, que j'ai pas vu faire grand-chose mis à part répondre aux questions de Stanislas, à plusieurs mètres derrière lui.

Stanislas tirait quelquefois. Il était vachement doué, mais il préférait regarder sa sœur et lui donner des conseils. Ma première impression n'avait fait que se confirmer : il avait six ans de plus qu'elle, il était bien plus grand, mais c'était de loin le plus fébrile des deux. Son regard doux, cerclé de cils blonds, était toujours aux aguets. Il avait les mains raides, les épaules trop crispées. Même ses sourcils plats et ses lèvres fines formaient une expression inquiète. C'est drôle, parce que je me souviens super bien de son veston vert profond, qui le faisait paraître plus grand et plus large. Malgré ces beaux vêtements et un pantalon droit, taillés sur mesure pour lui, il paraissait pas à son avantage. On aurait dit qu'il attendait que quelque chose tourne mal, tout le temps.

Quand la balle s'est fichée dans une cible postée quinze mètres plus loin, presque au centre, j'ai retenu un sifflement admiratif.

Pas mal.

La jeune fille a baissé son arme, l'a posée contre le comptoir et s'est étirée. Quelques mèches de sa chevelure, ramenée en une couronne tressée, ondulaient sous la brise.

— Tu ne manques aucun de tes coups ce matin, lui a fait remarquer Stanislas après s'être décontracté. Qu'est-ce qui te met de bonne humeur ?

— Je crois que je suis en forme, lui a confié sa sœur avec un grand sourire. J'ai fini d'étudier tout ce qui avait été présenté lors du dernier conseil.

— Tu te débrouilles vraiment bien, l'a complimentée son grand frère d'une voix qui réchauffait le cœur.

Tous deux ont échangé un regard complice, et malgré le soleil radieux et l'ambiance agréable, un certain malaise est venu chatouiller le fond de mon ventre. Le fusil étant déchargé, une collègue s'est empressée de venir le prendre des mains de Raphaëlle afin d'en nettoyer le canon puis de le recharger. Le temps de tourner la tête pour regarder la cible du jour, trouée comme une passoire, qu'elle avait fini son travail et tendait à Stanislas une arme rutilante et prête à l'emploi.

Le jeune Premier s'est détourné, a pris la place de sa sœur, puis s'est mis en position de tir. Il avait beau être super doué, la façon dont il tenait l'arme et sa posture montraient de la résignation, comme s'il avait déjà abandonné.

Mais, abandonné quoi ?

Les rares fois où je l'ai croisé, il traînait toujours cette espèce de mélancolie derrière lui. Tout le monde sait que Stanislas a été destitué petit au profit de sa sœur. Mais ça pouvait pas être une histoire de rivalité. Ces deux-là étaient beaucoup trop proches, ça se voyait qu'ils s'adoraient. Mais cet air flippé constamment sur son visage ? Et Raphaëlle, avec son sourire crispé comme une crampe ?

On aurait dit un bonheur sous condition.

Stanislas a mis la cible en joue, les jambes fermement plantées dans le sol. Deux détonations, deux trous nets au centre de la cible.

La séance de tir a été interrompue par l'arrivée de deux lettres très spéciales. Deux lettres tamponnées des armoiries de la Maison Blustrode, servies sur plateau par un collègue. Raphaëlle, fière comme un griffon avec son courrier en main, exultait.

— La Maison Blustrode ! criait Raphaëlle, folle de joie. Ma première invitation *personnelle* aux Grandes Battues… a-t-elle murmuré en déchirant la missive qu'elle venait de recevoir, ses iris bruns pétillant avec la lumière. J'ai tellement hâte d'y être !

Dans un rire, elle a brandi son courrier vers le ciel et tourné sur elle-même, faisant tourbillonner les plis savamment cousus de sa robe. On aurait dit une rose fanée qu'on secoue pour faire chuter les pétales. Une fois sa joie retombée, elle s'est tournée vers son frère, qui repliait soigneusement son invitation.

— Tu pourras être annoncée seule, maintenant, lui a-t-il dit. Les Premiers ne vont regarder que toi cette année, au palais d'Hiver.

— Quinze ans… Ça va être incroyable. Je vais enfin pouvoir assister aux grands conseils et vous accompagner à la chasse ! s'est exclamée Raphaëlle en prenant les mains de son frère dans les siennes. Toutes ces années d'entraînement vont enfin servir. J'espère que j'aurai l'honneur d'abattre la première bête. Quoique… Daphnée Hafferyn et Blaise Eristène ont annoncé leur union. Ils auront sans doute ce privilège.

Stanislas a laissé échapper un soupir amusé, puis a serré sa petite sœur dans ses bras. Ils sont restés un moment l'un contre l'autre, l'aîné caressant la tête de sa cadette, qui enfouissait son nez contre lui. L'ondulation du vent charriait quelques pétales détachés et une odeur d'herbe mouillée.

Le charme s'est vite rompu quand mon collègue, resté de marbre jusque-là, s'est raclé la gorge. Quelque chose tournait pas rond.

Les deux Premiers avaient sans doute compris l'embrouille, mais comme ils disaient rien, je me suis retrouvé comme un con à scruter Raphaëlle, Stanislas, puis mon collègue.

— Ma Dame, votre père a demandé à vous voir. Tout de suite, a-t-il énoncé à voix haute en rabattant le plateau contre son flanc.

Raphaëlle a acquiescé sans piper mot, mais j'aurais mis ma main à couper qu'elle savait pourquoi on la convoquait. Quand Théodore demandait ses enfants, ça sentait pas bon. Son frère devait connaître le protocole, parce qu'il en a conclu la même chose.

— C'est à cause de moi, n'est-ce pas ? lui a murmuré Stanislas.

Pendant un moment, elle n'a rien répliqué, avant d'ajouter :

— Ce n'est jamais toi, Stanislas. Ce sont les autres. Toujours les autres.

CHAPITRE 9
VICTOIRE

Le coup ne vient pas.

Abraham bouge vite. En un instant, il abolit la distance entre lui et Thalya pour se jeter sur elle. Ses deux mains ornées de bagues emprisonnent sa tête dans un étau impitoyable.

Le griffon se calme d'un coup. Mon mentor lui parle, mais je ne sais pas ce qu'il dit. J'arrive à me relever après plusieurs tentatives. Mon bras droit me cuit. Il me faut cligner plusieurs fois des yeux pour comprendre la scène. Thalya est couchée, maintenant. Elle me regarde toujours, mais son expression est embuée. Comme si elle se trouvait sous l'emprise de magie. Un frisson remonte le long de mon dos. Mon mentor n'a pas changé de position. Il est toujours en train de lui murmurer des choses. Sa chemise est un peu froissée, sa veste salie par endroits. En m'approchant, je finis par percevoir les mots qu'il susurre. Des mots doux. Des mots qui rassurent.

Je suis couverte de terre et à moitié dans les vapes. Bouger fait hurler ma tête et mes oreilles. Lorsque je m'approche, Abraham me tend une main. Il laisse l'autre sur le crâne de Thalya, qui s'ébroue sans rien dire.

Mes yeux sont humides. L'eau s'accumule au bord de mes paupières. La chute d'énergie dans mon corps me fait perdre pied. Tout s'est emballé d'un coup. J'ai failli le payer cher.

Mon mentor pose une main sur mon épaule. Je croise les bras sur ma poitrine. J'ai froid.

— Reste ici, attends-moi.

D'un mouvement fluide, Abraham invite Thalya à se lever. Docile, elle lui obéit et le suit jusqu'aux écuries. On dirait une marionnette sous ses doigts. Je ne me sens pas très bien, alors je détourne le regard. Je déglutis. Le claquement de la porte résonne jusque dans mes os et se répercute dans mon bras douloureux. Je reste sans bouger alors qu'Abraham revient vers moi d'un pas plus rapide. Il m'attrape les bras, examine mon visage, palpe mes membres. Je laisse échapper un grognement. Il fronce les sourcils.

— Rien de grave. Nous allons passer à l'hospice, décide-t-il. Un Herboriste va t'examiner, te soigner. Ensuite, tu rentreras te reposer.

Je hoche la tête sans dire un mot.

— Thalya a agi de façon très étrange, je ne l'ai jamais vue ainsi, marmonne Abraham.

Une partie de moi s'effondre sous le poids de la honte, l'autre veut juste que mon mal de crâne s'estompe. Qu'est-ce que j'ai fait ? Par le Destin, je tremble, mais je ne sais plus si j'ai froid ou chaud.

Nous entamons le chemin du retour. Je regarde mon mentor du coin de l'œil. Tout s'est passé trop vite. La scène, courte et intense, tourne en boucle dans ma tête. Je me raccroche à la présence d'Abraham, concrète et sécurisante. Nous traversons le pré en silence, avec pour seuls spectateurs un couple de moineaux curieux.

Nous entrons dans la petite ville du Haras. Les habitants nous suivent des yeux sans cacher leur surprise. Abraham échange quelques mots avec plusieurs d'entre eux. Les regards inquiets me donnent envie de tracer ma route. Mais mes muscles, ma peau, même mes os sont engourdis. C'est comme si, après tant d'émotions, mon corps avait décidé de se reposer sans moi. Il n'y a que mon bras droit qui me lance et mon crâne qui crie encore, moins fort cette fois. On dirait qu'une vipère m'a empoisonné le cerveau. J'entends encore les échos de ces voix, de ces mots venus de partout.

Une sensation désagréable navigue de mon estomac à ma gorge. La brûlure cuisante de l'humiliation.

Quelle imbécile…

J'ai le poignet droit blessé, trois griffures sur l'épaule droite et l'impression d'être passée sous les roues d'un train. Interdiction d'approcher les griffons. Malgré les encouragements d'Abraham, le dégoût stagne à l'arrière de ma gorge.

Trois étapes. Établir le contact, laisser le griffon s'ouvrir à nous et prendre l'initiative.

Trois étapes que je n'ai même pas été fichue de suivre.

Ce soir encore, je n'ai pas faim. Les dernières braises du feu rougeoient et allument des reflets mats sur la marmite au contenu frémissant. Alors que je pique sans conviction dans une pomme de terre d'un geste maladroit de la main gauche, la tenture étalée sur la cheminée prend vie. Une broderie enchantée. Abraham doit avoir fait de grandes choses pour en posséder une. Peut-être en récompense de ses services aux Haras. Le chasseur cousu dessus, occupé à traquer un animal, se laisse tomber sur une pierre. L'air contrarié, il cale son fusil contre ses jambes et croise les bras en me jetant un regard réprobateur. Son haut-de-forme cache en partie son front et rend le regard qu'il me lance plus tranchant.

Voilà que la tapisserie me fait des reproches. Super.

Retenant un soupir, je jette un regard en coin à mon mentor. Il m'observe d'un air amusé, puis reporte son attention sur le chasseur. Le personnage hausse les épaules, rajuste soigneusement sa redingote et se saisit de son arme, décidé à reprendre sa partie de chasse. Le silence s'étire. Je laisse ma fourchette racler le fond du plat.

— Les griffons sont sensibles à la pensée humaine, murmure Abraham après un silence. Parfois, il suffit d'un rien, de peu de choses. Tu t'es peut-être déconcentrée un instant, mais cela a suffi. Je sais que pour toi, c'est difficile, ajoute mon mentor en voyant que je ne réponds pas. Mais tu n'es pas la première, et tu ne seras pas la dernière à essuyer un revers face aux griffons…

Au prix d'un effort terrible, je finis par relever la tête. Il est en train de couper un morceau de la carotte qu'il a laissée tremper dans le bouillon. Sa voix chaude m'enveloppe comme une couverture douce en plein hiver.

— Demain, nous irons observer les autres dresseurs, mais pas dans les stalles. Plutôt ceux qui travaillent avec les griffons dans le pré. Même quelqu'un d'expérimenté a droit à des confrontations un peu musclées, de temps en temps.

Je hoche la tête.

Mon mentor a l'air heureux que je sois de meilleure humeur.

Je crois que je me sens bien ici.

Mon ventre se met à gargouiller, créant un écho lointain dans mon corps.

— Est-ce que je reprendrai les séances de dressage après ma convalescence ? demandé-je en jetant un coup d'œil dans mon assiette, comme si je voyais enfin son contenu.

— Oui. Patienter trop longtemps, tourner autour des choses, ne rend que plus fébrile. Je ne veux pas que tu aies trop d'appréhension.

— Ça ne me gêne pas. J'aime les griffons, ajouté-je en repiquant ma pomme de terre pour en croquer un morceau.

— C'est une bonne nouvelle, me répond Abraham, tout sourire. Les griffons sont de très belles créatures. Difficiles à approcher, mais nobles et loyales.

Je vois son regard briller au souvenir de mille choses passées. Son enthousiasme efface un peu ma morosité. Si j'ai l'envie, je pourrai y arriver. Il va juste me falloir un peu plus de temps. Et beaucoup plus de maîtrise.

En prenant une bouchée de pomme de terre, c'est comme si je réveillais mon corps. Mon estomac commence à crier famine, mon nez et ma bouche me disent que ce que je mange est délicieux. Il m'en faut plus. La faim revient. J'entame à peine mon assiette qu'Abraham a déjà fini la sienne. Il me regarde dîner distraitement, content de me voir manger.

— Vous vous inquiétez beaucoup pour les autres, remarqué-je, la bouche à moitié pleine.

Abraham hausse les épaules.

— J'ai toujours été un enfant sensible.

Lorsque j'ouvre les yeux ce matin, le soleil traverse ma fenêtre et chauffe ma chambre comme une marmite sur le feu. Je me lève en pestant pour fermer les volets et aérer cette fournaise en devenir. Mon poignet est déjà moins douloureux, et je ne sens presque plus mon épaule. Mais surtout, j'ai dormi. D'une traite, sans cauchemar. C'est comme si on m'avait sortie d'une couche de brume. Tout me semble plus coloré et plus facile à comprendre. Je prie le Destin pour continuer à dormir aussi bien les prochaines nuits.

Guilhem m'a écrit une lettre. Abraham l'a déposée pour moi sur la table de la salle à vivre avant de partir.

Jour 23, Saison des Blés

Salut rouquine !

J'espère que tu crèves bien de chaud, là où tu es, parce que sur le Prévoyer Litréans, il pleut presque tout le temps. C'est déprimant. Les nuages ne me gênent pas trop, mais toi tu dépérirais comme une vieille plante dans un placard.

L'endroit est très beau, on me traite bien, mais la vie est pas forcément facile. Les Litréans ont la chaleur et le sens de l'humour d'un manche à balai. Et les manches à balai, tu sais où ils l'ont, les riches, en général…

Je suis le domestique de Raphaëlle, la cadette. Tu vas me dire, ça, c'est de la promotion. Je pense pareil. Elle voulait quelqu'un de jeune et qui soit pas déjà dans le palais. Je sais pas quels étaient leurs autres critères, mais par le Destin, je pensais pas prendre un poste aussi important.

Enfin, je me plains pas, parce que mis à part cette petite surprise, bah, tout va bien. Raphaëlle, c'est un sacré numéro. Elle me fait penser à toi quand tu étais plus jeune. Je suis pas trop dépaysé. Sa tête est un kaléidoscope de personnages, et elle a une attitude toute prête pour chaque personne qu'elle rencontre. Je comprendrai jamais les Premiers…

Je te referai une lettre quand j'aurai des trucs croustillants à te raconter. J'espère en recevoir une de toi bientôt. Pourvu que tu sois pas morte, c'est tout ce que je demande.

Prends soin de toi, travaille bien, te fais pas bouffer et surveille le petit soldat !

Je t'aime.

Guilhem, ton frère préféré

J'aime les lettres de Guilhem. Avec son écriture un peu maladroite, il a le don de me captiver. Son optimisme me réchauffe et me fait sourire. D'un autre côté, cela me rappelle aussi qu'il n'est pas là. Qu'il suffit d'un empêchement ou d'un accident pour que les nouvelles cessent. Et que, l'un comme l'autre, nous ne serions jamais mis au courant.

Avec un soupir, je place sa lettre sur mon bureau, puis ramène le petit soldat de bois à côté. Je me promets de lui écrire au plus vite. Il faudra aussi que j'envoie un courrier à Dimitri, à l'occasion.

Les genoux serrés contre la poitrine, j'étudie le griffon qui sort des écuries. Assis dans l'herbe, à l'ombre des arbres, mon mentor et moi sommes à l'endroit idéal pour notre observation.

— Ces griffons-là sont habitués aux humains, mais ils ne baissent jamais leur garde, m'informe Abraham en se penchant légèrement vers moi. Il faut toujours les laisser venir avant de pouvoir agir.

Le dresseur attend que l'animal le regarde, le visage plein d'espérance. Puis il y a un petit moment de flottement où le griffon s'approche, étudie l'homme méthodiquement, encore un peu méfiant. Enfin, il vient frotter sa tête contre la main du dresseur. Il est rassuré. L'homme passe sa main dans une sacoche que je n'avais pas vue avant. Cachée sous sa veste, elle est accrochée à sa ceinture. Il en sort un morceau luisant et souple. De la viande. L'animal attrape sa récompense au vol et l'engloutit d'un coup.

Je me tourne vers Abraham, surprise.

— Je n'avais pas de viande, hier.

— C'est normal, me répond mon mentor. On cherche d'abord à les habituer à la présence humaine avant de leur donner des récompenses. Qu'as-tu observé, Victoire ?

J'ouvre la bouche puis la referme. Il m'a déjà posé cette question lors de mes premières leçons. Peut-être suis-je censée voir quelque chose de plus ? Passant une main dans mes boucles, je réfléchis.

— Eh bien… Comme d'habitude, on voit ce qu'il se passe entre le griffon et le dresseur. Les étapes. Mais ça, tu me l'avais déjà montré.

Après… Le griffon est très méfiant, pourtant il est apprivoisé depuis longtemps. Le dresseur est obligé d'attendre qu'il s'approche.

— Oui, m'encourage Abraham d'un signe de la main. Tout se passe selon la volonté de l'animal. Ce sont des créatures sensibles, méfiantes. Tu as peut-être eu un excès de volonté, Victoire, un trop-plein d'émotions. C'est ce qui a rendu Thalya agressive. C'est une erreur de débutant. Je l'ai déjà commise plus d'une fois.

Je hoche la tête, une sensation amère dans la gorge. Ça n'est pas vraiment ce qui m'a coûté cher, hier. En y repensant, la douleur ranime mon poignet droit. Je grimace. Je me sens honteuse et fautive.

Il faut que je continue mes observations jusqu'à pouvoir reprendre le dressage. Sinon, je vais avoir peur d'approcher un griffon de nouveau.

Nous restons tous les deux assis sous l'arbre bien après que le dresseur a ramené son griffon aux écuries. Abraham me parle un peu de sa vie : ses origines du Prévoyer Eristène, sur lesquelles il ne s'est pas étendu et qui n'ont pas l'air de lui manquer, son arrivée aux Haras, ses premières années de dressage, le bras qu'il s'est cassé après avoir tenu tête à un griffon sauvage. Il sait que je suis née à Enathon, mais ne me pose pas beaucoup de questions, y compris sur l'Académie. Ça m'arrange. Je n'ai envie ni d'en parler ni d'y repenser.

Quand la tiédeur ambiante commence à nous assommer, nous partons pour une balade dans les Haras : ses volets fermés au soleil faits de lattes inclinées vers le bas, ses rues exposées, ses routes pavées de dalles blanches poussiéreuses et ses bâtiments construits en pierre claire. Il faut plisser les yeux pour ne pas être ébloui.

Des bruits étouffés s'échappent des fenêtres. Des discussions ténues, des papiers que l'on rédige, des bouilloires qui sifflent.

— La Saison des Blés, c'est le repos des Haras. Il y a la nuit sans le soleil, et la nuit lorsqu'il est là, murmure Abraham.

C'est aussi l'heure où les cafés ouvrent et servent des boissons fraîches. Avec leurs devantures colorées et leurs tonneaux fleuris, impossible de les rater. Les places commerçantes croulent de personnes venues discuter ou jouer aux cartes. Eau pétillante et thé glacé se boivent au kilomètre. Nous rejoignons un groupe de joueuses pour disputer une partie et nous enchaînons les manches jusqu'au coucher du soleil. Mes adversaires, des Tercières membres du personnel administratif, montrent leur expérience au jeu et me mettent en difficulté. J'ai un peu de mal à me concentrer. La présence d'autant de monde comprime l'arrière de ma tête. Je dois déployer plus d'efforts pour rester présente. Mais ça en vaut le coup. Je me sens incluse. Bien entourée. À l'aise. C'est vraiment agréable comme sentiment.

Abraham met un point d'honneur à essayer de me plumer pendant toute la partie. Je finis par abandonner en lui faisant une tape sur le bras, trop amusée pour être vexée.

CHAPITRE 10

VICTOIRE

Ce qu'il s'est passé ne peut pas venir de Thalya. C'est ce que je me dis en passant la porte de l'hospice des Haras.

J'ai toujours eu des maux de tête. Le genre de pathologie inexpliquée, chiante et incurable dont personne ne connaît l'origine. Soit. Sauf que si j'aime les animaux, c'est justement parce qu'avec eux je ne me coltine pas de migraine.

L'infirmerie est lumineuse et confortable. Sa petite taille la rend accueillante. Rien à voir avec celle de notre quartier, à Enathon. Tout était trop vieux, trop rempli, pas assez entretenu. Le pire, ce n'était pas de se faire mal, mais de passer un séjour là-bas. Enfin, quand on avait l'argent pour payer les onguents.

Assise en salle d'auscultation, j'attends patiemment de voir l'Herboriste pour un contrôle. Le bâtiment est calme. Aussi calme que ce matin-là, avec Thalya. Pas de foule, pas d'agitation capable de me donner mal à la tête.

Par chance, le Second chargé de m'examiner ne chôme pas. Il a même l'air de bonne humeur.

— Je suis impressionné, Victoire, commente-t-il face à mon poignet, qu'il tient entre ses mains. Votre corps récupère bien. Cette main n'a besoin que de quelques applications d'onguents supplémentaires pour être guérie.

Nous échangeons quelques mots sur mon arrivée aux Haras pendant qu'il m'applique une pommade à l'odeur de forêt. Après avoir recouvert mon poignet d'un bandage, il observe les griffures sur mon épaule. Je l'entends murmurer une approbation alors qu'il palpe doucement mes plaies.

De petites piqûres me prennent l'arrière du crâne. Ma respiration se bloque. J'agrippe la couchette comme ma vue se trouble. Des bruits parasitent enflent dans mon crâne comme une roue métallique bavarde. *Propre. Bocal. Reprendre.* J'ai envie de vomir et secoue la tête pour chasser des abeilles imaginaires. Puis je m'écarte brusquement du Second et cligne des yeux comme une dégénérée.

— Victoire ? Vous allez bien ?

Après quelques instants, ma vue redevient nette. L'Herboriste affiche un air inquiet.

— Oui, tout va bien, lâché-je d'une voix hésitante. J'ai eu un vertige.

L'homme insiste pour me palper la tête et m'examiner l'intérieur des oreilles. En voyant que je n'ai rien, il se détend et pose ses instruments.

— L'examen est fini. Je vous donne quatre jours supplémentaires de repos, Victoire. D'ici là, vous serez de nouveau sur pied !

Lorsque je quitte l'hospice, la lumière des rues m'éblouit et la chaleur des rayons me donne la sensation de cuire sur place.

Il va bien me falloir quatre jours pour digérer ce qu'il vient de se passer. Les migraines, je connais, les pensées en vrac aussi, mais les vertiges bavards, beaucoup moins. D'abord Abraham, et maintenant l'Herboriste. Je n'aime pas ça. Je me sens gangrénée par des mots qui ne sont pas les miens.

Les jours suivants, je m'attelle à deux tâches.

D'abord, je fouille dans les livres pour trouver des informations sur les Seconds et les effets de leur magie sur les Terciers. Après tout, le seul point commun entre mes vertiges, c'est qu'Abraham et l'Herboriste sont des Seconds… Je n'ai presque jamais côtoyé de Seconds. Impossible de savoir si je vois juste. Si ça m'arrive, je ne dois pas être la seule. Le phénomène a forcément été documenté quelque part.

Les évènements prennent un relief très différent. L'odeur des plantes pendues au plafond et le goût du bouillon de mon mentor aussi.

Mais je ne trouve rien qui puisse m'aider à la bibliothèque des Haras. Le seul ouvrage intéressant sur lequel je tombe est rangé au hasard entre deux étagères dans notre maison. Il s'intitule *Encyclopédie complète des affiliations magiques*. Un énorme et vieux bouquin sur les familles de Seconds et de Premiers du Continent. J'y découvre des Maisons et des anecdotes que je n'avais encore jamais lues.

À défaut de mieux, je m'en contente. Je n'ai pas envie de parler à Abraham d'une hypothèse fumeuse que je viens d'inventer sur le tas.

La seconde tâche consiste à observer les autres dresseurs.

Sur le papier, ce n'est pas très excitant, mais c'est le seul moyen pour moi de vérifier mon hypothèse. J'ai l'impression d'être en mission secrète pour une organisation d'espionnage dont je serais la tête, l'unique agent et la seule juge. Je suis à deux doigts de devenir une paranoïaque imbue de sa personne.

Il n'y a qu'une dresseuse lorsque j'arrive près des écuries. Elle me reconnaît tout de suite. Pas étonnant, vu mes exploits avec Thalya…

— Vous êtes l'apprentie d'Abraham ? m'apostrophe-t-elle depuis les stalles.

— Oui, confirmé-je en lui présentant mon poignet bandé, auquel elle réagit par une grimace de douleur. Je ne peux pas encore reprendre les entraînements, alors je viens observer. Vous êtes une Chuchoteuse ?

— Moi ? Non, pas du tout, me répond-elle avec un petit rire. Je fais partie des rares Terciers capables de maîtriser des bêtes aussi sauvages, plaisante-t-elle en m'adressant un regard malicieux.

Quel humour. Je lui adresse un sourire irrité qu'elle ne remarque pas, car elle se tient trop loin.

Il n'y a pas de bosquets sous lesquels se protéger de la chaleur, alors je m'assois contre le mur frais de l'écurie. Je m'estime assez proche des deux partenaires pour attraper mal à la tête si le moment se présente.

J'ai hâte.

La dresseuse étant une Tercière, je n'ai pas vraiment d'attentes concernant mes recherches. Histoire de ne pas être venue pour rien, je me concentre sur ses gestes, traquant la moindre faille, notant mentalement les mouvements justes. Je suis aussi ici pour apprendre de mes erreurs et préparer mon retour.

Le griffon en dressage est parmi les plus frénétiques de l'écurie : un animal teigneux et ombrageux, qui veut tout sauf se trouver ici. À côté, Thalya est une poupée.

En dix minutes, l'affaire est pliée : le griffon rebelle et la dresseuse échangent de petites caresses.

En vingt minutes, Thalya ne s'était toujours pas approchée de moi, mais je ne m'offusquerai pas de cet écart.

Ce que je retiens, c'est qu'en rentrant aux Haras, je n'ai pas mal à la tête.

CHAPITRE 11

VICTOIRE

— Aujourd'hui, Victoire, nous allons essayer autre chose.

Occupé à se préparer une boisson dans la cuisine, Abraham ne remarque pas mon expression tendue. Maintenant que je peux reprendre le dressage, et après mes recherches infructueuses, je me sens sur le qui-vive.

— C'est-à-dire ?

— Nous allons travailler avec des griffons apprivoisés, m'informe-t-il. En te voyant à l'aise, j'ai voulu aller trop vite en besogne. Après tout, tu es une débutante.

J'aurais pu me vexer, mais sa remarque me soulage. Je me détends sur ma chaise sans être complètement apaisée. Thalya était un animal difficile. Je ne suis peut-être pas si mauvaise. Malheureusement, ce n'est pas mon niveau qui me préoccupe.

Lorsque Abraham me rejoint à table, je remarque qu'il a la peau un peu pâle. De petites poches se dessinent sous ses yeux et son visage est plié comme un torchon sale. Sur les quatre derniers jours, mon mentor n'a dormi ici que deux fois.

Le griffon à l'intérieur de la stalle est réveillé.

Lorsque nous passons dans son champ de vision, il redresse la tête, occupé à se nettoyer les plumes, couché sur un épais tapis de paille sèche. Son plumage couleur de terre le rend très discret, si ce n'est les quelques zébrures cuivrées qu'il porte sur ses ailes. Mon cœur manque un battement lorsqu'il se redresse, mais je parviens à garder mon calme. Contrairement à Thalya, il n'a pas l'air vindicatif. Il se contente de nous jeter un regard réprobateur, comme si nous étions des intrus venus déranger Son Altesse en pleine toilette.

Abraham esquisse quelques pas en arrière pour me laisser la place. En posant la main sur l'épaisse porte en bois de l'enclos, je jette un œil au panneau accroché dessus.

Edison.

— Drôle de nom pour un griffon, commenté-je.

— Ce n'est pas très local, plutôt issu du nord du Continent, en effet, me répond Abraham. Son nom vient de l'un des invités de la famille Hamilcar, il y a plusieurs années.

D'accord. Je vois le genre.

Sans gestes brusques, j'ouvre la porte de l'enclos, me faufile à l'intérieur en gardant un œil sur Edison, puis verrouille le loquet. Le griffon m'observe sans ciller, avec la même intensité que Thalya. Coincée entre les quatre murs pleins de cette stalle, je me sens coupée des griffons voisins et du reste du monde. J'ai envie de fuir.

Prenant une grande inspiration, je m'incline un peu et tends la main vers Edison. L'odeur omniprésente de la paille et celle, plus légère, des animaux saturent mes narines. Je me sens prête pour un nouvel essai.

Edison, bien que plus calme, n'est pas avenant pour autant. Il commence par s'approcher. Au bout de quelques mètres, il s'arrête net, plaque ses oreilles en arrière et lâche un râle mécontent. Je maintiens mes positions, main tendue vers son bec jaune pâle.

D'un commun accord, nous décidons, le griffon et moi, d'y aller doucement. Je fais un petit pas en avant, de sorte qu'il me voie faire. De son côté, Edison est plus prudent : il piétine un peu, s'approche, s'arrête, me détaille.

Une minute, deux minutes, cinq minutes. Plus le temps passe et plus sa méfiance s'évapore. Lorsqu'il se décide à me renifler la main, une vague de soulagement parcourt mon corps. Nous restons tous les deux un moment comme ça, proches, mais pas trop, à nous jauger. Edison s'approche un peu plus pour inspecter mon bras. Derrière moi, j'entends les pas lents d'Abraham et le cliquetis discret du verrou de la stalle.

Mais bientôt, de part et d'autre de mon crâne, ce même étau que l'on presse à fond. Cette même douleur qui me fait tituber et reculer dans un grognement.

L'animal s'écarte dans un mouvement apeuré et m'adresse un cri réprobateur. J'ai l'impression qu'il vient de heurter un buisson d'épines, un mur invisible entre nous. Il recule au fond de sa stalle, se couche contre le mur et me jette un regard courroucé.

Je me redresse et sens les mains de mon mentor me prendre les épaules avec douceur. Il me guide à moitié tandis que nous reculons jusqu'à sortir de la stalle. Après avoir verrouillé la porte, nous passons derrière les murs pour ne pas qu'Edison nous voie plus longtemps.

L'angoisse et la colère montent en moi d'un même feu. Un griffon apprivoisé est beaucoup plus facile à approcher. J'étais plus calme, plus détendue et plus concentrée que la dernière fois. Tout se passait bien jusqu'à ce qu'Abraham s'approche de moi. Je dégage ses mains de mes épaules d'un mouvement brusque.

Je m'en vais nettoyer le matériel de soin pendant qu'Abraham part faire un détour par l'administration. Me concentrer sur les plumes coincées dans les peignes, les selles à cirer et les discussions lointaines des autres dresseurs me permet de ne pas penser aux animaux qui logent à côté. De faire passer mon mal de tête. D'oublier Abraham, l'Herboriste et les idées qui tournent en boucle dans mon esprit.

Comme la dernière fois, j'ai l'impression qu'on m'a provoqué une migraine éclair. Je me mords l'intérieur de la joue. Si j'avais des idées ces quatre derniers jours, maintenant, j'ai des soupçons.

CHAPITRE 12

DIMITRI

Je n'aime pas jeter les fleurs fanées.

Lorsqu'on les arrache, on les condamne à mort. Dans les jardins, elles vivent plus longtemps et attirent des insectes qui rendent le sol fertile.

Je jette des feuilles fripées au fond d'un panier profond. Je viens de sortir une guirlande complète de végétation d'un pilier de pierre. Auguste a demandé un arrangement en extérieur pour sa dernière réunion avec son cercle de collaborateurs. Aussi éphémère que l'espérance de vie de ce lierre, dans lequel on a coincé des fleurs sauvages et des boutons d'or pour garder une certaine sobriété.

J'essuie la sueur qui coule dans mon cou, grimace en me souvenant que mes mains sont pleines de morceaux de feuilles. Ma cicatrice me tire, aujourd'hui. Si je souris, j'ai la sensation que l'on m'écarte la joue en deux. Plus douloureux depuis longtemps. Ça ne m'empêche pas de trouver ça désagréable.

Je frotte mes paumes contre ma veste de travail, brunie par la terre. Les jardins sont paisibles. Il y a peu de monde aux portes de la propriété. Pas de bruit de conversation ou de prise à partie des gardes dans le lointain. Je grimace en sentant ma nuque, chaude, me piquer. Le soleil ne me réussit pas. Si j'avais la peau d'Isaac, ce ne serait pas un problème.

Auguste est assis de l'autre côté de la terrasse couverte. Il me fait penser à un ours aux cheveux longs. Pas une seule chaise n'est assez grande pour lui. Frottant une dernière fois la colonne pour déloger les derniers morceaux de plantes, je l'observe par à-coups.

Les Hamilcar ont une façon unique d'ignorer le monde. Je travaille à trente mètres de lui. Mais je n'existe pas. Un garde est posté à la porte. Mais il n'existe pas. Ils ont toujours vécu entourés comme ça. Nous sommes invisibles et nous garantissons leur bien-être comme si nous n'existions pas.

Le contrat que j'ai signé à mon arrivée a sa clause dédiée. Page quatre, paragraphe douze, deuxième phrase. Nous sommes les garants de ce palais. Pas les proches des Hamilcar. Nous sommes invisibles et silencieux. À l'intérieur comme à l'extérieur. Nous sommes des travailleurs solitaires dévoués à notre tâche.

Ça me va. Je préfère travailler sans être dérangé.

Quelque chose me dit que Guilhem a reçu un contrat similaire et qu'il l'a signé sans le lire.

Je croise les bras et laisse mon regard flâner le long des pierres décorées, puis en direction du palais. Là-bas, j'aperçois Maïa qui rejoint son mari sur la terrasse.

J'évalue une dernière fois les travaux restants, les débris de plantes étalés dans l'herbe jaunie laissés par des jardiniers moins scrupuleux que moi et qui détonnent au milieu du gazon. Heureusement que j'ai apporté un râteau pour réparer leur incompétence. Tout en m'activant, je me rapproche de la terrasse et laisse traîner mes oreilles aux bruits des Premiers.

— Mon frère nous a envoyé une lettre, dit Maïa.

— Théodore ? s'étonne Auguste. Il doute de cette histoire de Voyageur, n'est-ce pas ?

— Il assure que tout va bien, mais je le connais. Depuis le meurtre, il doit avoir réfléchi à toutes les éventualités et monté une équipe chargée de récupérer des informations.

Shrac, shrac. Le râteau glisse entre les tiges. Je n'entends pas tout. En me baissant pour récupérer des poignées d'herbe, j'arrive à rattraper le fil de la conversation.

— … discussions avec les Eristène ?

— Je ne sais pas. Connaissant Goliath, il ne fera aucun commentaire. Cela a l'avantage de ne pas envenimer la situation.

— J'imagine que David va suivre son père sans rien dire.

— Le contraire serait étonnant.

Je laisse la saleté passer sous mes ongles et gratter contre ma peau. La verdure séchée ne fait pas un bruit en tombant dans le panier.

Je passe une main dans l'herbe, récupérant quelques morceaux oubliés. L'endroit est presque nettoyé. Il n'y a personne autour de moi. Les Hamilcar m'ignorent ou ne m'ont pas remarqué.

— … hypothèses sur le véritable auteur du crime ?

— Personne ne sait. Mon frère n'est pas sûr qu'il s'agisse de la Noble Cause.

J'arrête ce que je fais. La Noble Cause et leurs casinos, leurs bars, leur trafic présumé de médicaments. À Milantal, on sait qu'ils sont partout, même si on ne les voit pas. Dans les commerces, dans les bureaux de poste. Qu'il y en ait jusqu'au palais militaire ne m'étonnerait pas. C'est l'ennemi numéro un des Litréans et des autres Prévoyers s'ils décident d'étendre leur influence.

— Théodore ne pense pas Craig responsable ? Tu es sûre ? Je n'aime pas ça. Les autres hypothèses sont trop désagréables à envisager.

— Il ne les croit pas suffisamment stupides pour déclencher un conflit global dans le seul but de faire fructifier leurs affaires.

— Quatre ans de guerre… déclare la voix pensive d'Auguste. Quatre ans de guerre entre les Eristène et les Litréans, vingt ans de paix aujourd'hui. Et rien de paisible pourtant…

Je me redresse, soulève mon panier d'une main et pars chercher l'autre. Leur conversation se perd dans les crépitements de l'osier. Encombrants, mais pas lourds. Je les prends tous les deux sans problème. Le silence revient. Je me tourne pour quitter l'endroit. Il faut que je jette ces déchets près des serres.

Ma nuque est parcourue d'un frisson. Sans brusquerie, je parcours les alentours du regard.

Auguste et Maïa, figés comme deux statues dans l'ombre, me fixent. J'attends quelques secondes. Ils ne bougent pas. Ne décrochent plus un mot. En attente.

Je me compose une posture détendue, un visage concentré, puis reprends mon chemin comme si de rien n'était. Je jurerais les sentir me suivre du regard à chacun de mes pas.

Je n'étais pas supposé me trouver là.

Ma première impression se révèle fausse : les Premiers n'ignorent personne. Ils choisissent qui existe en fonction du contexte.

CHAPITRE 13

VICTOIRE

Il fait presque noir. Pas un bruit autour de moi.

En levant la tête, je découvre le ciel piqué d'étoiles scintillantes.

La nuit est claire.

Depuis l'épisode Edison, j'erre comme une âme perdue de stalle en stalle. J'ai assisté Abraham plusieurs fois, mais rien n'est dit qui me rassure. Ou que je puisse croire désormais.

Mes journées sont longues, brûlantes, collantes, et mes nuits trop courtes. Épuisée d'avoir traversé un nouveau jour la tête vide, je me couche et je cauchemarde. L'image de cette fille morte se déforme et devient mon frère lorsque ce n'est pas moi à sa place. Alors je veille, parce que je n'ai plus envie d'aller au lit. Je dessine le petit soldat de bois en pensant à mon frère. Je reproduis les fleurs des cours de botanique que je suivais avec Dimitri. Je bouquine cette énorme brique qu'est l'*Encyclopédie complète des affiliations magiques*. Souvent, je sors, ignorant les regards contrariés que me jette le chasseur lorsque j'éclaire son tableau.

Cette nuit encore, je ne sais pas trop où aller, alors j'avance vers le nord des Haras. J'évite le centre-ville, où les bistrots doivent encore être ouverts et les avenues empruntées, pour me perdre parmi les ombres des maisonnettes. Je traverse plusieurs petites places. Parfois, une fontaine large, où l'on peut s'asseoir sur les rebords, trône au centre. D'autres fois, ce sont des arbres ou des parterres de fleurs. À un moment, je dois me faufiler derrière un chêne pour éviter la lumière d'une maison, où l'un des habitants lit le journal, assis sur une chaise juste devant l'entrée. C'est étrange. Je n'ai rien à cacher, je ne fais de mal à personne, mais je n'ai pas envie que l'on me voie.

Je n'ai pas envie de parler. De répondre à des questions sur ma présence à cette heure indue.

Petit à petit, les maisons laissent place à des assortiments de buissons et de grands arbres idéaux pour faire de l'ombre en journée. Les bâtiments, plus rares, gagnent en taille et en ornements de façade. Des jardinières débordantes de fleurs sont disposées un peu partout : sous les fenêtres, par terre, dans des pots. Le tout forme un chemin large, un peu poussiéreux, délimité par de gros rochers, qui monte en pente douce. Une légère brise fait frémir les branches et bruisser les feuilles. Je me tourne vers les Haras, les maisons qui s'alignent comme des masses ténébreuses et les lumières du centre-ville.

J'hésite. Ce chemin conduit au manoir de la famille Hamilcar. Leur propriété n'a rien de particulier, si ce n'est qu'elle est immense. Un peu excentrée, mais pas assez pour ne pas faire partie de la ville, elle sert de maison de vacances aux dirigeants du Prévoyer.

Les lieux sont peu éclairés. Personne n'est là, pas même un garde. Alors, je décide de remonter l'allée.

À vrai dire, le trajet n'est pas très long. La nuit m'empêche de voir autre chose que des dégradés de gris aux accents bleutés, mais je scrute l'ombre des arbres. J'admire les contours des statues qui encadrent la route. Je tente de me souvenir des couleurs des massifs de fleurs devant lesquels je passe.

La demeure des Hamilcar apparaît d'un coup derrière une énième rangée de verdure. D'abord, il y a cette étendue de terre battue et de gravier poussiéreux, qui doit accueillir les diligences. Puis un escalier court mais large, aussi large que la bâtisse, monte jusqu'à l'entrée. La grande porte et les fenêtres du rez-de-chaussée sont encadrées par des colonnes qui s'élèvent jusqu'au toit. J'ai l'impression de me retrouver devant un temple, sans trop savoir pourquoi.

L'envie d'aller jeter un œil à l'intérieur me titille, mais elle passe vite. Il y a des limites aux balades nocturnes lorsqu'on est épuisée et que l'on n'a pas envie de passer pour une fouineuse. Je m'assois sur l'une des marches du parvis, pile au centre de l'escalier. De là où je suis, je vois très bien les Haras qui s'étendent devant moi. Je n'avais pas remarqué que l'endroit était construit sur un plateau, et d'ici, on a l'impression de pouvoir tout observer.

Je me demande ce que ça fait d'être un Premier et de contempler les lieux depuis son balcon.

Un balcon où les Hamilcar se tiendront dans quelques jours. Pas de Grandes Battues pour eux cette année. La famille a fait l'impasse, ce qui n'est pas anodin selon Abraham. Je n'y connais pas grand-chose en politique du Continent, mais une chose est sûre, tout doit être impeccable à leur arrivée.

Les lumières vues d'ici m'attirent comme des papillons face à un lampadaire, et le chemin du retour me semble plus court qu'à l'allée. Je décide de faire un détour dans le centre. Des notes de musique s'échappent par une fenêtre entrouverte. Du piano. Je m'arrête un instant pour l'écouter, la mélodie se faisant emporter par la brise qui souffle. Une odeur tiède flotte dans l'air.

Ma rue finit par déboucher sur la grande place des Haras, où les lampadaires scintillent, et les commerces n'ont toujours pas fermé. Les rues adjacentes, beaucoup plus vivantes, sont aussi éclairées. L'herboristerie reste ouverte très tard : elle commence juste à verrouiller ses portes. Trois bistrots accueillent leurs derniers clients. Il y a quelques personnes qui jouent aux cartes, à l'intérieur. D'autres sont en train de discuter ou de boire.

Je m'avance et m'assois sur un banc, un peu à l'écart.

Trois femmes sont penchées sur une table recouverte de cartes et de pièces. L'une saute de joie tandis qu'une deuxième lâche un soupir frustré. Je les reconnais. Ce sont les joueuses de la dernière fois. Plus loin, un homme grand et mince essuie des verres avec adresse. Plusieurs hommes sont assis au comptoir et trinquent. Il n'y a pas grand monde sur les terrasses. La seule personne que je vois, c'est un type assez grand, la tête penchée sur sa table. Il est seul. Vu le nombre de verres qui s'empilent en face de lui, je doute qu'il ait des allures d'équilibriste en rentrant chez lui. Sa longue barbe tressée se perd dans sa veste et les bagues serties dans les nœuds réfléchissent l'éclat des lampadaires.

Mon cœur manque un battement. Pendant un instant, je me dis que la fatigue me joue des tours. Que j'invente des choses. Puis le patron du bistrot sort, deux verres à la main. Il vient s'installer en face de l'homme, qui se redresse.

Son visage ridé offre des yeux tristes que j'ai du mal à reconnaître. Pourtant, c'est bien Abraham qui est assis là. Seul. En train de se saouler.

Depuis combien de temps est-il sur cette chaise ?

Je connais les effets de l'alcool. Les gens qui forçaient sur la bouteille, ce n'est pas ce qui manquait, à Enathon. Le père de Guilhem a été comme ça, à une époque. Mais les alcooliques ont la peau rouge, flasque. Ils hurlent, dorment, s'agitent.

Ce n'est pas le cas d'Abraham. Mon mentor est un dresseur de griffons. J'ai raté quelque chose.

Abraham se met à parler avec le patron. J'entends ses inflexions chaudes et rocailleuses. Prenant soin de rester à l'écart des lampadaires, je viens me placer entre les arbres de la place, le plus près possible du bistrot. Si on me voit, je vais avoir l'air d'une voleuse. Adossée l'air de rien contre un tronc, à une dizaine de mètres des deux hommes, leurs voix me parviennent beaucoup plus clairement.

— … difficile, en ce moment… Les Hamilcar arrivent bientôt, et cela ne va faire que me rajouter du travail… pas à apprivoiser les griffons… pas l'approcher, elle perd patience… prévu que ce serait comme ça…

Les deux hommes trinquent et prennent de concert une grande gorgée. Je m'appuie contre le mur, sonnée. Abraham savait. Et mes échecs sont autant d'humiliations anticipées, attendues, calculées. Il a la main un peu trop lente et les gestes lourds, sa langue met des années à former des sons qui me parviennent hachés :

— Bonne nouvelle pour nous, mais… pas de chance… pas comment je vais faire… sans doute jamais… Difficile d'attendre…

Sans finir sa phrase, mon mentor passe ses paumes sur son visage, comme s'il avait mal à la tête. Le patron du bistrot pose une main fraternelle sur son bras.

Abraham émet un grognement triste, puis repose ses mains sur la table. Il regarde son verre et s'en saisit avant de jeter l'alcool sur le gravier. Le patron ne bouge pas. Il se contente de l'observer faire. On dirait qu'ils ont l'habitude de ce manège.

Ils restent comme ça tous les deux, silencieux, pendant tellement longtemps que j'ai l'impression qu'ils se sont endormis. Mon cœur bat la chamade. Je sens la sueur rafraîchir ma nuque et perler entre mes omoplates. Lorsque le patron se lève de sa chaise, je manque de sursauter. Il me semble qu'ils continuent à parler, mais je retourne sur mes pas et me fonds dans l'ombre des rues adjacentes pour rentrer à la maison. Je titube, puis je cours jusqu'à me retrouver seule dans le noir, encerclée par les maisons identiques, l'esprit vide, les poumons en feu et le cœur en pleine implosion.

J'évite Abraham avec une habilité hors du commun. Ça a l'air de l'arranger, parce qu'il n'a pas fait de commentaire sur mon soudain dégoût. Il s'est même mis à faire pareil : chacun remplit sa fonction comme il se doit, personne ne parle. Nous cohabitons avec courtoisie et nous séparons avec élégance.

Mes cernes de plus en plus marqués et ma fatigue constante m'ont valu un passage chez l'Herboriste, qui a suggéré de me mettre au repos forcé. Brillante idée : désormais, je ne m'approche presque plus des griffons, et Abraham ne veut pas me donner de cours tant que je ne vais pas mieux. Pour préserver ma santé, dit-il. J'ai tout mon temps pour tourner en rond, jeter des regards torves à mon mentor et fulminer contre cette situation. Sa bienveillance et sa propreté de façade ne rendent ni mon oreiller plus doux, ni mes nuits plus calmes.

Pour occuper mes veillées nocturnes et agitées, je continue ma lecture de l'*Encyclopédie complète des affiliations magiques*. C'est sans doute la meilleure chose qui me soit arrivée jusqu'ici. Les pages et leur contenu ne sont ni inconstantes ni menteuses.

Parfois, je repense à la silhouette avinée d'Abraham, penché sur la table du bar, qui répète que je suis un cas désespéré. Aux bouteilles de plus en plus nombreuses dans les placards de la cuisine, que je n'ai remarquées qu'il y a peu. Visiblement, ce que je suis est assez grave pour qu'il se saoule régulièrement.

— Qu'est-ce que tu cuisines avec ces bouteilles ? demandé-je en refermant le placard. J'ai dû en écarter cinq pour trouver les conserves…

Mon mentor, pas encore réveillé, se tourne brièvement vers moi. Je râle en esquivant les contenants pour attraper un pot de fruits secs.

— Parfois de la viande, ou des gâteaux, répond Abraham d'un air évasif, soudain concentré sur sa gazette. Il fait trop chaud maintenant, mais une fois la Saison des Feuilles Mortes venue, je t'en ferai si tu veux.

— Avec plaisir.

Si ses mensonges ne m'ont pas étouffée d'ici là.

Guilhem me dit que je suis un chien agressif quand quelque chose ne me plaît pas : je mords et ne relâche le problème que lorsque je l'ai mis à genou. Je crois que c'est sa façon de me dire que je m'acharne parce que je suis rancunière. Il a raison, et ça m'énerve.

Je décide de changer l'ambiance. Ouvrant le bocal, je viens m'asseoir à côté de mon mentor pour déguster un fruit sucré. Le couvercle s'ouvre avec un bruit rond et sec. Alors que je passe deux doigts avides dans le récipient, Abraham lève le nez :

— Tu te souviens de quel jour nous sommes, Victoire ?

Passant l'autre main dans ma crinière pour m'assurer que ma tresse tient bien, je lui réponds sans hésiter.

— Bien sûr. C'est aujourd'hui qu'arrivent les Hamilcar.

Abraham sourit, puis me tend *La Continentale* à la page qu'il était en train de lire. Je l'attrape d'une main et bloque sur la une : *Les Grandes Battues, mais pas au grand complet !*

La connexion se fait vite dans ma tête. Les Grandes Battues, sur le Prévoyer Blustrode. Un énorme évènement politique. Tout le gratin des Premiers s'y retrouve chaque année. Sauf les Hamilcar, cette année. C'est sans précédent depuis plus de vingt ans ! Je me tourne vers Abraham.

— Est-ce que leur séjour ici risque d'avoir des conséquences pour le Continent ?

— Je ne pense pas, me répond Abraham en reprenant le journal que je lui tends. Avec Assar, ils ont une bonne raison de venir ici.

Sur le point de croquer mon fruit à pleines dents, je me fige.

— Leur fils aîné ? Il est enterré ici ?

— Non, mais ils ont souhaité prendre une retraite-souvenir de quelques jours en sa mémoire. Cela fait un an tout juste, me confirme mon mentor avec un soupir.

Je m'imagine mal les Premiers se vexer de leur absence. Il y a bien les Eristène qui pourraient se laisser aller à un commentaire, mais ce ne serait pas très malin.

Tout en goûtant enfin au plaisir du sucre qui fond sur ma langue, je jette un œil à l'horloge. Neuf heures.

— Quand est-ce qu'ils arrivent ?

— Dans l'après-midi. Ce qui n'est pas plus mal, car les préparatifs pour nettoyer leur demeure ont pris du retard… commente Abraham en haussant les sourcils, sans parvenir à cacher un sourire amusé. L'intendance du Haras est sur le pied de guerre. En revenant de l'épicerie hier, le quartier des domestiques autour du palais était en ébullition. Je n'ai jamais vu personne épousseter des tapis avec autant de panique !

Je réprime un rire en imaginant les domestiques devenir gris et granuleux après avoir secoué les rideaux. Les pauvres.

Abraham jette un regard au chasseur du portrait, occupé à dépoussiérer ses vêtements avec le plus grand soin. Puis il se lève et passe une main dans sa barbe tressée pour rajuster les bagues qu'il y a enfilées.

— Je vais devoir rester chez eux pour surveiller les derniers préparatifs. Par contre, je vais te montrer le protocole à appliquer pour leur arrivée. Il faut que toute la domesticité soit présente. Je te l'avais expliqué pendant tes premiers jours. Tu te souviens ?

J'acquiesce, revigorée à l'idée de ne pas tourner en rond toute la journée, puis me lève de ma chaise pour remettre le bocal à sa place. Il est à moitié vide. Je vais faire comme si rien ne s'était passé.

— Oui, je me souviens. Il y aura vraiment tout le monde ?

— Tout le monde, acquiesce Abraham par-dessus le claquement du meuble. C'est la tradition. Je t'indiquerai où te mettre.

Vu la taille des Haras, je me demande si la place qui fait face à la demeure des Hamilcar suffira à tous nous contenir. Combien de personnes habitent ici ? Je vais vite le savoir. L'impatience s'installe dans ma poitrine. L'envie de remettre mon uniforme et, dans une moindre mesure, de courir jusqu'aux écuries me démange.

Cet après-midi, je vais rencontrer les Hamilcar.

Il me faut une heure pour nettoyer les bottes que je porte. Lorsque je les remets à mes pieds, le soleil est déjà à son zénith. J'ai passé la matinée à me préparer, comme tous les Haras d'ailleurs, qui fourmillent comme jamais. Parmi les uniformes qu'Abraham a fait faire pour moi, il y en a un réservé à ce genre d'occasions. Les coutures du pantalon sont bien plus discrètes et solides. En plus de ma chemise blanche, je dois porter la veste officielle des jeunes apprentis, avec ses deux rangées de boutons en argent. Le Destin m'a accordé sa chance : lors de la réception, je serai placée sur l'extrémité gauche des escaliers, là où de grands arbres font de grosses taches d'ombre. Je ne crèverai pas sous le soleil cet après-midi, et tant mieux, car la veste me tient déjà chaud.

Pour la première fois depuis longtemps, je me sens légère. Je prends un bon repas, bois jusqu'à ne plus avoir soif, vérifie une dernière fois que ma coiffure tient bon et pars en direction des Haras.

J'arrive en avance au palais, mais de nombreux habitants sont déjà rassemblés sur la place. Le soleil chauffe le sommet de mon crâne. Mes mains, crispées d'avoir forcé pour boutonner ma veste, me donnent la sensation de cuire. Évitant les domestiques, leurs bavardages et leurs spéculations, je me dirige à ma place.

Les talons de mes bottes crissent sur le gravier, ratissé spécialement pour l'occasion. Les arbres centenaires qui entourent la place étendent leurs longues branches, munies de feuilles aux reflets dorés. L'ombre est bienvenue ; tout le monde s'en est déjà approprié un morceau. Les massifs sont parfaitement taillés, les fleurs en pot offrent leurs pétales colorés au monde. Je n'avais pas remarqué qu'une glycine s'épanouissait sur les balcons de la demeure. Elle en recouvre des pans entiers et charrie un arôme doux.

La foule m'oppresse immédiatement. Je me secoue, cligne des yeux pour chasser la sensation, respire profondément. J'arrive à maintenir l'inconfort à distance, mais j'ai chaud.

Les chaises et les tables installées sous le couvert des arbres pour les joueurs d'échecs et de cartes ont été rangées et ordonnées. L'odeur de l'herbe coupée et celle de la poussière se mêlent. La brise qui souffle m'apporte des bribes de conversation. Malgré le nombre de personnes réunies, l'endroit est presque silencieux. En général, les gens parlent bien plus fort que cela. Je crois que la chaleur les a tous assommés.

Abraham doit être là, mais je ne le trouve pas.

Mis à part dans les livres et sur les pièces de monnaie, je n'ai jamais vu de Premiers. Les Eristène restent très discrets. Ils ne descendent jamais dans les rues d'Enathon, et encore moins dans le coin où nous habitions, avec Guilhem. En rencontrer d'aussi près, c'est... stressant. Exaltant. Unique.

Je ferme les yeux, laisse l'humeur des gens couler sur moi comme un filet d'eau fraîche entre mes doigts. Je rouvre les paupières. Il me suffit de tourner la tête pour trouver Abraham, partiellement caché à ma vue. Il est entouré d'un homme et d'une femme, avec qui il discute à l'ombre des arbres. Je reconnais l'un d'entre eux : c'est la Tercière que j'ai observée lorsque j'étais convalescente. Mes interrogations ressurgissent.

Je n'ai pas le plaisir d'y songer plus longtemps, car au loin, un bruit grave et régulier résonne. La foule, comme un seul homme, tourne le dos à la maison. L'espace d'un instant, les gens se mettent à courir dans tous les sens pour rejoindre leur place. Je perds Abraham du regard. Les domestiques et les jardiniers s'alignent sur deux rangs autour de la place, sous le couvert des arbres. Les écuyers, accompagnés du tintement caractéristique de leurs bottes, viennent se placer sur la volée de marches menant à l'entrée de la demeure. En quelques secondes, l'ensemble de la domesticité des Haras est placé, le dos droit et l'expression neutre.

Une dizaine de diligences, venues depuis la ville, s'engagent dans l'allée. De là où je me tiens, elles ressemblent à de petits wagons séparés. J'essaie de compter le nombre de chevaux, mais abandonne rapidement. Le bruit des sabots frappant le sol s'amplifie petit à petit, ricochant entre les troncs larges. Lorsque le convoi est assez proche, je reconnais le griffon rugissant qui orne les portes des véhicules.

Ils sont là.

Le convoi s'est scindé en deux en cours de route. En tête, trois luxueux carrosses. Les voitures suivantes portent de lourdes caisses et d'imposantes valises. Alors que les véhicules s'arrêtent, parfaitement alignés en face de la demeure, Abraham esquisse un sourire nostalgique. Tiens donc. Il n'avait pas l'air si heureux de les voir, l'autre soir.

L'homme qui émerge du carrosse coupe net ma réflexion.

Comment un géant pareil rentre-t-il dans ces véhicules ? Avec sa barbe grisonnante et ses yeux rieurs, Auguste Hamilcar a l'air d'un oncle tendre plus que d'un ours sauvage. Malgré moi, je sens mes épaules s'affaisser. Je ne savais même pas qu'elles étaient aussi tendues. La transpiration coule le long de ma nuque et s'imprègne sur mon col.

Sa compagne, Maïa, émerge du carrosse aidée par un voiturier. Le blanc laiteux de sa peau rappelle à tous ses origines : sous les gros nuages du Prévoyer Litréans, il est difficile de bronzer, surtout lorsque l'on grandit entre les murs du palais. Maïa est la sœur de Théodore, et la voir ravive le souvenir de Guilhem. Il doit courir après les petits fours de Raphaëlle sous un ciel plus gris que le teint d'Abraham l'autre soir.

L'autre carrosse s'ouvre. Un jeune homme, la mine impassible, s'extirpe du véhicule avec facilité et remercie silencieusement son voiturier. Physique trapu, mâchoire carrée, regard acéré. Isaac. Le fils cadet.

Il passe un index dans son col, les lèvres plissées.

Je me penche brusquement en avant, plaquant une main derrière ma tête. Mon voisin bouge, s'incline vers moi et murmure quelque chose que je ne comprends pas. Je lui adresse un mouvement de main. Il a l'air de comprendre, parce qu'il se redresse à nouveau et me laisse tranquille. Une pelote d'épingles vient de se ficher à l'arrière de mon crâne. L'agacement monte – ce n'est pas le moment d'avoir une migraine –, mais la douleur supplante tout. Quand elle s'estompe un peu, je reprends tant bien que mal ma position. La lumière du soleil me paraît trop agressive et me force à plisser les yeux.

Auguste se dirige droit vers Abraham. Je m'attends à une poignée de main. Nous avons droit à une franche accolade et à un Abraham plus rayonnant qu'un soleil de midi.

Auguste et Maïa sourient aux domestiques et les saluent en passant. Je sens l'atmosphère se détendre comme un griffon sous une caresse. Risquant un regard en direction de mes collègues, je me rends compte que les gens sont contents. Heureux de revoir leurs Premiers en forme et de bonne humeur. Du moins, en apparence.

Parce que depuis ma place, je peux clairement voir les cernes sur le visage de Maïa, difficiles à cacher malgré son teint poudré et sa robe aux tissus chatoyants. Lorsque Auguste lui présente son bras, c'est comme s'il la soutenait à lui tout seul.

Isaac, quant à lui, m'a l'air moins mal en point que ses parents. C'est sans s'arrêter qu'il passe l'arche d'entrée de la demeure, englouti en un instant par l'ombre de la porte.

CHAPITRE 14

GUILHEM

Victoire a toujours été du genre sanguin. Bien sûr, elle s'est calmée en grandissant. Mais plus petite, quand elle piquait une crise, valait mieux pas être dans les parages. J'ai des souvenirs précis des disputes qu'elle provoquait quand on a commencé à grandir. C'était l'époque où certaines personnes s'amusaient à lui faire remarquer qu'elle n'était pas de ma famille. Celle où j'ai préféré faire quelques sous en bossant à droite à gauche au lieu d'aller à l'école, ce qui a pas manqué de l'énerver. L'époque où ma mère est morte, aussi. Ça a été un sacré choc. J'imagine qu'on faisait ce qu'on pouvait, chacun à notre manière. Ma sœur prenait tout pour elle et hurlait des atrocités à mon père, en lui balançant que son statut d'ancien soldat l'avait rendu fainéant et que s'il avait cherché du travail, ils auraient eu de quoi soigner ma mère. Bref. Des éclats de voix violents et inutiles qu'on regrette toujours une fois que la dispute est passée.

J'y pense parce qu'en suivant Raphaëlle jusqu'au bureau de son père, ce matin-là, j'ai ressenti une émotion assez similaire. Puis, pour les avoir vus discuter avant, j'avais une petite idée de comment ça allait se finir. Théodore et sa fille étaient aussi autoritaires l'un que l'autre. Il est impulsif, l'air de rien : dès qu'on hausse le ton, il rend le double. C'est arrivé une fois avec Erica, sa femme. Chez eux, l'escalade, ça se finit de deux façons : par des meubles brisés ou des portes claquées. Y a pas de juste milieu.

C'est pour ça qu'en entrant dans le bureau de Théodore, j'avais quelques appréhensions.

Le père de Raphaëlle portait un costume noir. Il observait par une fenêtre ouverte sa propriété baignée de lumière. Une brise légère s'engouffrait dans la pièce et faisait frémir les plantes disposées pour la décoration. Personnellement, ça me donnait juste froid. J'ai remercié silencieusement ce bon vieux Émile, qui, occupé à servir une tasse de thé, en a profité pour fermer les vitres.

Il m'a jeté un regard en coin avant d'aller se poster à côté de la porte par laquelle nous sommes entrés. Un peu perdu sur la marche à suivre, j'ai décidé de l'imiter en me mettant de l'autre côté. Avec mon ombrelle en dentelle, je me sentais un peu con. Mais personne avait l'air de se soucier de moi.

Les salons privés du premier étage avaient quelque chose d'agréable. Déjà, ils étaient plus éclairés, et y avait pas de ces satanés rideaux verts partout. J'ai fait de mon mieux pour pas me laisser hypnotiser par les grands vases en verre, sur lesquels nageaient des poissons aux écailles dorées. Quand je suis entré avec Raphaëlle, ils se sont rassemblés pour nous observer avec leurs yeux vides.

Aux côtés de la petite silhouette de Théodore, sa femme, Erica, était assise sur une méridienne en cuir. Son élégante robe cintrée, aussi brune que ses iris chocolat, rappelait beaucoup les vêtements de sa fille. Elle m'a observé sans rien dire lorsque nous sommes entrés, son visage anguleux marqué par l'âge. J'ai passé les mains derrière mon dos en espérant me donner une posture digne tout en cachant l'ombrelle.

Raphaëlle avait révisé sa tenue : épaules droites, menton relevé, expression sérieuse. Face à son père, elle affichait un masque fier et impassible. Mais en passant une mèche rebelle derrière son oreille, elle a brièvement tourné la tête vers moi. Un instant, j'ai vu de la nervosité sur ses traits.

J'ai jamais aimé le silence, et cette situation était le parfait exemple pour illustrer mon opinion. Le tic-tac régulier de l'horloge en acier. Les sons de la nature à l'extérieur, tellement apaisants, mais tellement en dehors de la pièce. Le moindre bruit qui résonnait trop. Les gens qui étaient soit parfaitement calmes, soit faisaient semblant de l'être, et qui trompaient personne.

J'ai pris une grande inspiration en me mordillant l'intérieur de la joue, me forçant à regarder fixement devant moi. Ça promettait d'être laborieux. Même les tapis, les motifs sur le costume de Théodore, les poissons sur les vases, avaient arrêté de bouger.

— Bonjour, père, mère. Vous m'avez demandée ?

Théodore n'a pas perdu son temps en conversations inutiles. Il s'est retourné et adossé à la fenêtre, son front barré d'un pli contrarié. Ses cheveux paraissaient encore plus ternes que d'habitude. C'était pas le moment de déconner.

— Il y a quelques semaines, nous avons remporté la majorité et signé notre grande réforme sur l'accès au soin à l'intérieur du Prévoyer. Un pas en avant, qui s'inscrit dans la continuité de l'histoire du Continent.

Erica fixait sa fille, impassible. Raphaëlle restait stoïque et silencieuse, mais elle n'en menait pas large.

— Voilà dix jours, nous avons reçu plusieurs représentants de la famille des Herboristes au palais, afin de discuter de la mise en place de cette réforme. Tu étais là, nous avons tous deux passé du temps en leur compagnie.

Théodore a croisé les bras, comme pour appuyer sa colère sur ce qui allait suivre.

— Ils ont eu la politesse de se déplacer ici, d'ajuster leur emploi du temps pour nous. Et toi, tu te comportes comme une enfant gâtée !

Le dos de la jeune fille s'est tendu. C'était plus fort qu'elle. Malgré son statut et sa belle façon de parler, ça se voyait qu'elle était à deux doigts de péter un plomb.

— Père, mon comportement est tout à fait justifié.

Théodore n'en croyait pas un mot, mais il a laissé parler sa fille. Ses yeux s'étaient réduits à deux fentes d'un brun terne, et la lumière du jour donnait des reflets cendrés à sa chevelure.

— Nos invités ont volontairement tenu des propos irrespectueux envers un membre de notre famille. Leurs intentions étaient clairement frondeuses : je me trouvais dans la même pièce, et pourtant ils n'ont fait aucun effort pour se montrer discrets. Aussi leur ai-je simplement rappelé que manquer de respect aux Litréans avait des conséquences, qu'ils assumeraient le moment venu.

Son ton dégoulinait de défi, le tout bien enveloppé dans de jolis mots à paillettes. Autant Erica s'est contentée de siroter son thé, autant son père a pas apprécié du tout.

— Ne joue pas la carte de l'insolence, Raphaëlle, a-t-il sifflé.

— Tenez-vous à connaître la nature de leurs commentaires ? Voulez-vous savoir quels mots ils ont employés pour qualifier Stanislas ? a répliqué Raphaëlle, dont le teint clair commençait à rosir sur son cou.

— Ce n'est pas la teneur de leurs propos qui m'importe, Raphaëlle.

Les épaules de la jeune Dame se sont un peu affaissées, puis contractées comme si elle s'apprêtait à bondir sur son père. Je savais comment ça allait finir. La conclusion de ce dialogue de sourds se profilait, gros comme une maison. Et moi, en train de transpirer dans mes gants, je serrais fort l'ombrelle dans mon dos en attendant que ça passe.

— Je me doute que leur échange ne vous intéresse pas. Ce que l'on dit sur Stanislas ne vous intéresse pas. J'irais même jusqu'à dire qu'il ne vous intéresse pas tout court. C'est comme s'il n'existait pas. Vous le lui faites bien comprendre. Chaque jour de sa vie.

J'ai jamais vu quelqu'un exploser sans prévenir, et j'aurais préféré que ce soit pas Théodore. Il a abattu ses poings sur le petit bureau juste en face de lui. Les fenêtres se sont mises à trembler.

— Je ne tolérerai pas ce genre de propos de ta part, Raphaëlle ! Stanislas n'a rien à voir dans cette histoire, et notre famille non plus !

Raphaëlle a tressailli, mais elle est restée droite et fière. Elle s'est avancée d'un pas résolu, les mains tremblantes, la nuque rabattue. Erica s'est redressée sur la méridienne, observant la scène sans dire un mot.

— Puisqu'il est hors sujet, pourquoi donc refuser de le défendre ? Notre famille et tous ses membres méritent le respect. Les Litréans sont des Premiers, et les Herboristes ne sont personne. Je ne leur présenterai pas d'excuses. On ne se moque pas de Stanislas dans sa propre demeure, et ce impunément !

Raphaëlle a craqué. Sa dernière phrase est sortie de sa bouche comme le venin d'un serpent en colère. J'ai revu leur matinée sur le pas de tir. Pour elle, l'instant était personnel. Elle défendait son frère bec et ongles.

J'ai choisi de me concentrer sur ma respiration pour ne pas que le poids qui s'était abattu sur la pièce m'écrase. Cette dispute avait un goût de déjà-vu, et plus ça allait, plus j'avais peur que ça dérape.

Erica a finalement pris la parole, attirant l'attention de son mari et de sa fille. Sa voix était autoritaire, mais calme. Un calme qui a un peu fait retomber la pression.

— Raphaëlle, ton comportement a des répercussions qui vont au-delà d'une simple offense.

— Ces représentants ont le pouvoir de mettre à mal les projets que nous souhaitons réaliser, a ajouté Théodore, qui faisait de son mieux pour recouvrer son calme. Ce que tu as fait risque de retarder leur application, voire pire, si tu n'apaises pas toi-même les tensions que tu as créées.

Il a fait le tour de son bureau pour se poster devant sa fille. Ne pas s'énerver avait l'air de lui coûter beaucoup d'efforts. J'ai pu voir la mâchoire de Raphaëlle se crisper. Elle a pris une inspiration profonde, saccadée, pleine de colère et de haine, avant de lâcher avec un peu trop d'amertume :

— Dans ce cas, dictez-moi une lettre d'excuses officielle, et je la rédigerai. Je ne perdrai pas une minute à l'élaboration de fausses excuses.

— Raphaëlle… s'est mis à gronder son père, qui avait l'air de savoir ce qui se profilait.

— Le décor change, mais la pièce reste la même. Nos sujets dénigrent Stanislas, et vous n'en faites rien. Vous prétextez la maladie pour le cacher et la diplomatie pour ne pas avoir à remettre les pendules à l'heure en défendant mon frère. Mais la vérité est claire : vous en avez juste honte, a-t-elle asséné en plantant son regard dans celui de son père. C'est votre plus grand talent, sauver les apparences.

Erica s'est redressée sur sa méridienne. Théodore a blêmi. Mon corps m'a paru très froid, tout à coup. Mais Raphaëlle n'en avait pas fini.

— J'ai honte de ma propre famille.

La claque est partie sans que je la voie. C'est le son, fort et dur en résonnant dans la pièce, qui m'a indiqué que Théodore avait frappé sa fille. Tout ce que je voyais, c'était lui qui serrait sa main levée, les lèvres plissées, un mélange de colère et de dégoût sur le visage. Il a laissé tomber son bras et fait volte-face, se dirigeant près de la fenêtre. Pas un mot à Raphaëlle. Il lui tournait le dos. Erica a pris une profonde inspiration. Je crois qu'elle appréciait pas la façon dont les choses avaient tourné. Elle s'est levée pour s'approcher de sa fille, qui n'avait pas bougé, a posé une main sur son épaule.

Autour des deux femmes, le silence était assourdissant. Raphaëlle a pris une inspiration laborieuse et s'est retournée sans un mot, sortant de la pièce en faisant claquer ses talons. Lorsqu'elle m'est passée à côté, j'ai vu la marque rouge qui faisait une grosse tache sur sa joue. On aurait dit qu'elle s'était renversé son pot de poudre sur le visage.

À ce moment-là, j'avais des glaçons dans les membres, et aucune idée de ce que je devais faire. J'ai tourné la tête pour observer la porte, les Litréans, encore la porte, puis mon regard a croisé celui d'Émile. Il me fixait en faisant les gros yeux, comme si j'étais le dernier des cons dans ce manoir. S'il pouvait parler, il m'aurait expliqué en trente minutes à quel point j'étais stupide actuellement. Mais j'ai pas eu le temps d'amorcer une sortie discrète, parce que la voix courroucée de Théodore m'a fait sursauter. L'air franchement agacé, il s'est retourné vers moi en vociférant :

— Qu'est-ce que vous faites encore ici ?

C'est comme si on m'avait donné un grand coup de pied dans le derrière. J'ai remballé mon ombrelle sous le regard circonspect d'Erica et quitté la pièce sans demander mon reste, faisant attention à ce que le loquet ne fasse pas un bruit en refermant la porte.

CHAPITRE 15

GUILHEM

On parle souvent du calme avant la tempête. Mais une fois qu'elle est passée, le silence qui suit est encore pire.

J'ai pas entendu une mouche voler du reste de la journée. Remarque, à travers les murs du palais, c'était compliqué. Mais l'idée est là. Après son coup d'éclat, Raphaëlle s'est enfermée dans ses appartements. Nous nous sommes un peu retrouvés comme des imbéciles, ses dames de chambre et moi. Finalement, nous avons décidé de la laisser tranquille. J'ai aidé mes collègues à étendre du linge, d'autres à nettoyer les terrasses extérieures, puis j'en ai profité pour me refaire une beauté. J'avais bien besoin de ça pour me changer les idées.

Être blond aux yeux bleus m'a toujours donné un certain avantage question charme, mais j'avais vraiment besoin de tailler la barbe sur mon menton et de me couper les cheveux. Après les avoir cisaillés juste en dessous de la mâchoire, j'avais retrouvé toute ma fraîcheur.

Ah, qu'est-ce que j'étais beau.

Le dîner était rapide, composé d'une soupe au jambon et de discussions concernant la dispute de ce matin. J'ai demandé à Aline si ce genre de choses arrivait souvent, ce à quoi elle a répondu :

— C'est aussi régulier que la pluie, ici !

J'ai connu des réponses plus rassurantes.

Le temps que je finisse mon assiette, le jour était tombé. La cloche de ma chambre n'avait pas sonné de l'après-midi. J'aurais pu en rester là, rejoindre une partie de cartes, faire du charme aux dames de chambre à côté de moi. Ou aller dormir quelques heures. Mais j'en avais pas spécialement envie.

À la place, je me suis levé pour aller faire un tour aux cuisines. Le dîner passé, l'endroit était beaucoup plus calme, mais aussi plus vide. J'ai eu l'impression de redécouvrir le plafond haut et les rangées interminables de plans de travail collés contre les murs. Une légère odeur de sucre flottait dans l'air. Boris, avec deux de ses gars, était en train de préparer un dessert. Ça m'arrangeait.

Je suis ressorti des cuisines plateau d'argent en main, avec un repas chaud pour Raphaëlle. Pas un bruit entre les murs du palais. Je n'ai croisé personne sur mon chemin. C'était comme si la dispute de ce matin avait gelé le palais.

En poussant la porte cachée menant devant les appartements de Raphaëlle, j'ai manqué de percuter une silhouette plus haute que moi. C'était Stanislas. Surpris, il s'est vite esquivé.

— Oh, excusez-moi ! Ma vision, je n'ai pas… a-t-il bredouillé, l'air penaud.

J'ai dû retenir les assiettes, les verres et la carafe avec une main pour pas que tout glisse. Les yeux de Stanislas étaient rougis. Il avait pleuré. Forcément. Mais je me sentais pas à la bonne place pour entamer la conversation comme ça.

Il m'a adressé un hochement de tête et s'est éloigné dans la direction opposée, le pas pressé et les épaules contractées. Je suis resté plusieurs secondes à le fixer. Un soupir peiné a gonflé ma poitrine. Je le plaignais, et c'est toujours le cas. Ça avait pas l'air facile d'être Stanislas Litréans.

Enfin, j'étais pas là pour ça. Après avoir vérifié que mon uniforme était pas taché, j'ai franchi la porte des appartements de Raphaëlle.

Pas un bruit.

Sa chambre n'avait pas bougé. Elle était assise sur le plancher verni de la pièce, les genoux rabattus contre elle. Je l'avais jamais vue se tenir autrement que bien droite sur des chaises rembourrées. Couverte d'un halo orange, elle observait le soir qui tombait à travers une des hautes fenêtres. À sa droite, partiellement caché par des tissus pendant du baldaquin, son lit était à moitié défait. Plusieurs oreillers étaient éparpillés sur une couette froissée. Des pots, une brosse et une boîte en or remplie de bijoux trônaient sur sa coiffeuse. Le miroir était maculé de traces de poudre qu'elle utilisait pour maquiller son teint. Son bureau, situé plus loin sur sa gauche, était recouvert de papiers griffonnés, raturés, pratiquement tous déchirés ou roulés en boule. Elle avait laissé sa plume imbiber plusieurs pages d'une grosse tache noire. J'ai à peine eu le temps de penser à aller la remettre dans son encrier que Raphaëlle m'a interrompu :

— Ne nettoyez rien. Je m'en débrouillerai plus tard.

Sa voix était maîtrisée, donc je savais pas si elle était triste ou en colère. Je me suis ravisé sans trop savoir quoi faire. Mis à part la lumière, presque aveuglante, qui se déversait depuis les fenêtres, le papier peint de la pièce rendait l'endroit sombre, un peu trop étroit. J'ai réalisé qu'aucune bougie était allumée, mais j'ai pas osé agir.

Raphaëlle se tenait dos à moi, recroquevillée sur elle-même. Sa robe couleur café s'étendait autour d'elle en une jolie corolle d'où dépassait le tissu blanc de ses jupons. Toujours immaculée, mais en m'approchant, j'ai vu qu'elle était froissée par endroits, comme si elle avait serré le tissu très fort.

— Je vous ai apporté de quoi dîner.

— C'est intelligent de votre part. Asseyez-vous.

Je suis resté debout, un peu surpris. Il était pas question que je me pose sur son lit, et jamais j'aurais utilisé sa chaise de bureau. Raphaëlle a soupiré comme si elle m'entendait penser.

— À côté de moi, Guilhem.

Elle a tourné la tête vers moi et planté son regard brun dans le mien. Son maquillage tenait plutôt bien, mais le contour de ses yeux, gonflé, portait des cernes sombres. C'était étonnant qu'elle se soit pas démaquillée et changée pour la nuit. Raphaëlle adorait prendre un bain dès sa journée finie.

Plissant les lèvres, je me suis contenté de lui obéir.

Nous nous sommes retrouvés l'un à côté de l'autre, en train de regarder les jardins s'assombrir. J'ai posé mon plateau devant moi et lui ai servi une part de gigot d'agneau. Elle a eu l'air d'apprécier la viande, c'était déjà pas mal.

Le cul par terre, un peu avachie, elle avait plus du tout l'air d'une Première. Elle avait perdu la classe qu'elle affichait en tout temps.

Là, elle me faisait juste penser à une gamine qui faisait plus ou moins passer sa colère sur son assiette.

Raphaëlle avait l'air fatiguée, triste et… jeune.

— Je vous présente mes excuses, Guilhem. Vous ne devriez pas assister à ce genre de choses.

— Si je peux me permettre…

— Oh, arrêtez avec votre conversation de protocole, s'est-elle agacée en me lançant un regard hostile. Vous êtes un être humain, non ? Il n'y a personne ici, nous sommes assis l'un à côté de l'autre. Je n'ai pas l'énergie de prétendre aller bien.

Sa remarque m'a laissé silencieux un petit moment. J'avais aucune idée de ce que j'étais censé dire, alors je me suis tu. Ça m'a fait bizarre de ne rien répliquer pendant plus de trente secondes, de pas essayer de rendre l'ambiance moins lourde.

Raphaëlle a repris la parole après un temps.

— Qu'avez-vous pensé de cette scène ?

Ses boucles d'oreilles remuaient, reflétant la lumière du soir.

J'ai rejoué l'engueulade matinale dans ma tête, pensé à ce que j'avais pu voir depuis mon arrivée. La fin de la Saison des Blés approchait déjà. Le temps passait trop vite.

— J'ai pas eu l'occasion de côtoyer beaucoup de monde mis à part vous. Votre famille m'est encore étrangère. Mais… celui qui reste le plus étranger à tout le monde, c'est votre frère.

Raphaëlle a laissé échapper un petit rire amer, puis reposé son assiette sur le plateau. Elle a haussé les épaules, secoué la tête, comme si ce que je venais de dire était évident.

— Il n'y a pas grand-chose à dire, en vérité. Il est juste malade.

Voyant que je haussais les sourcils d'un air curieux, elle a poursuivi.

— Vous n'apprendrez pas ce genre de choses à l'Académie. Nous, les Litréans, nous… voyons le futur, pour faire simple. Nous pouvons voir les secondes ou les minutes, pour les meilleurs, qui suivent chacune de nos actions. C'est pour cela que je sais quand vous allez rentrer. Quoi que je fasse, je n'arrête pas de vous voir ouvrir la porte. C'est très agaçant.

J'ai hoché la tête, me sentant un peu stupide en repensant à mon premier jour.

— Quand on est petits, c'est compliqué. Un enfant n'a pas le recul nécessaire pour comprendre ce qui lui arrive. Par conséquent, nous vivons nos jeunes années dans une grande solitude, sinon nous sommes saturés et nous paniquons vite.

— Ça me semble logique, ai-je commenté en saisissant la carafe sur le plateau.

— Sauf que mon frère était jeune quand la maladie et la guerre avec les Eristène sont arrivées. Il avait cinq ans.

J'ai arrêté mon geste pour la regarder. Je sentais que les choses allaient prendre une mauvaise tournure. Raphaëlle, quasiment imperturbable, a continué.

— Il y a vingt ans, il a été victime de la grande épidémie qui s'est propagée pendant la guerre. Fièvre, hallucinations, vomissements… Vous savez. Il a passé plus d'un mois alité, sans pouvoir se déplacer. Mère m'a raconté qu'il ne distinguait plus la réalité, le futur et ses hallucinations. Il passait son temps à se voir mourir. Je ne pense pas avoir besoin de vous donner les détails.

— Non, je ne pense pas… ai-je murmuré, pris au dépourvu, en lui servant un verre d'eau. C'est son pouvoir qui l'a rendu malade ?

— Oui. Avec l'âge et le temps, il fait des progrès, mais ils sont infiniment petits comparés à sa condition… Il est paranoïaque, il ne supporte pas la foule, il est incapable de gérer le stress… Il ne pourra jamais vivre comme une personne normale. Il aurait dû hériter du Prévoyer, mais il a été destitué et j'ai pris sa place.

Raphaëlle a vidé le verre que je lui tendais d'une traite, le regard voilé par des souvenirs que je ne pourrai jamais imaginer.

— Je n'aurais jamais cru que l'on puisse être victime de sa propre magie, ai-je ajouté un peu inutilement.

Je n'arrivais pas à trouver quelque chose de pertinent à dire.

— Les affiliations magiques n'ont aucun pouvoir de destruction, a-t-elle constaté simplement. C'est un fait. Mais en voyant ce que notre sang a fait à mon frère… J'en doute.

Silence. Raphaëlle a posé son verre sur le parquet dans un bruit mat. Les bougies enchantées, sensibles au déclin de la lumière, se sont enflammées avec douceur. J'ai repris, un peu hésitant.

— Votre père semble frileux sur le sujet.

Raphaëlle a soufflé, méprisante. Ses traits, déjà tirés, se sont durcis.

— Oh oui, il l'est. Après tout, qui voudrait se coltiner le soin d'une cause perdue, hein ? Et pourtant, ce n'est pas comme s'il était bon à rien. Seul, il sait faire beaucoup de choses.

Elle a tendu la main vers la petite assiette où tiédissait la tartelette. Je l'ai regardée mordre dedans avec un aplomb presque agressif, un plomb dans l'estomac. Puis elle a haussé les épaules en délogeant quelques miettes collées à ses doigts. Certaines ont glissé sur le tissu de sa robe. Alors même qu'elle avait été engloutie, l'odeur de la tartelette embaumait l'air.

— Vous saviez que, petite, j'adorais aller au théâtre ? Avec ma famille, nous profitions des jours de fête et de repos pour assister à plusieurs représentations.

J'ai levé un sourcil, pas vraiment sûr de savoir où elle voulait en venir. Pas perturbée le moins du monde, Raphaëlle a continué.

— Un jour, mes parents ont discuté avec la troupe qui se présentait, et nous avons eu l'autorisation de voir l'envers du décor après la pièce. Depuis ce jour, je déteste le théâtre. Je n'y suis plus jamais retourné. Mes parents n'ont jamais compris ce qui avait provoqué cette aversion soudaine.

Elle a marqué une pause, m'a regardé, une lueur d'espoir dans ses yeux sombres. Sauf que les messages à demi-mot, moi, ça a jamais été mon truc. En voyant mon air perplexe, elle a levé les yeux au ciel. L'odeur du sucre laissait un arrière-goût un peu amer sur mon palais.

— Ce que je veux dire, c'est que toute la magie s'était envolée. J'étais passée de l'enchantement à la désillusion. Quand on sait ce qu'il se passe en coulisses, on ne voit plus la scène de la même manière.

Helis

Je suis en dormance. Mon objectif est atteint.

Maintenant que la Noble Cause a infiltré Anchoris, il me reste à baliser le terrain. Me diriger vers le port, compter les criminels et évaluer le trafic. Lorsque le moment sera opportun, je prendrai contact avec ceux qui le dirigent. Les chances de réussite sont grandes. Qui refuserait une aide discrète pour nettoyer les jetées de ceux qui la polluent ?

Bien que Craig soit une figure connue, j'espère que sa réputation me précède ici. Ce n'est pas le Prévoyer Litréans, et je n'aime ni les effusions de sang ni les pertes inutiles.

Il sera ensuite urgent de négocier quelques fonds de cale. Le genre de caisses et de tonneaux qu'on ne consigne pas sur les documents de la douane. Le transport de médicaments n'alertera personne sur les bateaux, pour peu qu'on contrôle les contenus. Un excellent moyen de débuter un commerce avec les Terres d'Ailleurs, au nez et à la barbe d'Auguste.

Il est temps pour nous de voir plus loin que notre petite guerre avec les Litréans. De semer leurs espions, leurs descentes et leurs escarmouches destinées à nous affaiblir. De nous soustraire au regard de Théodore.

Le moment n'aurait pu être plus opportun, et nous avons de l'ambition.

Me voilà tout près des Hamilcar. Si près que je les vois déambuler dans les jardins, certains après-midi. Si près que leurs rires et les mélodies qui s'échappent par les fenêtres de leur palais font partie de mon quotidien. Je suis leur routine, prends note de leurs habitudes.

La priorité reste néanmoins les informations portuaires. On ne vient pas manger sur le territoire des Premiers sans se renseigner. La garde est présente, les Seigneurs et les Dames tiennent à leur argent.

Une chose est sûre : les sentinelles veillent au grain. Les travailleurs du port sont assez malins pour mener leurs affaires parallèles sans se faire voir, mais lorsqu'elle est là, ça ne rigole pas. Il va falloir passer entre les mailles du filet.

Au cœur d'une ville où tout le monde est un inconnu, près des Premiers, je me cache tel un arbre au milieu de la forêt. Les journées se suivent et se ressemblent.

J'attends le bon moment.

CHAPITRE 16

VICTOIRE

Une semaine s'est écoulée depuis l'arrivée des Hamilcar. Les Grandes Battues font la une des journaux, présentant un compte-rendu quotidien des activités et des négociations en cours sur le Prévoyer Blustrode. J'ai repris le dressage sous la tutelle d'Abraham. Les maux de tête en sa présence sont quasiment constants. La plupart des griffons se méfient de moi. Plus les jours passent et plus l'atmosphère entre nous est anxiogène. Du moins, de mon côté. Abraham est un mur fortifié, érigé comme la défense d'un château fort. Il garde cette gentillesse et cette patience plaquées sur son visage comme un masque collant. À croire que ce sont ses seuls traits de personnalité. Quand je le vois, un vague flottement d'estomac me donne envie de rendre ce que je viens de manger. Je n'aime pas le terrain sur lequel je m'engage, moi et ma défiance, moi et ma situation de dresseuse nulle, d'apprentie d'un inconnu alcoolique et malhonnête.

Depuis que je suis arrivée ici, j'ai enduré l'insomnie, l'échec à répétition, l'humiliation, la trahison. Tout ce qu'il me restait, c'était la certitude de me fondre dans la masse, de vivre la vie normale d'une personne normale. Je suis en train de me noyer. Reste à savoir quand je manquerai d'air.

Pour le moment, je tiens bon.

La journée est exceptionnellement chaude. Les animaux, lorsqu'ils ne restent pas léthargiques, vident leurs abreuvoirs sitôt qu'on les remplit. Pour nous, c'est pareil. Lorsque j'inspire, j'ai l'impression d'avaler un air opaque, trop consistant, qui me bouche les poumons. Transportant un seau d'eau plein à ras bord, je fais attention à ne pas me prendre les bottes entre deux fibres de paille étendue au sol. Le liquide pèse lourd au bout de mes bras parcourus de fourmis. Je sens les gouttes de sueur couler une par une de mon cou jusqu'en bas de mon dos. Ma chemise est pleine de transpiration. Je ne peux même pas dépenser mon énergie pour pester.

Abraham travaille à calmer un griffon sauvage dans une stalle propre. Je m'avance et verse le contenu de mon seau dans l'auge de l'animal. Je n'arrive toujours pas à engager la conversation. Plus ça va, plus j'ai peur de parler. Je ne sais pas si j'ai envie de le secouer jusqu'à lui briser la nuque, ou s'il va de nouveau me servir son pipeau. Je traverse l'écurie, vérifie que les abreuvoirs sont de nouveau remplis, me fais toute petite pour éviter les grognements désapprobateurs des bêtes à mon passage. Dans deux ou trois heures, il va falloir revenir. Même les griffons autochtones ont trop chaud…

Depuis la stalle, Abraham m'observe, hoche la tête puis s'adosse contre un des murs de pierre. C'est sans doute le seul endroit des Haras qui ne brûle pas la peau à cette heure-là. Je l'imite, soulagée de sentir le froid contre mes vertèbres. Le silence s'étire entre nous dans la bâtisse silencieuse.

— Abraham ?

— Oui ?

— Vous connaissez les Hamilcar ?

Pendant un moment, j'ai peur qu'il ne me réponde pas.

— Oui, depuis longtemps. Ils viennent tous les ans ici prendre des vacances, voir leurs griffons. Ce sont tous de bons dresseurs, des amis des animaux.

Mon mentor esquisse un sourire, mais il ne me regarde pas. Je me tais, prends le temps de m'étirer, lui jette un coup d'œil lorsqu'il poursuit.

— Je dois me réunir avec des collègues de l'administration au sujet du concours de voltige. Si le Destin le veut, il aura lieu l'an prochain à Anchoris. Tu peux finir seule ?

J'hésite une seconde. Il me reste à faire le tour d'une écurie pour vérifier que les animaux ont de quoi boire. Ça me tue de l'admettre, mais rester trop près des griffons n'est pas forcément une bonne idée. Enfin, tant que je me contente de remplir leurs abreuvoirs et que je ne m'amuse pas à leur faire des câlins, pas de danger. Je fais ça depuis ce midi et il ne m'est rien arrivé.

— Oui, ça devrait aller, confirmé-je enfin.

Il sourit avant de s'en aller. J'entends ses semelles qui frottent contre la paille, contre l'herbe séchée de l'extérieur, et qui s'éloignent. Le silence retombe, troublé par le grognement ensommeillé d'un griffon.

Je suis seule.

La fraîcheur des murs est revigorante. Je me redresse et pars sceller les portes de l'écurie avant de me diriger vers la suivante. Dès que ma peau entre en contact avec le soleil, je sens la chaleur me mordre à pleines dents. Dehors, c'est la fournaise. Les grillons stridulent, emplissant l'air de sons mélodieux et râpeux. L'horizon ondule. Je maudis la lourde porte, que je dois pousser en me cabrant pour la refermer. Le temps de la verrouiller, je suis un torchon trempé.

Je me dépêche de rejoindre l'écurie la plus éloignée des Haras, cinq cents mètres plus loin. Mon court voyage ressemble à la traversée d'un désert : le silence, la plaine à perte de vue, le soleil impitoyable et les bruits étouffés de mes pas sur la terre sèche. En voyant que le bâtiment est entrouvert, je pousse un soupir de soulagement. Je ne sais pas qui a oublié de fermer la porte, mais au moins, ça m'évite un effort supplémentaire.

L'ombre soudaine des écuries me fait l'effet d'une giclée d'eau fraîche sur le visage. Je dois rester un peu dans l'entrée pour que mes yeux s'habituent à la semi-pénombre des lieux. Lorsque j'y vois de nouveau, je commence par faire le tour des stalles. Laisser la porte ouverte comme ça n'est pas prudent : déjà, ça fait rentrer la chaleur, mais si un griffon avait décidé de s'enfuir, il aurait pu sortir et entraîner les autres avec lui. En général, même les nouveaux ne font pas cette erreur.

La bonne nouvelle, c'est que rien ne semble dérangé ou inhabituel. Je pars donc à la recherche de l'endroit où sont entassés les seaux.

Ils sont malins d'avoir fait des canalisations dans les murs en construisant l'endroit. Ça leur a permis d'installer une pompe directement à l'intérieur. Même si je dois faire des allers-retours à la chaîne pour remplir les abreuvoirs, au moins, je n'ai pas à sortir.

Pendant près d'une demi-heure, je répète les mêmes actions : choisir la stalle, m'assurer que le griffon à l'intérieur est calme, remplir mon seau, faire un pas dans l'enclos pour le vider, ressortir vite pour ne pas me faire grogner dessus. Rebelote jusqu'à ce que l'abreuvoir soit rempli, puis passer à la stalle suivante. Pas passionnant, mais c'est le contrat.

Je n'ai pas revu les Hamilcar depuis leur arrivée, et je suis trop fatiguée pour leur accorder mes pensées. Abraham, les griffons et mes soupçons prennent toute la place.

À mi-chemin vers la troisième stalle, je m'arrête et pose mon seau rempli à terre. Quelques étirements délassent les muscles de mes bras et de mon dos. Les lieux sont silencieux : je n'entends que quelques échos de pas, sans doute ceux d'un griffon, et de petits bruits de bec. Malgré tous mes efforts pour rester active, ma tête se vide petit à petit. L'envie de m'allonger sur la paille pour y faire une sieste me gagne. La chaleur de l'après-midi rend tout plus lent : les mouvements, la vie du Haras, mes pensées.

La prochaine stalle se situe quelques mètres plus loin, vers la droite. Je m'arrête devant le portillon, passe mon seau sur un bras pour l'ouvrir, puis me fige.

Thalya, allongée au sol, les pattes recourbées sous son corps, m'observe comme un chat à moitié endormi. On doit, à elle aussi, lui donner à boire et à manger, mais elle est encore sauvage.

Toute son attention se focalise sur moi. Je reste immobile. L'eau contenue dans mon seau clapote. Une partie vient éclabousser mes manches.

Il faut que je bouge. Je ne vais pas rester là comme une imbécile à la fixer. Mais c'est compliqué. C'est vraiment compliqué. La sensation de ses plumes sur mes doigts, ses serres qui griffent mon épaule me reviennent, fraîches comme si c'était la veille. J'avale ma salive, me détourne et, voyant que l'abreuvoir ne se situe qu'à deux pas, je continue mon chemin.

La tête baissée, je l'entends caqueter et remuer sur ma droite. Je me mets à respirer plus fort. Le bruit de l'air que j'inspire cache en partie les autres sons. Le gargouillement de l'eau efface tout l'espace d'un instant. Encore quatre. Il me faut encore quatre seaux pour tout remplir.

Je me redresse et manque de percuter le bec de Thalya, si proche de moi qu'elle me plaque presque contre le mur de l'enclos. Je cherche le vide en moi, le contrôle des pensées et des émotions. Me canaliser à tout prix. Maintenant. Elle est beaucoup trop près pour que je me permette de paniquer.

Immobile, je la regarde m'examiner avec un intérêt non dissimulé. Au début, je ne comprends pas trop ce qu'elle fait, mis à part me pousser du bec en lâchant des grognements plutôt contrariés. Je me dis que je l'embête, sauf que si je bouge, elle risque de réagir brutalement. Puis son regard croise le mien.

Elle me reconnaît. Je le lis dans ses yeux à demi plissés. Celle qui lui a fait peur et qu'elle a réprimandée d'un bon coup de patte.

Thalya me reconnaît et elle n'a pas envie de me lâcher. Elle claque du bec à dix centimètres de mon visage comme pour me réprimander. Au prix d'un effort trop intense par cette chaleur, je réussis à poser mon seau en m'accroupissant lentement pour ne pas la surprendre. Elle ne réagit pas lorsque je me relève de toute ma hauteur. C'est plutôt bon signe. En fait, ça me paraît même bizarre, au vu de la façon dont nous avons fait connaissance. Un glaçon me torpille le ventre. Nous passons de longues secondes à nous observer. Thalya râle une ou deux fois, mais elle ne s'éloigne pas. À la place, elle me renifle, ses iris vissés dans les miens. Quelque chose change dans l'air.

Et le temps s'arrête. Thalya passe son bec sur ma main et la pousse. On dirait qu'elle cherche quelque chose. Le contact. C'est la seule idée qui me vient en tête. Je suis si près d'elle, plus près que je ne l'ai jamais été avec aucun autre animal. Alors, je lève le bras avec précaution, je tends la paume sans chercher à l'atteindre directement.

Thalya roucoule, cligne des yeux, puis passe sa tête contre mes doigts. Le raclement de ses serres contre le sol en pierre, recouvert d'une couche de paille, se réverbère sur les hautes poutres en bois de l'écurie. L'instant est irréel. Je bouge lentement mes doigts. Ma peau effleure de nouveau ses plumes. La sensation n'a pas changé.

Je caresse un griffon. Et le monde entier avait tort.

Je voudrais que cet instant dure toute ma vie. Juste rester là, à lui caresser la tête en la regardant, au milieu des écuries désertes.

— Charmant.

Je me tourne brusquement, prise au dépourvu par la voix qui m'interpelle. Ma vue se brouille brièvement. Je dois appuyer une main sur ma nuque pour atténuer l'étranglement nerveux qui me traverse. Thalya recule d'un bond et pousse un cri strident, agressif, qui me vrille les tympans et me fait grimacer. L'espace d'une seconde, j'envisage qu'elle puisse m'attaquer. Abandonnant le seau, je passe d'un mouvement agile par le portillon, puis le referme d'un geste précipité. Le griffon, ses oreilles duveteuses couchées en arrière, s'est reculé au fond de sa stalle et scrute l'intrus avec colère. Je me tourne, prête à passer un savon à l'imbécile qui m'a fait peur.

Physique trapu, une demi-tête de plus que moi. Mâchoire carrée, regard perçant. Cheveux corbeau, dont quelques mèches dansent sur son front. Teint doré. Sourcils haussés. Pas une trace d'impatience.

Isaac Hamilcar savoure le moment.

CHAPITRE 17

VICTOIRE

Je suis un poisson qu'on a sorti de l'eau. Ma bouche s'ouvre, se referme, puis s'ouvre encore. Le Destin a décidé qu'aujourd'hui, il fallait que je me ridiculise devant un Premier.

Comme appris à l'Académie, j'adresse une révérence travaillée à Isaac.

— Bonjour, mon Seigneur.

— Bonjour.

Silence.

Je me redresse, avale ma salive. Isaac semble attendre quelque chose. Qu'est-ce que j'ai bien pu oublier ?

Au bout de ce qui me semble être une éternité, il enfonce les mains dans les poches de son pantalon noir. Dégageant un morceau de paille collé à ses bottes cirées, il ajoute :

— Ce griffon est ma propriété.

Ah.

Bien sûr, lui parmi tous les autres, à cette heure-ci, à ce moment précis de la journée, pour Thalya par-dessus le marché. Reprends-toi, Victoire !

— Si vous souhaitez passer du temps avec, je peux partir. Je suis de corvée d'abreuvoir et je n'ai pas le droit de sortir les griffons seule.

— Non, vous pouvez rester.

Le silence s'épaissit à nouveau. Je n'entends que l'écho de mon sang qui pulse sous mes cheveux. La douleur avait été brève, mais pire que les tensions ressenties en présence d'Abraham et de l'Herboriste.

Je me dis qu'Isaac va aller voir Thalya. Mais il reste planté là à parcourir du regard les écuries, mon visage, mes bottes, son griffon allongé dans la paille. Je vois ses sourcils noirs se froncer. On dirait que ma présence le dérange. Je n'ai aucune idée de ce qu'il se passe dans sa tête, mais je suis là pour effectuer mes corvées et je compte les mener à bien. S'il a envie d'être seul, il n'avait qu'à se plaindre avant.

Son expression renfrognée se détend lorsqu'il décide de s'approcher de Thalya. Je m'adosse au mur de la stalle et l'observe à mon tour passer le portillon. Son costume est impeccable, ses cheveux d'ébène coiffés sans effort. Je ne suis pas très grande, et il me dépasse de peu, mais vu la largeur de ses épaules, je n'aimerais pas qu'il me mette une baffe.

C'est sûr qu'il n'a jamais vu Thalya. La bête est beaucoup plus réticente avec lui qu'avec moi. Ce qui me choque immédiatement, c'est que le jeune Premier ne suit aucune règle. Il s'avance vers elle, main tendue, d'un pas décidé. Pas d'arrêt, pas de précautions. Alors forcément, le griffon s'agace, commence à claquer du bec et à déployer ses ailes pour l'intimider. Ce n'est pas une peluche. C'est un animal dangereux, qui m'a coûté un poignet foulé et une cicatrice sur l'épaule. Sauf qu'Isaac s'en fiche. Thalya pourrait hurler au fond d'un gouffre que ça aurait le même effet. Soudain inquiète, je l'interpelle, prête à le rejoindre :

— Faites attention !

Il ne répond pas et, impassible, vient poser sa main sur la tête de Thalya. Le griffon grogne, se fige, interloqué. Je ne sais pas trop ce qu'il se passe parce qu'Isaac est de dos, mais on dirait qu'il arrive à rassurer la bête en quelques secondes. Les râles de Thalya s'estompent, ses ailes retrouvent leur place contre ses flancs. Puis, comme s'il ne s'était rien passé, elle le renifle et s'assoit en face de lui.

— Je ne suis pas Chuchoteur, répond Isaac lentement, mais je côtoie des griffons depuis ma naissance. Je n'ai pas besoin de vous pour les approcher.

Il dit ça d'un ton neutre, sans aucune condescendance. Mais ce fait froid, dénué de chaleur et de forme, pique quand même mon ego. J'ai envie de pleurer. Ou de l'insulter, je ne sais pas. Encore une fois, j'ouvre la bouche sans qu'aucun son n'en sorte. Son regard me colle à la peau comme la sueur qui mouille mes vêtements. Mais qu'est-ce qu'il attend, encore ? Que je m'agenouille devant lui ?

— Souhaitez-vous m'accompagner dehors ? me demande-t-il, interrompant mes pensées.

Il désigne Thalya d'un léger mouvement de tête. Abraham ne m'a jamais parlé du protocole à appliquer lorsqu'on est seul avec un Premier. Peut-être parce que je n'étais pas censée me retrouver dans cette situation.

Je réfléchis vite. Ne pas finir ma corvée. Rester là et la finir. Laisser un Premier seul avec un griffon à peine apprivoisé. S'il arrive un accident, ça me retombera forcément dessus. Si un griffon meurt de soif, ça sera ma faute aussi. Avant même que j'aie donné ma réponse, Isaac passe une main dans le cou de Thalya et la guide jusqu'à une large porte au fond de la stalle. Le griffon le suit comme un chien fidèle, attendant que son maître l'emmène dehors. Je ferai mieux de m'y habituer tout de suite, parce que sinon, je vais finir par me décrocher la mâchoire. Malgré le seau et les abreuvoirs qu'il me reste à remplir, l'inquiétude de laisser le jeune Premier seul avec Thalya est plus forte. Sans rien dire, je le laisse déplacer le lourd battant en bois. Une bourrasque chaude s'engouffre dans l'écurie et fait voleter la paille. Sans m'attendre, ils sortent du bâtiment. Je m'engage à leur suite, me plaçant à une distance raisonnable du griffon.

Je me retrouve debout, droite, immobile en plein soleil au milieu du pré. Pas une seule zone d'ombre. Juste la végétation ternie et séchée. Les couleurs extérieures ont pris des teintes jaunes. Milieu d'après-midi. La température, bientôt, se mettra à descendre. Autour, la ville presque blanche, la forêt vert pâle. À côté, Isaac détonne presque avec son teint mat. Je plisse les yeux, me force à ne pas baisser la tête.

Les minutes s'égrènent trop lentement. Isaac gratte le griffon, qui s'affale à côté de lui sans aucune méfiance. Puis, pendant plusieurs minutes, ils s'amusent à se suivre en rythme. Le fils Hamilcar réalise devant moi des parades qui feraient pâlir un dresseur confirmé. En voyant sa silhouette découpée par l'éclairage saturé, ses mouvements fluides et le manque d'expressivité carrément préoccupante de son visage, je réalise qu'il doit vraiment être né avec les griffons.

À chaque fois qu'il tourne la tête vers moi, je me sens comme une enfant prise en train de faire une bêtise. Mal à l'aise, je tente de rester droite et immobile alors qu'il me demande :

— La chaleur semble vous faire souffrir.

— J'ai juste besoin de m'adapter au climat.

— Il vous faudra plusieurs mois avant de vous y faire. Votre peau va sans doute brûler un peu avant de s'épaissir, constate-t-il en m'observant.

Isaac passe une main sur l'encolure de Thalya, qui effleure la peau de sa joue du bout du bec. Elle se recule, déploie ses ailes, heureuse de pouvoir les dégourdir. Le souffle d'air qu'elle provoque me rappelle la brise éternelle qui souffle sur le Prévoyer Eristène, même quand il fait chaud. Un court réconfort avant de retrouver la torture de l'air immobile.

— D'où venez-vous ? me relance Isaac en rajustant quelques mèches de cheveux indisciplinées. Votre peau est trop claire pour que vous soyez née sur notre Prévoyer.

— Je suis originaire du Prévoyer Eristène. De la ville d'Enathon.

— De la ville d'Enathon…

Il reste un instant pensif. Thalya lui tourne le dos et part labourer la terre de ses serres puissantes. Je la guette un instant, mais elle n'a pas l'air de vouloir fuir.

— Personne ne se réclame « de la ville d'Enathon », hormis les Terciers et les Seconds qui ont fait faillite, développe Isaac. Les autres disent venir « des hauts quartiers d'Enathon. » À quelle catégorie appartenez-vous ?

Mon estomac se tord sous le coup vicieux. Je plisse les lèvres, garde une expression composée. Le soleil chauffe mon épaisse chevelure bouclée.

— Je suis orpheline. Je viens des bidonvilles.

— Je vois, conclut le jeune Premier en hochant la tête.

Il n'est pas moqueur, il n'est pas désolé.

L'absurdité de ma situation, exacerbée par cet échange, me frappe en plein visage. Je suis en train de tenir compagnie à un Premier, bien meilleur que moi avec les griffons, sur lequel je suis tombée au hasard dans les écuries alors que je remplissais les abreuvoirs et qui m'a fait confirmer que j'étais pauvre. Je vais laisser la chaleur faire fondre ma tête.

Nous restons un moment ensemble, moi, stoïque et à l'affût, lui, détendu, heureux d'observer son griffon se rouler dans l'herbe. Pourtant, cette quiétude est troublée par la ligne horizontale qui lui barre le front. Il lève la tête pour observer l'astre du jour, puis baisse le regard sur la montre à son poignet. Il soupire. Je jurerais presque qu'il a l'air las.

— Vous connaissez notre affiliation ? me questionne-t-il sans me regarder.

— Bien sûr. Vous êtes Horlogers.

— Avez-vous déjà vécu l'expérience ?

Sa curiosité semble sincère. Je secoue la tête en guise de réponse. Isaac ne bronche pas. Je ne parviens pas à savoir si cet homme est imbuvable ou s'il ne sait pas communiquer. Et le voilà qui se remet à me fixer en attendant je ne sais quoi. J'imite son expression pour lui faire comprendre que je n'ai rien de plus à dire.

— Seriez-vous curieuse de voir ce que cela donne ? J'aimerais profiter d'un peu plus de temps avec ce griffon avant de retourner à mes obligations.

Ai-je seulement le droit de refuser ?

— J'en serais honorée.

Sans réfléchir, mes muscles se contractent, et j'apporte une attention toute particulière aux mains d'Isaac. Visiblement satisfait de ma réponse, il observe les alentours, mesure la distance entre Thalya et lui. Lorsqu'il a fini de tourner sur lui-même, il lève un bras et claque des doigts.

J'attends le bouleversement. J'attends… J'attends quoi, au juste ? Tout, sauf rien. Le contraire de ce qu'il se passe, en fait. Aucun changement. Isaac baisse la main, son griffon vient le trouver.

Soudain, je n'arrive plus à savoir où je me trouve. Je me plie, cligne des yeux pour chasser la confusion. Je crois faire un malaise et m'effondrer, mais la sensation s'estompe d'un coup. Les mains sur les genoux, j'attends plusieurs minutes que mes entrailles se détendent. Une bouffée de chaleur s'échappe de mon corps. Pendant un instant, je me sens rafraîchie. De grandes goulées d'air m'aident à me remettre d'aplomb. Isaac a la politesse d'attendre que je me sois redressée, la mine crispée.

— Les premières distorsions occasionnent toujours des désagréments physiques. Vous vous y habituerez vite.

Thalya me jette un regard méfiant.

Mes doigts me chatouillent. C'est comme si mon corps était plus léger. J'ai l'impression de devoir faire moins d'efforts pour respirer, pour bouger. L'horizon est le même, mais où que mon œil porte, il rencontre une fine bande brumeuse semblable à un mirage.

— Le grand avantage de notre nom. Pouvoir prendre le temps lorsqu'il n'y en a pas, et l'abréger lorsqu'il n'est pas nécessaire.

Je sens la transpiration qui s'est accumulée sur mon front, qui mouille mon cuir chevelu. L'inquiétude me donne l'impression d'avoir froid.

Les Premiers et leurs affiliations magiques, c'étaient des explications dans des livres. C'étaient des leçons que je n'écoutais pas toujours, des choses qui ne me touchaient pas. Un peu comme les histoires qu'on lisait avec Guilhem avant d'aller dormir. Mais elles sont vraies. Et malgré tout, presque rien n'a changé.

Les gens peuvent-ils remarquer quelque chose de l'extérieur ? Ou tout cela n'est-il visible que parce que nous sommes dans une *bulle* temporelle ?

— En tout cas, votre nom vient avec beaucoup d'avantages, statué-je sans émotion.

Est-il capable de faire autre chose de ses pouvoirs ? D'arrêter le temps ? De répéter des évènements ?

— Et de lourdes contraintes, m'interrompt-il sans me regarder. Mais j'en conviens, j'aurais pu être sans le sou. Ou orphelin, comme vous.

Son air indifférent me fait tiquer. Cela ne m'empêche pas de serrer les poings.

— Vos parents vous manquent-ils ?

Sa question me donne l'impression de passer du coq à l'âne. Ma frustration laisse place à la surprise, puis à la perplexité. La curiosité transpire sur son visage. Rassemblant mes pensées, j'essaie d'être la plus honnête possible.

— C'est difficile de répondre à cette question, étant donné que je ne les ai jamais rencontrés, lui expliqué-je calmement. Mais oui. Parfois, j'aimerais les connaître.

— Et s'ils ne correspondent pas à vos attentes ?

— Pardon ?

Cette fois, je ne peux m'empêcher de faire un pas vers lui. J'ai peur de ne pas avoir entendu correctement.

Mais non.

— Si vos parents étaient des voleurs, des imbéciles, s'ils étaient plus riches que les Herjafol ou s'ils étaient déjà morts… Comment réagiriez-vous ?

Il semble percevoir mon malaise, car il ajoute peu après :

— Vous n'avez pas à me répondre. Ma curiosité est sincère, mais elle est déplacée.

— Non, non, ça va, balbutié-je, oubliant un instant les convenances. Je crois que, quoi qu'il se passe, cela me conviendra. J'ai besoin de faire la paix avec quelque chose de plus profond. C'est difficile à expliquer.

Cette conversation, je m'attendais à l'avoir avec Abraham. C'était auprès de lui que j'imaginais parler de moi, de ma solitude, de mes rêves. Nous aurions discuté pendant des heures sur le sens de la vie et le fait que rien n'est impossible. À la fin, il m'aurait promis de me protéger et de m'aider. Mais rien de cela n'est arrivé. J'ai l'impression de recevoir un coup de poing.

— Merci de votre honnêteté. Je n'ai pas souvent l'occasion de discuter avec des gens venus d'autres horizons.

— Merci de m'avoir écoutée.

Je lâche ces mots trop bas, d'une voix pitoyable, le souffle court. L'air dilaté ne m'aide pas à respirer. Pendant un instant, je crois que je vais me mettre à pleurer là, tout de suite. Je me sens comme un ballon rempli d'eau qu'on viendrait percer d'une aiguille. Isaac, silencieux, ne remarque pas mon malaise. On dirait qu'il rejoue notre dialogue en pesant chaque mot. Malgré le soleil et les émotions enragées qui se battent en moi, la bulle temporelle me donne la sensation de me trouver à part dans le monde. Dans un endroit où tout s'écoule paisiblement. Je redouble d'efforts pour me calmer et laisser couler la sensation sourde à l'arrière de mon crâne.

Au bout d'un moment, Thalya revient vers Isaac, qui la gratte entre les deux yeux. Un bruit léger, comme étouffé, nous parvient de derrière. Le jeune Premier et moi nous retournons en même temps. J'entends à nouveau un claquement de doigts.

— Je ne pensais pas vous trouver ensemble!

Le retour à la réalité me donne une nausée diffuse qui s'estompe aussi vite qu'elle est apparue. Mon corps redevient lourd, et je comprends qu'Isaac a rétabli le cours du temps. Le soleil a déjà bien entamé sa course dans les cieux.

Mon regard se pose sur Abraham, un peu transpirant, qui arrive depuis les Haras. Il vient s'assurer que tout va bien pour moi. J'alterne entre dépit et reconnaissance.

— Comment s'est passée la tâche? Thalya t'a-t-elle posé problème?

Je bégaie sans savoir quoi répondre.

— Elle se trouvait avec le griffon lorsque je suis arrivé. Elles avaient l'air de passer un bon moment.

Isaac vient de nous clouer le bec. Je n'ose plus croire à ma prouesse, et on dirait qu'Abraham ne croit le jeune Premier qu'à moitié. J'ai envie de creuser un trou, de m'y allonger et de me recouvrir de terre pour disparaître à jamais.

J'esquisse un sourire bref, sans doute trop mauvais pour maintenir les apparences. Nous jouons la comédie de concert, mais je sais qu'un interrogatoire va suivre une fois le Premier parti.

— C'est elle qui a initié le contact. J'ai pu la caresser, et c'est là qu'Isaac est arrivé.

Abraham n'en croit pas ses oreilles. Lui qui d'habitude a bon appétit reste bouche bée, fourchette en l'air, alors que je lui raconte la scène avec le griffon. Sa réaction me fait mal.

— Vous ne me pensiez pas capable, commenté-je en saucant le fond de mon plat.

Abraham se redresse sur sa chaise.

— Non, il arrive que des griffons viennent à nous et se prennent d'affection pour certains dresseurs, mais avec tes difficultés, et au vu de ton premier contact avec Thalya, je ne pensais pas cela possible…

Un silence s'installe. Abraham a répondu trop vite.

— Est-ce que d'autres apprentis ont déjà eu les mêmes difficultés que moi ? Ou est-ce moi que les griffons n'aiment pas ?

— Ne dis pas de sottises, Victoire, me répond mon mentor d'un ton sec que je ne lui connais pas. Cela n'a rien à voir avec toi en particulier.

Impossible d'ignorer la tension qui s'est installée. Elle imprègne mon morceau de pain comme le jus de viande collé à mon assiette. Je mâchonne la mie imbibée sans chercher à rompre le silence. Abraham finit par prétexter un mal de crâne et quitte la table sans autre forme de courtoisie.

Pour une fois, c'est lui qui monte au lit en premier. Je le laisse faire sans rien dire et m'occupe de la vaisselle. J'aimerais bien avoir des éponges et des torchons enchantés pour faire ça à ma place. Le seul avantage que je retire de cette corvée, c'est que frotter rageusement les assiettes m'aide à me défouler.

Je crois que la vaisselle d'Abraham n'a jamais autant brillé que ce soir-là, dans notre petite maison sans bruit.

Carnets de voyage de Z. Zanebir

Le destin

Parmi les mystères que mes voyages m'ont conduit à découvrir, le Continent en rassemble la majeure partie. Ces gens qui maîtrisent des technologies que les peuples de l'Est ne peuvent qu'imaginer. Ces gens qui ont, tout comme nous, des ascendances divines coulant en leur sang. Ces gens, qui se sont détachés de toute forme de vie primitive et dénudent les secrets du monde un à un, arrivent encore à croire en l'existence d'une force supérieure.

Le Destin. Un mot beau et terrifiant à la fois, regroupant une infinité de chemins que notre esprit est bien incapable d'imaginer. Les Continentaux, eux, croient que le Destin régit leur vie. Il est celui qui les lie tous, d'une façon ou d'une autre. Celui qui sait bien avant eux quelle sera leur vie et ce qu'ils accompliront.

J'ai tout d'abord pensé que cette forme de croyance, qui rend notre rôle d'entité vivante si passif, menait à la paresse et au fatalisme. Chose incroyable, il s'avère que c'est tout le contraire. Les Continentaux, quels que soient leur caste ou leur rang social, vénèrent le Destin et le lui prouvent tous les jours en allant au-devant de leur vie. Ils se délectent du temps qui coule sur leur peau, se réjouissent de découvrir ce que l'inconnu a préparé pour eux. Ils le considèrent comme une personne et espèrent de lui une bienveillance envers leur civilisation. Partout sur le Continent, on se souhaite une existence magnifique.

Peut-être est-ce cela qui donne aux Continentaux cette extraordinaire force de vivre.

Extrait des *Carnets de voyage* de Zinli Zanebir,
célèbre historien et philosophe des Terres d'Ailleurs.

CHAPITRE 18

GUILHEM

Le train filait vers le nord depuis presque deux jours.

On avait beau être dans les wagons privés de la famille Litréans, la décoration portait les couleurs de la Maison Herjafol. Pas que je m'en plaigne ; le bleu, c'est beaucoup plus beau que le vert bouteille. Sans oublier le doré, bien sûr. Ils en mettent partout.

Penché sur mon petit bureau près de la fenêtre, j'observais ma cabine étroite sans vraiment la voir. Je voulais écrire à Victoire, mais il avait fallu boucler les bagages très vite et se remettre à courir partout pour préparer le voyage jusqu'à Crein, sur le Prévoyer Blustrode. En voyant la taille et le nombre de valises que les Litréans avaient emportées, je me suis dit que les Grandes Battues étaient bien plus importantes que l'évènement qu'on nous vendait dans les gazettes. Pas de doute là-dessus.

Je pensais à Victoire. J'aurais aimé savoir si Abraham était mort de vieillesse depuis sa dernière lettre. Si elle pensait encore à la fille qui s'était fait assassiner, si elle était tombée amoureuse d'un garçon d'écurie ou s'était fait pincer par un griffon. J'avais des milliers de choses à lui dire, mais pas le temps de les écrire tant la vie courait vite.

Même maintenant, alors que je suis au fond du trou, j'ai des centaines de questions sans retour, des points d'interrogation en lignes serrées comme les petits choux sur les plateaux d'argent qu'on servait aux Battues. Avant que tout foute le camp…

À l'extérieur, le paysage défilait. En deux jours, on était passé d'une grisaille déprimante à un ciel très clair, recouvert de petits bouts de coton blancs. Je ne voyais pas grand-chose de la fenêtre de ma cabine ; elle était haute et plutôt étroite.

Je me suis fait sortir de ma rêverie par le son de ma montre à gousset. J'ai rajusté mes manches et quitté ma chambre pour rejoindre les salons du wagon d'à côté.

J'espérais presque voir Stanislas. Mais il était absent. Sans doute dans sa cabine, planqué, comme chaque jour depuis la dispute de sa sœur avec Théodore.

La pièce était terriblement calme.

On entendait que le bruit régulier des roues et celui de la machinerie en dessous. Le wagon était aménagé comme un vrai salon, avec tout le confort d'une demeure de Premiers. Théodore se tenait à un bout de la pièce, en train de lire les derniers tas de paperasse tombés sur son bureau avant le départ. Raphaëlle et sa mère, habillées de robes à col haut, étaient assises plus loin.

Je me suis dirigé vers le petit bar sculpté sur mesure afin de préparer du thé. Il m'a suffi de claquer des doigts pour que les plaques au gaz s'allument et fassent chauffer l'eau de la théière. J'avais beau avoir vu les cuisiniers faire ça tous les jours au manoir, c'est bien un truc dont je me lassais pas. Il ne me restait qu'à préparer le plateau et les feuilles à infuser.

Le bruit de la vaisselle, des tasses que je posais sur les tables, le « merci » feutré de Théodore, résonnaient un peu trop fort dans le wagon. J'ai pris mon mal en patience.

Le Prévoyer Blustrode est plat. Vraiment plat. Depuis qu'on y était entrés, on alternait entre de grandes plaines d'herbe pâle et des villes aux maisons collées. En plus, y avait pas de villages, pas de fermes ; on passait directement de la campagne aux cités. Le vent y soufflait fort, mais le ciel était dégagé. Je suis sorti une fois, dans une petite ville au sud du Prévoyer, pendant que des collègues ravitaillaient le train. Eh bah j'ai pas regretté mes vestes doublées. Ils doivent se peler le cul pendant la Saison des Neiges. Et je veux pas entendre parler du blizzard qu'ils se coltinent parfois, tout au nord.

J'ai dû passer un moment à rêvasser en faisant la vaisselle, parce que c'est Théodore qui m'a sorti de mes pensées. Il a rangé tous ses papiers dans un cartable en cuir, puis, sans regarder le paysage, a annoncé :

— Nous sommes bientôt arrivés à Crein.

Raphaëlle a pris le temps de finir sa page, s'est contentée de hausser les sourcils d'un air hautain, mais toujours distingué, comme si la remarque de son père était stupide.

J'ai retenu un soupir. Quand elle voulait, elle était encore plus désagréable que Victoire.

La vision de Théodore s'est révélée juste. Le train a commencé à ralentir peu de temps après. D'un coup, les domestiques se sont mis à aller et venir dans les couloirs. Les dames de compagnie, ceux qui se chargeaient des chambres, ceux qui portaient les bagages, le personnel du train… En un claquement de doigts, ça se marchait dessus dans tous les wagons.

Moi, j'avais eu la présence d'esprit de faire mes valises avant. À situation exceptionnelle, mesures exceptionnelles.

J'ai pu faire un rapide aller-retour et les balancer sur un des chariots à bagages installés au pif dans les couloirs avec celles de Raphaëlle. Le personnel avait prévu le coup, parce qu'il y en avait une bonne dizaine qui attendaient en rang d'oignon d'être chargés comme des mules. J'étais pas censé mélanger mes bagages aux siens, mais de toute façon, c'est moi qui m'occupais de ses valises, alors personne n'a remarqué mon entrave au protocole.

J'ai rejoint Raphaëlle et sa robe verte allumée de reflets satinés au moment où la campagne plate cédait d'un coup la place aux grands quartiers spacieux de Crein, avec ses petites maisons à la toiture sombre et pentue.

Raphaëlle était tendue comme un élastique prêt à craquer.

— Le bal de ce soir est-il différent de ceux auxquels vous avez assisté auparavant ? me suis-je aventuré comme un gibier devant le canon d'un fusil.

— Non, évidemment que non, m'a-t-elle répondu en se massant les tempes. Je connais le protocole par cœur et je ne serai pas la dernière à entrer. Mais c'est comme si tout était différent d'un coup… Je donnerais n'importe quoi pour des pâtisseries…

Depuis le soir de la dispute, elle avait adopté un ton moins formel avec moi en privé. Je ne m'y suis jamais vraiment habitué.

— Un gala de plus, un gala de moins… ai-je rétorqué, blasé.

J'ai vu son expression se dérider, ses lèvres s'étirer un peu vers le haut.

— Un gala pour moi, mais une première partie de chasse pour vous… L'erreur ne vous sera pas permise.

J'ai fortement réprimé l'envie de râler. Comment ça, la chasse ? Merci, Émile, de m'en avoir informé ! Moi qui pensais gober des petits choux pendant que madame ferait des froufrous avec sa robe devant un parterre de courtisans scrutateurs, voilà que je devais jouer du canon sur un cheval !

Je suis une tanche en équitation, mais j'avais pas le choix : je devais suivre Raphaëlle partout… Stress, honte, confusion, envie de me plaindre, ça a été le bordel dans ma tête. Au pire, je me ferais bouffer par les animaux lâchés pour traquer le gibier. J'espérais juste que ce serait rapide.

Le train, à force de ralentir, s'est mis à glisser paresseusement sur les rails. Nous avons tous les deux regardé par la fenêtre alors que nous entrions sous un immense dôme de pierre, cerné par d'autres voies de chemin de fer. Une ou deux machines à l'arrêt, puis les quais, plus étroits que ceux de Milantal et bordés par des étals de marchands en tout genre.

La gare de Crein. Raphaëlle et moi avons échangé un regard.

— Les Battues n'attendent que vous, ma Dame.

Avant de partir, on nous avait prévenus qu'il y aurait une partie du trajet à faire à pied. Le plan, c'était de descendre du train et de marcher jusqu'aux diligences à l'entrée de la gare. Là, on faisait monter les Litréans, les bagages, nous-mêmes, et on partait en campagne jusqu'au palais d'Hiver, où vit la famille Blustrode.

Je me doutais que ce serait pas un pique-nique. Mais j'étais beaucoup trop optimiste.

Bien évidemment que les Grandes Battues, c'est connu sur tout le Continent. Bien évidemment que les habitants de Crein étaient venus voir les Premiers arriver. Et bien évidemment, la presse continentale les attendait de pied ferme. Je m'étais préparé à être stressé. Mais là, c'était la panique.

J'arrivais même plus à différencier mes collègues de la foule. Il faisait quinze degrés, sauf qu'avec les corps agglutinés sur la place où l'on avait débouché, l'air était chaud, tiédi par les respirations. Ma veste me grattait. On avançait à peine. Il y avait trente mètres jusqu'aux véhicules, mais j'avais l'impression de me taper une traversée de Milantal à pied. En plus des forces de police, une garde rapprochée détachée par les Blustrode nous attendait sur le quai. Je dis pas, ils faisaient de leur mieux ; sauf que l'endroit était noir de monde. Et ce monde, là, il était ingérable.

Une main entre les omoplates de Raphaëlle, je la guidais tant bien que mal sur les pas de ses parents. Les gardes n'arrivaient pas à retenir la foule qui parlait, qui criait, qui interpellait les Litréans. Je devais pousser les gens moi-même pour pas qu'on se retrouve séparés. Et là encore, ça s'accrochait à moi, ça râlait. Ils abîmaient mes manches à force de tirer dessus.

— Laissez-moi voir Raphaëlle !

— Vive les Litréans ! Longue vie à la lignée la plus pure du Continent !

— Il est où Théodore ? Théodore ! Améliorez vos réformes de soin ! On est bien mieux chez les Blustrode !

— Je veux toucher Stanislas… Stanislas ! Raphaëlle ! S'il vous plaît !

— Raphaëlle, avez-vous choisi un prétendant ?

— Erica est une vipère, le palais militaire est corrompu ! La justice des riches !

Stanislas et sa sœur avançaient bras dessus, bras dessous. Le frère aîné avait les yeux écarquillés, rivés au sol, le teint encore plus pâle que la neige. Il se raccrochait à Raphaëlle comme un oiseau sur une corde à linge. Il la serrait tellement fort, j'avais peur qu'il lui marque la peau sous le tissu de sa robe. Raphaëlle ne disait rien. Le front luisant malgré le maquillage, elle encaissait l'agitation, son frère, les gens.

Quand on est enfin arrivés aux voitures, ça a été le coup de grâce : les journalistes, eux, ils s'en foutaient de se faire arrêter. Ils voulaient une déclaration.

— Théodore, pouvez-vous nous donner quelques éléments concernant les négociations qui se dérouleront lors des Battues ?

— Est-il vrai que Godrick et Anastasia Blustrode vous ont fait cadeau d'un demi-sanglier l'an dernier ?

— Avez-vous entamé une stratégie d'intimidation à l'égard des Eristène ? Visez-vous également leurs alliés, les Hafferyn ?

— Stanislas, faites une déclaration pour *La Continentale* !

— Raphaëlle, êtes-vous déçue que Blaise Eristène ait préféré s'unir à une autre Première ?

— Vous sentez-vous responsable d'avoir échoué à améliorer la stabilité politique du Continent ?

— Vous estimez-vous encore digne de porter vos couleurs ?

Là, juste là, j'ai décidé que j'allais me fâcher.

J'ai poussé Raphaëlle un peu trop fort pour la forcer à rentrer dans la diligence, la faisant trébucher sur les marches en bois. Alors que je m'apprêtais à me retourner vers les journalistes, elle m'a empoigné par l'épaule, m'a chuchoté un ordre que j'ai entendu même avec la cacophonie ambiante.

— Ignorez-les.

Son ton ne souffrait pas la contestation. J'ai serré les dents et j'ai obéi. J'ai fermé la porte de la diligence derrière elle. Maintenant, c'était un nouveau défi qui m'attendait. Parce que je ne voyageais pas avec les Litréans.

Il m'a fallu une dizaine de minutes pour fendre la foule en délire, ceux qui se montaient les uns sur les autres ou qui poussaient leurs congénères. Quand j'ai atteint la voiture que j'étais censé prendre, ça a été la libération.

Une fois dans le véhicule, un calme assourdissant est retombé. Je me suis laissé tomber entre ce bon vieux Émile et un autre collègue que je n'ai pas reconnu. L'extérieur n'était plus qu'un bruit de fond. À travers les fenêtres, je distinguais des Seconds et des Terciers aux balcons, des enfants sur les épaules de leurs parents, des hommes et des femmes ayant escaladé les lampadaires pour apercevoir le convoi. J'ai baissé la tête vers le plancher pour ne pas en voir plus. Ma tête tournait.

L'homme à ma droite a laissé échapper un soupir lassé.

— Quel bordel…

— C'est bien plus agité que l'an dernier, a constaté Émile sur le ton de l'information. Je me demande si les récents évènements à l'Académie n'y sont pas pour quelque chose. Le peuple, c'est comme les vautours : ils n'attendent que la charogne d'un drame pour en étriper les protagonistes.

J'ai retenu un bâillement. La journée était loin d'être finie. Alors que les diligences s'ébranlaient et démarraient, j'ai laissé mes yeux se fermer tout seuls. C'était pas une mauvaise idée de me reposer un peu. Surtout avec ce qui m'attendait le soir.

CHAPITRE 19

GUILHEM

La ville de Crein est construite en demi-cercle. Elle n'est pas étendue, mais les maisons sont collées les unes aux autres. C'est pour ça qu'il y avait autant de monde dans les rues et que notre convoi marchait au pas. Rouler, ça relevait de l'exploit.

Je sais qu'il y a trois murs fortifiés qui morcellent la ville. De sacrés bouts ; plus de huit mètres d'épaisseur. Ils servent à couper le blizzard l'hiver et permettent aux gens de se réfugier si jamais les tempêtes sont trop violentes. Quand on est passés sous les portes qui servaient à les traverser, immenses et tellement larges que c'en était flippant, je me suis senti fier d'avoir retenu mes leçons.

Bon, je râle, mais la vérité, c'est que le Prévoyer Blustrode mérite bien son nom de Terre des Arts. Je suis sûr que ça vaut pas Stridel, qu'on appelle quand même la Capitale des Artistes. Mais en attendant, ces petites maisons entassées, elles avaient de jolis toits raides avec plein d'ornements au sommet. Y avait pas mal de bâtiments avec des poutres apparentes, qu'on avait peintes dans des nuances de vert, de bleu ou de jaune. Les portes aussi étaient assorties, certaines ornées de couronnes de plantes. Chez les commerçants, y avait des vitrines partout, et les étals portaient des couleurs que j'avais jamais vues de ma vie. Même les pavés étaient dépareillés : un coup gris-bleu, un coup très clairs, comme un damier, mais en vachement plus joli. Depuis mon point de vue, dans la voiture, Crein était bondée et recroquevillée. Mais elle était aussi chaleureuse.

On a mis près d'une heure pour la traverser et atteindre l'autre bout de la ville. En voyant l'air pincé d'Émile, j'en ai déduit qu'on était censés arriver bien plus tôt. Le soleil était déjà assez bas dans le ciel. Dans la diligence, les murs étouffaient les bruits extérieurs, mais ça nous empêchait pas d'entendre les gens à travers les vitres. Il y en avait même qui toquaient pour attirer l'attention. Au départ, ça m'a pas mal déstabilisé. Puis j'ai vu qu'Émile s'en foutait, alors j'ai décidé de faire comme lui. J'espérais pouvoir discuter un peu, échanger les dernières nouvelles depuis que je l'avais croisé à la volée dans un couloir. Mais il avait vraiment pas l'air disposé à parler.

Une fois les murs franchis, on est tout de suite passés dans une forêt de conifères qui donnaient une jolie teinte à la lumière avec leurs épines sombres. De là, la diligence a accéléré, et on a vite retrouvé une allure plus raisonnable. J'ai réalisé que j'étais resté crispé pendant toute notre traversée de la ville. Maintenant qu'on avait plus ces hordes de gens et de journalistes aux fesses, je pouvais enfin me vautrer sur la banquette. Forcément, Émile m'a jeté un regard. J'ai haussé les sourcils. Il a soupiré et décidé que l'extérieur était plus intéressant.

J'ai mis un moment à remarquer que, pour une route plus campagnarde, on avançait quand même bien. Pas de cahots, pas de roues qui glissaient dans la boue. En me dévissant le cou, je me suis rendu compte qu'on roulait sur des pavés. Les mêmes qu'en ville. Sur une route large où on pouvait croiser quelqu'un sans problème. Au milieu de la forêt.

J'ai froncé les sourcils.

Émile, qui m'observait du coin de l'œil, a pris un air un peu dramatique :

— Il s'agit du chemin qui mène au palais d'Hiver. Il accueille tous les ans les Premiers du Continent. Ce serait indigne de ne pas le paver. Les Blustrode aiment les jolies choses, a-t-il ponctué sa phrase d'un geste alambiqué de la main. Ils sont à l'image de la région qu'ils gouvernent.

J'étais pas sûr de bien comprendre, jusqu'au moment où, sur le bas-côté, j'ai commencé à voir des petits buissons tout bien taillés. On était encore au milieu de la forêt, mais c'est comme si on avait façonné le paysage. Les troncs des sapins étaient tous découverts à la même hauteur, y avait de plus en plus de plantes à la pousse trop propre pour être sauvages. J'ai contemplé le plancher de la voiture, avec mes pompes un peu poussiéreuses, et me suis senti con. J'avais l'impression d'être dans un conte de fées.

Rien que d'y repenser, aujourd'hui, je ris jaune. Parce qu'il faut toujours un salaud, dans les contes de fées. Le méchant qui bouleverse l'ordre tranquille du petit monde. Et que le méchant, apparemment, on a décidé que c'était moi.

On a fini par déboucher sur une immense clairière trop nette pour être naturelle. Les pins ont cédé la place à une herbe verte et tendre, avec des tonnes de buissons plus ou moins grands qui paraissaient presque avoir été placés au hasard. Y avait aussi des sculptures magnifiques qui se perdaient parmi les plantes : des animaux, des gens, tous super réalistes et bien entretenus. Et puis la route pavée continuait, passait autour d'une fontaine deux fois plus grande que moi. Au bout, j'ai aperçu un grand espace plein à craquer de diligences et de monde. Tout le gratin des Premiers était arrivé, et il attendait les Litréans. La lumière du soir, orange en temps normal, paraissait presque mauve.

Pas étonnant, hein, Émile, de la part des Illusionnistes. Le palais d'Hiver devait être enchanté. C'est qu'ils étaient doués, les salauds. Et moi, j'ai bien potassé mon manuel académique. Faut croire que ça paie. Au moins, je passe pas pour un crétin.

Les plantes se sont mises à fleurir au fur et à mesure qu'on progressait. Quand on a été assez près pour voir le palais d'Hiver, j'ai eu l'impression d'arriver chez les Litréans, à une exception près : tout était plus propre, plus fantastique, plus féérique.

Godrick Blustrode, avec ses longs cheveux noirs attachés par un ruban en satin, est venu accueillir les Litréans en personne. Mais je bavais trop devant le château pour me passionner pour le gratin féérique local. Tout en tours larges aux chapeaux pointus, avec des balcons étroits en fer forgé, la lumière le faisait scintiller comme si je l'avais saupoudré de sucre glace et mis au chaud. Les tuiles plates aux couleurs sombres contrastaient et donnaient un effet de nuit aux sommets. Chez les Litréans, le manoir est rectangulaire, construit d'une seule forme. Un truc efficace, quoi. Ici, on aurait dit qu'on avait rajouté des dizaines d'ailes, de tours et de fenêtres avec le temps.

Les Blustrode devaient aimer le lierre, parce qu'il y en avait un paquet qui s'agrippait aux murs et passait par-dessus les fenêtres ou s'enroulait autour de la pierre. Je me serais pointé avec une grosse armure et une épée qui faisait deux fois ma taille que j'aurais pas fait tache dans le décor.

Ma chambre se trouvait à vingt mètres de celle de Raphaëlle, dans les ailes d'honneur, au rez-de-chaussée. Ce qui m'arrangeait vachement, vu la montagne de bagages que je me coltinais. À peine mes affaires posées dans mes quartiers que ma montre à gousset s'est mise à sonner. J'avais dix minutes, ce qui ne voulait dire qu'une chose : Raphaëlle était de mauvaise humeur et elle voulait du thé.

C'est comme ça que je me suis retrouvé, plateau et tasses fumantes à la main, à la regarder, complètement survoltée, choisir sa robe pour la réception.

Vêtements trop échancrés. Broderies de mauvais goût. Tissus trop simples. Boucles d'oreilles trop tape-à-l'œil.

— Comment se fait-il que, lorsque je réclame une robe convenable et adaptée à un tel évènement, personne ne soit capable de m'en fournir une ?

Avec les autres domestiques, on se dévisageait en faisant de notre mieux pour se faire oublier.

Raphaëlle ne s'était pas encore maquillée, du coup j'avais une vue imprenable sur ses cernes. Le bain de foule de tout à l'heure avait dû l'épuiser, ce qui n'arrangeait rien. Au moins, la tisane que je lui avais préparée la rendait un peu moins désagréable.

En déposant le service à thé sur une table basse, mon regard est tombé sur un grand papier posé là. La liste complète des invités. Il y avait quelques Seconds très haut placés, plusieurs familles de Premiers par mérite, mais une absence m'a sauté aux yeux. À peine avais-je levé la tête du papier que Raphaëlle m'a apostrophé :

— Les Hamilcar ne viennent pas cette année. Ils se recueillent sur la tombe de leur fils, Assar. Le pauvre, un problème cardiaque, si jeune… Saviez-vous qu'il avait une double affiliation ? Ça le rendait incroyablement puissant, mais cela a aussi fragilisé son corps, a-t-elle poursuivi en essayant une nouvelle robe.

J'ai voulu ajouter quelque chose, mais elle m'a coupé.

— Servez-moi une autre tasse et allez vous préparer, Guilhem.

Il aurait pas fallu que je fasse tache, tiens. Et puisque le sommeil risquait d'attendre un moment, autant passer un coup de rasoir sur ma barbe naissante.

ENCYCLOPÉDIE COMPLÈTE DES AFFILIATIONS MAGIQUES

LES SECONDS

La magie des Seconds affecte uniquement les réceptacles physiques.

LES PEINTRES : MAISON JONASSON

Reconnaissables à leur extrême maladresse ainsi qu'à leur prodigieux talent pour le dessin, les Peintres forment une Maison au noyau restreint. S'étant étendue partout sur le Continent, la plupart de ses représentants possèdent une affiliation plus ou moins diminuée. La Maison Jonasson a œuvré, pendant plus de deux cents ans, en tant que famille d'artistes officielle des grandes noblesses du Nord. Leur vision si particulière, causée par la magie qui vit en leur regard, déforme leur perception de l'espace et les rend gauches. La dilution progressive de leur affiliation leur permet de conserver leur talent, tout en minimisant les effets de la magie sur leur quotidien.

LES PASSEURS : MAISON GIENE

Les Passeurs ne s'encombrent pas des portes, ou même de toute matière physique : ils se contentent de passer au travers comme on passerait dans de l'air. Il peut être au début difficile de maîtriser ce pouvoir, étant donné qu'un jeune enfant aura du mal à brider sa conscience pour se concentrer sur le concret. Avec de l'entraînement, on peut passer partout, et même emmener des objets et des gens avec soi. Néanmoins, un Passeur contrarié peut se contenter d'enfoncer la tête de sa victime dans un mur et la laisser ainsi, laissant à la pression le soin d'écraser le reste.

CHAPITRE 20

GUILHEM

La salle de bal était grandiose. La classe, tout en simplicité et en élégance.

Le carrelage enchanté changeait de motif en fonction de l'air que jouait l'orchestre, installé dans un coin. Il était tellement poli qu'il reflétait les lustres en pierre d'aubaine. Quoique, vu que la pierre d'aubaine reflète tout, si ça se trouve, c'est elle qui reflétait le carrelage…

Bref, c'est pas le sujet.

Y avait pas que l'extérieur du palais d'Hiver qui était enchanté. Tous les tableaux accrochés dans les couloirs bougeaient. J'avais jamais vu le travail d'un Peintre avant. C'était quelque chose. Et encore, y avait aussi les pots de fleurs qui bourgeonnaient quand on passait devant, l'effet crépusculaire qui s'installait dans le palais alors que dehors, il faisait déjà nuit. On avait même pas besoin d'allumer des bougies.

Et puis, y avait les plafonds. C'était de loin ce qui claquait le plus. Dans la salle de bal, une fresque sobre y était peinte, montrant la pièce en miroir. Y avait des personnages, tous ressemblant à un des convives présents, qui évoluaient, riaient et dansaient, imitant les actions de leurs homologues réels. J'y avais même trouvé mon double. Comme moi, il faisait la plante verte à côté d'un immense buffet, attendant ses ordres.

Depuis deux heures, on annonçait l'arrivée des invités au compte-gouttes. Avant le bal, c'était facile de reconnaître les nobles : la tradition veut que chaque famille porte les couleurs de sa Maison.

Mais maintenant qu'ils avaient enfilé leurs habits de gala, c'était plus la peine d'essayer. J'ai quand même repéré quelques grands noms pas très loin. Que de la noblesse à sa plus haute échelle.

Planté à côté de moi, un collègue que je connaissais pas me tenait compagnie. Les armoiries de la Maison Hafferyn étaient cousues sur son uniforme. J'ai rajusté une énième fois le col de ma veste. Le type a tourné la tête vers moi, un air perplexe sur le visage.

— Tu n'es pas en service depuis longtemps, toi, non ?

Il fallait que je réponde un truc bien, mais j'ai pas la répartie de Victoire, alors j'ai fait comme Dimitri.

— Ouais.

Bien joué, Guilhem.

— C'est qui, ton Premier favori ?

J'ai d'abord regardé ce gars avec des yeux de merlan frit, un peu paumé. Raphaëlle m'est de suite apparue en tête, mais vu que je travaillais pour elle, c'était peut-être un peu biaisé. J'ai essayé de faire des efforts. Pointant un homme blond, âgé d'une quarantaine d'années, au sourire éclatant et au regard clair, j'ai commenté.

— Ulrich Herjafol m'a l'air d'être un bon gars.

— Pas un mauvais choix, a commenté le type en acquiesçant. C'est difficile de trouver quelqu'un qui ne l'aime pas. Sauf Goliath Eristène, peut-être.

— Je crois que Goliath aime personne.

— Parce que les autres l'aiment ?

Silence.

— Tu marques un point. En même temps, il est bizarre ce type. Il a cinq fois mon âge et il a toujours pas laissé sa place à son fils.

— Ma Première préférée, c'est elle, m'a chuchoté mon collègue en pointant une silhouette du doigt.

J'ai suivi du regard la direction qu'il m'indiquait pour tomber sur deux femmes. Y avait Bianca Eristène, très belle dans sa robe mauve et enveloppée de tulle blanche, mais c'était plutôt l'autre qu'on me désignait. Sa fille adoptive. Marie, la cadette de la Maison.

— Marie Eristène ? ai-je demandé en observant son visage de profil.

Elle avait fait des tresses super compliquées avec ses cheveux bruns, ramenées sur son crâne. Ça lui donnait belle allure. Elle avait presque l'air d'être là, si on oubliait l'expression complètement paumée plaquée sur son visage.

— La petite orpheline recueillie et adoptée par les Eristène. C'est une Domitia, une ancienne famille de Seconds. Ils étaient conseillers de la famille royale. Tous morts, sauf elle. Y a pas plus tragique comme histoire, a-t-il conclu d'un haussement de sourcils. C'est quand même plus divertissant que Théodore qui épouse sa cousine !

— Tu marques un point, ai-je concédé, un peu coupable au fond de moi. Les Domitia… Ceux qui sont morts dans un accident de train ?

— Tu as bien appris tes leçons, a-t-il acquiescé en s'attardant sur Marie, qui observait le plafond enchanté de ses grands yeux noirs comme la nuit. En plus d'être la seule qui reste, elle a même pas hérité de l'affiliation de ses parents. Fini, les Domitia. Après elle, y aura plus personne.

— Hmmm, ai-je marmonné. Je me souviens plus de ce qu'ils étaient capables de faire, par contre.

C'est typiquement le genre de trucs que Victoire retenait des cours, pendant que je dormais sur mon pupitre.

— Moi non plus. Quoique, si tu es curieux, je suis sûr que tu peux trouver par toi-même.

Ce que j'ai fait plus tard, en demandant directement à Raphaëlle.

La jeune Dame était superbe. Forcément.

En entrant dans la salle, elle s'est avancée comme si ce bal était un terrain de jeu qu'elle connaissait bien. Ses joues étaient d'un rose très pâle, son menton haut, ses yeux pétillants. La robe crème qu'elle avait choisie épousait sa taille et fleurissait le long de ses jambes en plusieurs fines couches de tissu. Les soieries transparentes qui s'enroulaient autour de ses bras donnaient l'impression qu'elle possédait des ailes. Raphaëlle s'est arrêtée, puis a adressé une révérence aux invités. Tout le monde s'est incliné en retour dans un silence musical.

Les personnages au plafond chuchotaient. Dans un éclat de rire, ils se sont saisis de leurs coupes de champagne et les ont renversées à travers la peinture. J'ai regardé, béat, le liquide se transformer en cristaux scintillants et virevolter jusqu'au sol, légers comme des flocons de neige.

Non loin de là, Erica était en pleine discussion avec David Eristène, le père adoptif de Marie. Et à les voir échanger des regards tendus, on se doutait que l'ambiance était pas au champagne. Mais vu les mauvaises relations entretenues depuis toujours par les deux Maisons, sans oublier les évènements récents à l'Académie, j'ai trouvé qu'on s'en sortait pas si mal. Surtout que, de l'autre côté, Raphaëlle entamait la conversation avec Marie Eristène. Elles ont échangé une belle révérence pleine de froufrous, croqué dans un petit four et discuté d'un air cordial.

À un moment, l'orchestre s'est arrêté de jouer. Un signal indiquant que c'était à Blaise Eristène et Daphnée Hafferyn de faire leur entrée en scène. Après tout, c'étaient eux les futurs mariés, et donc le roi et la reine de cette fête.

Blaise et Daphnée portaient tous deux des vêtements bleu nuit. La future mariée était habillée d'une robe à manches longues, tout en dentelle. Sa longue jupe, faite de plusieurs couches de tulle, était ornée de morceaux étranges. J'ai dû plisser les yeux pour reconnaître des pétales blancs. Ils étaient fanés.

Les gens se sont mis à chuchoter.

La musique a redémarré, une valse que j'ai souvent entendue. Les futurs époux se sont rapprochés. Blaise a posé sa main dans le dos de Daphnée. Ils ont échangé un regard qui en disait long sur leur état d'esprit. Au moins, ce mariage arrangé faisait deux heureux.

Leur danse a débuté. Et là, entre deux tourbillons de tulle, les pétales morts se sont mis à ressusciter, purs, brillants. Comme s'ils avaient été cueillis il y a trente secondes. Maintenant, la robe ressemblait à un ciel piqué d'étoiles.

Blaise est un Créateur. Il avait ressuscité les roses.

Ils ont continué leur valse sous la pluie de cristaux, au milieu des exclamations de surprise et des cris de ravissement. Les conversations ont repris. Un par un, les convives sont venus accompagner le couple par ordre de rang. Les familles dirigeantes ont rejoint en premier la piste de danse. Raphaëlle a minaudé auprès du premier prétendant venu, qui ne s'est pas fait prier pour accepter sa demande. Petit à petit, la salle s'est remplie de duos qui tournaient et s'évitaient tout en élégance.

La seule chose qui me perturbait, c'était Théodore. Je crois qu'il passait un bon moment ; il donnait le rythme à Erica, qui l'accompagnait divinement bien. C'étaient eux qui dansaient le mieux, dans cette salle. Mais le regard qu'il a jeté à Blaise durant leur entrée m'a retourné l'estomac.

Pas le genre de regard qu'on porte à un ami. Plutôt le regard d'un type qui se méfie.

CHAPITRE 21

DIMITRI

Le Palais tourne au ralenti depuis le départ de la famille Hamilcar. Tout a été réduit d'une vitesse, comme si les gens reprenaient un rythme naturel en l'absence de leurs supérieurs. Anaïs a calmé son petit jeu jaloux. On trinque à l'ombre des jardins et sur les terrasses après manger. Mes collègues les plus taciturnes sifflotent en travaillant.

Ça m'a laissé le temps de m'installer un peu plus. Ma chambre, située dans une petite bâtisse à deux rues du palais, a été dépoussiérée. J'ai trié et rangé mes chemises par dégradé de couleurs, pendu plusieurs plantes au plafond et aux fenêtres, nettoyé les taches incrustées sur les étagères. Tout ça pendant la nuit. Je ne suis pas assez fou pour m'activer de jour et imbiber mes vêtements de transpiration.

La chaleur de la Saison des Blés nous pousse à nous adapter. Ma journée démarre et se termine deux heures plus tôt. Lorsque l'après-midi débute, le simple fait de se tenir à l'extérieur donne la sensation de brûler vif. Ma nuque, mon nez et mes pommettes pèlent. Je sens que ma cicatrice tire sur ma joue. Les baumes bon marché n'y font rien. Si j'avais de quoi me payer un onguent d'Herboriste, quelque chose de qualité, ce serait bien mieux. En attendant, je graisse ma peau – je déteste cette sensation pâteuse – et j'évite la lumière comme la maladie.

Les massifs cuisent au soleil, mais ils ne meurent pas. Quand je vois des branches exposées ou des feuilles grillées au feu de lumière, ma poitrine se serre. Les plantes sont résistantes et résilientes. Mais j'aimerais pouvoir en faire plus, leur donner de quoi fleurir et s'épanouir. Je ne suis pas maître du climat, et, à ma connaissance, aucune famille du Continent ne possède de tels pouvoirs.

Ce matin-là, le jour commence à peine à poindre. Je traverse les chemins et les passages végétaux. Les lampes en verre, accrochées aux branches ou cachées entre deux buissons, me guident. Leurs lueurs ne percent pas le décor. Une palette de bleus, de violets et de roses encore timides. Le moment parfait pour arroser les jardins.

Au loin, la serre est clairement visible. Tout est allumé à l'intérieur. Une ombre fait des allers-retours et se baisse parfois, transportant un arrosoir ou de gros seaux. Sans doute ce collègue qui arrive toujours avant moi.

Des pas précipités, plus loin, me font tendre l'oreille. Plusieurs personnes, qui viennent en direction de la serre. Accélérant le pas, je vois trois silhouettes noires courir en direction du bâtiment. Certaines sont très habillées. Un bruit métallique. Des gardes. Ils viennent du palais.

— Par ici !

J'entends l'un d'entre eux donner ses indications aux deux autres. Il a l'air essoufflé. Je commence à trottiner vers la serre, dont ils font claquer la porte en l'ouvrant. La personne à l'intérieur sursaute, échappe un seau qui se fracasse par terre.

Je suis trop loin pour comprendre les murmures qu'ils échangent. Ils courent, s'agitent, l'un s'assoit, un autre ressort, l'eau coule. Sans doute la fontaine à l'intérieur. Je donne un coup d'épaule dans le battant de la porte pour l'ouvrir d'un coup.

— Qu'est-ce qu'il se passe ?

Trois visages se tournent vers moi. L'autre est penché sous le jet de la fontaine. De l'eau rougie coule sur les dalles en pierre. Après un instant de surprise, les fronts se lissent et les pupilles rétrécissent.

— Dimitri, souffle mon collègue, qui a l'air au bord du malaise.

— Vous êtes blessés ? demandé-je à l'attention des trois gardes en désignant leur collègue amoché de la tête.

Je retrousse rapidement les manches de ma chemise jusqu'aux coudes, défais les boutons de ma veste et me poste près de lui. Il a le visage contracté sous la douleur. L'eau est plus claire.

— On a été attaqués. C'est Joseph qui a trinqué, m'explique l'un des deux hommes. Les domestiques sont pas encore dans le palais, on a pas pu accéder à l'infirmerie.

— Ça, c'est pas très grave, murmuré-je en invitant le blessé à me montrer l'étendue des dégâts. Il me faut plusieurs linges propres et de l'alcool.

Les pas précipités de mon collègue résonnent dans la serre. L'homme qui a été agressé a un œil au beurre noir et une belle entaille dans le cou. Il marmonne quelque chose en grognant à moitié. Sonné. Rien de profond. Je l'aide à nettoyer l'eau qui dégouline sur lui. Sa plaie rougit de nouveau comme le sang afflue.

— Le port, putain de trou à rats, j'entends siffler un des gardes à son compagnon.

— Vous étiez sur les quais ?

— Ouais, élude l'autre, la mine sombre. C'est toujours un peu chaud là-bas, entre les marins qui font leur micmac, les voyageurs de passage qui s'en foutent et les délinquants. Normalement, on a pour ordre de pas s'en mêler. Trop compliqué. Faut juste regarder, comme des petites vieilles au balcon, et c'est tout. Sauf que là, on a ramassé.

Le garde blessé se lève, traîne sa carcasse sur quelques mètres et s'affale sur une des chaises en bois avec un râle. Son œil droit a doublé de volume. Je rince mes doigts sous un filet d'eau.

— Attaqués ? C'est quoi ce bordel encore ? râle mon collègue, qui revient avec des torchons plein les bras et une bouteille de sarma.

L'odeur de l'alcool se diffuse jusqu'à moi. L'estropié tend un bras fébrile et se saisit d'un tissu. Il le plaque contre sa gorge.

— Paraît qu'on a envoyé des gens qu'ont pas plu aux bandits du coin, grogne le blessé. Je sais pas vous, mais moi, je suis pas au courant, et on le saurait si c'était le cas.

— Qui Auguste aurait pu envoyer ? questionné-je en fronçant les sourcils. Ça sent l'embrouille à plein nez.

— Je te le fais pas dire, croasse-t-il avant de se taire.

Je prends un torchon, me saisis de la bouteille. La débouche, imbibe le tissu avec. Le type a compris ce que je voulais faire. Il retire son linge partiellement souillé et me présente son entaille, les lèvres serrées. Son collègue prend le relais.

— Si quelque chose avait changé, on le saurait. Je comprends pas. Ou alors, c'est un autre gang qu'a décidé de s'installer ? Par le Destin, on avait pas assez de ceux qui sont déjà là…

— Donc ils vous ont attaqués pour se venger ? demande mon collègue, l'air dubitatif.

— Bah, faut croire. Le type, bien armé comme il était, nous a sorti qu'on ferait pas la loi sur leur port, qu'on arriverait jamais à les détruire. Toutes les menaces du genre fallait pas venir se mêler de leurs affaires. J'y comprends plus rien.

Je plaque contre la gorge du garde blessé mon torchon imbibé d'alcool. Il serre les accoudoirs de la chaise. Ses mains blanchissent. Quand je retire le linge, il se détend d'un coup en respirant bruyamment.

— Désinfecté.

L'un des deux gardes indemnes observe l'extérieur, qui s'est éclairé depuis leur arrivée. Le bleu nuit a cédé la place au mauve dans le ciel. Il s'excuse et part en direction du palais, dans l'espoir de trouver un domestique matinal. Mon collègue a déjà des cernes sous les yeux. Il essaie de reconstituer le tableau à voix haute.

— Donc, si je résume : y a des gars qui sont venus s'installer sur le port, qu'ont cherché la merde auprès des délinquants du coin. Et c'est vous qui trinquez parce qu'ils croient que c'est Auguste qui cherche à les éliminer ?

— Ouais, grogne le garde resté avec nous, assis entre deux sacs d'engrais. Et il nous a menacés.

J'écoute, attentif, en trempant le linge alcoolisé sous la fontaine. Il continue.

— Comme quoi ils allaient pas se gêner pour donner une leçon chez les Hamilcar. Qu'ils allaient traquer et venir tabasser ceux qui habitent en dehors du palais. Qu'il y aurait des absents à venir.

Mon collègue tourne tout de suite la tête vers moi, ses yeux écarquillés. Le silence pèse lourd. J'habite non loin du palais, mais pas en son sein. Vu son expression, le garde comprend vite ma situation.

— Dimitri…

— Je ne me sens pas menacé.

Après m'être essuyé les mains, je replace ma chemise sur mes bras sans laisser de pli.

— À ta place, je me méfierais. Qui sait ce que ce genre de paroles valent dans la bouche d'un truand, alerte mon collègue.

Tous deux me regardent d'un air appuyé. Leurs yeux se posent parfois sur ma cicatrice. Ils ne savent pas ce qu'elle dit sur moi. Mais ça ne calme pas leur besoin de me prévenir.

Je repense aux après-midi pleins de bruine à Milantal. Aux bruits à l'autre bout des rues que les gens s'efforcent d'ignorer. Aux petits caïds, hargneux et sanguins, si pitoyables à côté de ceux, habillés dans des costumes impeccables, qui t'évaluent d'un air impassible depuis le trottoir d'en face. Je passe la main sur ma joue meurtrie.

— Ils ne me font pas peur.

Encyclopédie complète des affiliations magiques

Familles non classées

Les Senseurs : Maison Boileau

La Maison Boileau fait partie des rares familles à ne pas être classées parmi les castes du Continent. Cette affiliation dote ses porteurs d'une sensibilité aiguë à la magie. Les Senseurs peuvent détecter la présence d'une affiliation magique chez les gens, avec une précision qui ne s'accroît que via la pratique.

Longtemps relégués au rang de Hors-Classe, les Senseurs ont fait l'objet d'études approfondies après la découverte d'une transmission parents-enfants semblable à toute autre affiliation. Capable d'utiliser sa magie sur les gens sans pouvoir la manifester physiquement, la Maison Boileau anime les plus grands débats de la science moderne.

Les Immiscés : Maison Domitia

La maison Domitia est dite « Première par mérite » : « Premiers par mérite » désigne les familles de Seconds ayant accédé au statut de Premier grâce aux services qu'elles ont rendus à leur Prévoyer, à leur rôle militaire passé ou actuel, ou encore aux exploits et prouesses qu'elles ont accomplis.

Petite famille vivant sur le Prévoyer Eristène, les Domitia possèdent une affiliation singulière, qu'on rapproche souvent de celle des Herjafol. En focalisant leur esprit sur une cible, ils peuvent lire ses pensées plus ou moins profondément. Les plus puissants Immiscés pouvaient recomposer des phrases mot pour mot chez les gens qu'ils croisaient dans la rue.

Les Domitia ont toujours vécu sur le Prévoyer Eristène. D'abord marginalisée à cause de ses capacités, l'affiliation a fini par intéresser les Eristène, qui ont trouvé en eux des amis redoutables. Pendant plusieurs décennies, les Domitia ont œuvré en tant que proches alliés de Goliath Eristène. Gabriel Domitia, enfant unique de la dernière génération, possédait une place privilégiée au sein de la famille des Créateurs. La Maison Domitia est, à ce jour, une affiliation éteinte.

CHAPITRE 22

VICTOIRE

Je suis à fleur de peau.

Le facteur n'a toujours pas de courrier pour moi. Je me doutais que Guilhem ne me répondrait pas. Ma lettre a dû lui arriver trop tard. À l'heure qu'il est, il doit être en train de se plier en quatre pour Raphaëlle. Mais le problème, c'est que je n'ai pas non plus de nouvelles des Grandes Battues. En général, les journaux du Continent couvrent l'évènement jour après jour, en dressant un compte-rendu régulier de ce qu'il s'est passé. Les plus précis d'entre eux donnent même les heures de début et de fin des battues en forêt. Mais cette année, rien. Et, au vu des articles, la raison du silence prévaut. Y repenser m'emplit d'une angoisse sourde.

La Continentale publiait hier :

LES BATTUES SILENCIEUSES, LE CONTINENT S'INQUIÈTE !

Les Grandes Battues sont le symbole de l'unité et de la prospérité du Continent. Parmi tous les évènements diplomatiques, il est le plus plébiscité, mais aussi le plus médiatique. Accords commerciaux, scandales, alliances… Les décisions ayant façonné le visage du Continent ont toutes été prises lors des Battues.

Le Continent s'inquiète donc du silence médiatique qui entoure l'évènement depuis quelques jours. Plusieurs de nos journalistes ont arpenté les alentours de Crein sans parvenir à obtenir la moindre information. Le silence est également le mot d'ordre de la domesticité. Parmi tous ceux travaillant avec la famille Blustrode, aucun n'a accepté de divulguer la moindre information. On raconte que les lieux seraient confinés depuis trois jours. Aucun Premier n'aurait été aperçu à l'extérieur de la demeure. Ces informations parcellaires dressent un tableau sombre et préoccupant des évènements. Jamais les Grandes Battues ne s'étaient déroulées dans un tel climat.

Que se passe-t-il au palais d'Hiver ?

J'ai demandé à Abraham si les Hamilcar avaient reçu des nouvelles, mais ce n'est pas le cas. D'un côté, le palais d'Hiver, de l'autre, le reste du monde. Je ne suis pas la seule à me ronger les sangs. Depuis que les journaux ont imprimé leur inquiétude sur papier, c'est comme si les Haras étaient recouverts d'un nuage lourd. Et malgré le temps qui passe, je n'ai toujours pas de nouvelles de mon frère. Dimitri m'a envoyé un courrier, me demandant si je savais comment se portait Guilhem. S'il en vient à m'adresser une lettre pour ça, c'est qu'il y a lieu de s'inquiéter.

J'ai maigri. Je ne me prive pas de manger, mais les insomnies à répétition et le stress constant m'ont fait fondre.

Abraham l'a sans doute vu, mais il ne dit rien. En fait, je me demande quand il dit quoi que ce soit, maintenant. Il est toujours aussi aimable et patient lors des dressages, qui restent catastrophiques en dépit de mon espoir vivace. Par contre, en dehors, il se contente du minimum, toujours avec ce visage avenant et ces sourires à répétition qui commencent à me taper sur les nerfs. Je ne sais pas quand son comportement a changé. C'était sans doute trop progressif pour que je m'en rende compte. Peut-être que ce qu'il s'est passé avec Thalya a accéléré les choses. Le résultat est le même : je me sens plus seule que jamais.

Et comme si ça ne suffisait pas, Isaac est là.

Rectification : il est *toujours* là.

Pour moi, notre rencontre fortuite aux écuries était une exception. Il s'était échappé pour prendre une pause, j'avais mes corvées, j'ai tenu compagnie à une plaque de marbre blasée, fin de l'histoire. Mais le lendemain, je l'ai revu. Encore une rencontre au hasard. Cette fois, il se baladait dans la ville, suivi du regard et talonné par plusieurs enfants. Il était en train de discuter avec le voisinage.

Impossible de savoir ce qui se disait. Les Hamilcar sont réputés pour être proches de leurs citoyens : il s'agissait sans doute d'un tour plus ou moins diplomatique des Haras. J'ai voulu m'esquiver, mais il m'a vue et m'a adressé un hochement de tête. Comme prévu, son expression n'a pas bougé. Il aurait pu me dire bonjour ou m'annoncer que j'allais être exécutée, c'était la même chose.

Le jour qui a suivi, Isaac se trouvait encore dans les écuries. Cette fois, il était occupé à nourrir Edison, qui s'avérait être d'humeur câline. En laissant traîner mes oreilles, j'entendais les murmures que s'échangeaient les autres dresseurs. Des histoires impliquant le jeune Premier et le fait de chevaucher des griffons. J'avoue que j'étais impressionnée, mais après avoir vu ses capacités, cela m'a semblé cohérent. Reste que si j'étais Auguste, j'éviterais de laisser ma descendance faire des tours en l'air avec des animaux sauvages sans supervision.

Enfin, je ne suis pas familière avec les coutumes de la noblesse.

La situation a commencé à m'énerver lorsqu'il est venu assister à mes séances de dressage. L'instant de complicité partagé avec Thalya me semble bien loin, et Isaac est présent pour en témoigner. La honte me submerge rien que d'y penser. J'accepte d'échouer encore et encore, parce que je sais que je peux y arriver. Par contre, j'ai bien plus de mal à accepter qu'un Premier vienne provoquer mon échec tous les après-midi.

Et pour la pédagogie, on repassera. Je me sens humiliée, épuisée, à bout. J'ai l'impression qu'Isaac et Abraham sont de mèche. Ils complotent, viennent me voir quand je suis avec les griffons pour me donner mal à la tête. J'échoue, et je ne sais même pas ce que ça leur procure : la satisfaction de me mettre mal à l'aise ? Des résultats d'expériences où je suis leur petit sujet ? Je deviens de plus en plus paranoïaque chaque jour qui passe. Les Haras sont contre moi. Edison ne veut de nouveau plus me voir. Tout le monde s'en fout. Peut-être même qu'Abraham et Isaac s'en réjouissent. Je perds lucidité, calme et foi d'un seul coup.

Après une énième nuit sans sommeil, je me suis réveillée avec les yeux à moitié collés. Impossible d'aligner deux pensées cohérentes jusqu'à midi, heure où mon esprit a décidé qu'il fallait bien tenir jusqu'au soir. Mes uniformes devaient être lavés, alors j'ai enfilé une des chemises dans laquelle j'avais sué la veille. Abraham m'a demandé si je voulais rester à la maison. Comme je ne tenais ni à croiser Isaac ni à m'entraîner au dressage, j'ai dit oui.

Je suis passée chercher chez l'épicier des fruits confits. J'aime l'odeur exotique de son échoppe, les arômes d'épices douces et de sucre. En guise de cadeau, il m'a donné pour Abraham une « bonne bouteille ». Je me suis retenue de l'exploser contre un mur en sortant de son épicerie. Le liquide brun qui clapote dans sa prison de verre me fait l'effet d'un poison bien alcoolisé. Un poison que j'aimerais bien répandre au sol pour faire parler mon mentor.

En rentrant, j'ai laissé la bouteille sur la table sans oser la regarder et me suis jetée sur un bocal de bonbons. Je suis partie chercher en vitesse l'*Encyclopédie des affiliations magiques.* Ce livre, avec ses centaines de pages, me fait l'effet d'une pommade particulièrement efficace : je me perds entre les familles, les pouvoirs et les légendes d'affiliations éteintes. Avec lui, je m'évade. Je dévore chaque page, absorbe chaque information, m'emplis de chaque affiliation comme si c'était la mienne.

J'oublie tout. J'oublie même que le soir tombe et qu'Abraham ne rentre pas.

Le rez-de-chaussée est silencieux. Si j'en juge par les rayons qui s'infiltrent entre les lattes de mes volets, Abraham devrait être levé. Même lorsqu'il lit sur la terrasse ou qu'il se contente de regarder le feu dans l'âtre, j'entends du bruit.

Encore embrumée, je me redresse, écarte les draps et m'étire le plus longuement possible. Mes pas résonnent sur le plancher comme des plombs qu'on laisserait tomber par terre. Lorsque je descends les escaliers, je me rends compte qu'il n'y a personne. La bouteille que j'ai laissée sur la table a disparu. Étrangement, je ne ressens pas grand-chose. Je crois que j'ai abandonné.

Il reste des fruits séchés dans le bocal.

Une silhouette tout aussi sèche se tient dans l'embrasure de la porte. Debout, en robe de chambre au milieu de la cuisine, Abraham émerge de sa chambre. Impossible de ne pas remarquer ses traits tirés et ses yeux rouges. Mon estomac se serre.

Il a bu.

Le réveil a l'air difficile. Après s'être frotté le visage, il me fixe un moment de ses yeux vitreux avant de me reconnaître.

— Victoire, bonjour, me salue-t-il d'une voix qui ressemble à un croassement.

Je n'ai pas envie de faire d'efforts.

— Vous avez bu.

Silence.

Mon mentor essaie de trouver une issue. Je le vois. Ses yeux papillonnent de moi au bocal, puis partout, pour peu qu'ils ne croisent pas les miens. Il n'y a pas une once de conviction dans son regard. Même pas d'effort. Mais le pire, c'est la façon dont il me contourne, comme si je n'existais pas, pour aller fouiller parmi les plantes séchées. Je crois que c'est ça qui allume d'un coup la flamme de mes humeurs.

— Je vous déconseille de faire macérer vos plantes dans la bouteille, ça vous va mal au teint. Et je refuse de boire une tisane aussi dégoûtante.

Abraham, rouge et essoufflé par sa nuit pathétique, se décompose.

— Victoire…

Pas question de passer plus de temps en sa présence. À mon tour de l'ignorer, remontant l'escalier pour quitter cet endroit puant et étouffant. L'information semble lui monter au cerveau après une longue seconde.

— Victoire, je ne te permets pas de t'adresser à moi comme ça, gronde-t-il d'une voix menaçante et pâteuse que je n'ai jamais entendue.

Le voir empoigner sa botte de plantes d'une main fébrile, les joues rouges, m'inspire la même émotion que devant un mendiant désespéré.

— Je me fous de l'avis d'un alcoolique.

Je martèle les marches en sens inverse tandis que mon mentor s'étouffe avec ses propres mots. Aucun dialogue n'est possible en l'état, et je refuse de lui adresser un mot de plus. Mes questions, mes doutes et ma vie en compagnie d'un alcoolique en plein déni bourdonnent et tapent contre les parois de ma tête.

Mon ventre se tord tellement fort, mes poumons sont si écrasés que j'ai l'impression d'avoir la nausée. Abraham râle encore lorsque je claque la porte assez fort pour faire grincer les gonds.

Ni lavée ni coiffée, j'enfile en vitesse un uniforme propre, m'attache les cheveux en une queue-de-cheval approximative et ouvre en grand la fenêtre qui donne sur le toit. Empoignant l'*Encyclopédie,* je cale l'ouvrage dans mon pantalon pour ne pas m'encombrer. D'un saut agile, j'arrive à attraper les rebords de la fenêtre pour me hisser. J'étouffe un gémissement en forçant sur mes hanches pour faire passer une jambe, puis l'autre. La présence rigide du livre rend mes mouvements plus raides. Dès que je pose mes mains sur les tuiles aux teintes pâles, je sens la chaleur qu'elles ont accumulée me brûler la peau. J'ai l'impression qu'il fait deux fois plus chaud sur le toit que dans la rue. Il faut vite que je descende avant de me transformer en rôti.

Je prends le temps de fermer la fenêtre avant de m'engager sur la pente lisse formée par les tuiles. Je ne sais pas pourquoi j'ai décidé de sortir comme ça. Pas la patience de redescendre et de me coltiner une deuxième dispute avec Abraham en sortant par l'entrée. Mon talon ripe, manquant de déloger un bout de toit au passage. Je dois utiliser toute la force de mes bras pour rester stable. Plus loin, deux femmes m'observent sans rien dire. Si je chute, ce sera l'évènement le plus important de leur vie médiocre dans ce trou paumé.

Je finis ma descente jusqu'aux gouttières en grognant, comme on emprunterait un chemin de terre trop pentu : le corps penché vers l'arrière, les pieds en canard et les ongles solidement plantés dans la roche. Guilhem, agile comme il est, serait descendu en deux fois moins de temps.

Personne ne me regarde lorsque je marche d'un pas raide en direction des stalles. Sous mon bras, la couverture en tissu de l'*Encyclopédie* est cornée. Je tente de la plier en sens inverse pour la remettre droite, n'arrive qu'à obtenir un rendu gondolé, peste contre le Destin.

Lorsque je pénètre dans l'écurie, l'odeur de la paille chaude m'apporte un réconfort inespéré.

Je m'approche de la stalle de Thalya, où sa robe se détache sur la pénombre. Sombre, mais pas brune, des stries blanches ornant son dos. Ses iris jaunes dans les miens, elle couche ses oreilles en arrière, bec ouvert. Mais ça ne dure pas très longtemps. J'ai juste à attendre un peu, le temps de l'apaiser, elle et ma colère.

Alors qu'elle s'affale lourdement au sol et lève les yeux vers moi, je m'assois près d'elle et plonge dans la chaleur de ses plumes.

Helis

La Saison des Blés bat son plein.

J'attends toujours.

Les choses avancent à un rythme paresseux. Espionner est un travail délicat et minutieux. Je connais par cœur les horaires des rondes de la garde. Sur les docks, je sais qui commence et qui termine à quelle heure. Qui travaille aux douanes. Qui contrôle les marchandises à la capitainerie.

J'ai trouvé l'homme qui m'intéresse.

Un géant, qui doit peser deux fois mon poids. Il serait capable de m'écraser les côtes en me serrant la taille. Si j'en crois mon petit numéro de citoyen venu boire au troquet du port, c'est lui qui se charge de répartir les cargaisons dans les bateaux. C'est avec lui que je vais pouvoir négocier.

Maintenant, je dois établir le contact.

Ceux qui se ressemblent se reconnaissent entre eux. Je n'ai eu aucune difficulté à identifier la racaille du port. Il y avait deux groupes : d'un côté, un mélange de dockers mal payés, de marins venus faire leurs affaires pendant une escale et de gamins plus ou moins vieux qui voulaient se faire un peu d'argent. De l'autre, des types louches, débraillés mais très organisés, qui tentaient chaque nuit de vandaliser ou de voler les marchandises.

Face à des voleurs qui profitent de la grandeur du port pour frapper à un endroit différent toutes les nuits, la garde est impuissante. Ces gars, engoncés dans leurs beaux vêtements et visibles à cent mètres, ne sont pas dans leur élément. Ils patrouillent pour faire bonne figure, mais tout le monde ici sait qu'ils ne seraient pas capables d'arrêter une bagarre.

Moi, je suis capable de passer l'envie de venir à des truands de bas étage. Définitivement. Ce sera ma porte d'entrée dans le petit univers bien huilé du port d'Anchoris.

La nuit est particulièrement sombre. Le ciel est voilé, la moitié des lampadaires éteints. Il y a juste assez de lumière, portée par les étoiles, pour créer de l'ombre au pied des navires. Les voiles sont baissées et les mats dressés jusqu'à toucher le ciel. Je ne vois ni les pavés devant moi, ni l'ombre du corps que je transporte sur mon épaule.

J'aurais préféré tomber sur un gars moins lourd, mais je ne pouvais pas me permettre d'être exigeant. L'entraînement commence à manquer ; je sens mes jambes s'alourdir à chaque pas. Le poids de son corps crispe mes épaules et crampe mon cou. Je dois tenir encore quelques mètres.

Au bord de l'eau noire et huileuse, un lampadaire. Quatre types, de toutes tailles et de toutes formes, fument et discutent à voix basse. Leurs casquettes et l'emblème sur leurs vestes ne trompent pas : ils travaillent ici.

Ils auraient pu passer pour des membres d'une Noble Cause maritime. Je les ai assez observés pour savoir qu'eux et moi, nous allions nous comprendre.

Je passe une main poisseuse sur ma chemise blanche. La sensation du sang entre mes doigts me donne envie de me frotter les mains jusqu'à l'aurore. Les talonnettes de mes brogues résonnent discrètement sur les pavés. Le bruit finit par attirer l'attention des papillons de nuit. Ils arrêtent de parler et se tournent vers moi.

Je passe d'ombre à lumière, et l'un d'entre eux, le plus jeune, écarquille les yeux en détaillant mon visage. Les autres restent de marbre. Pas un mouvement. Je prends le temps de les dévisager en arrivant à leur hauteur. Ils scrutent mon costume, mes vêtements tachés de rouge, le sac à patates que je tiens sur mon épaule. Dans un bruit sourd, je le lâche par terre, au milieu du cercle d'initiés qu'ils forment devant moi.

Je me frotte les mains, retire ma veste. L'exercice et la tiédeur de la nuit tachent mes vêtements de transpiration. Après quelques secondes, un des gars fronce les sourcils, l'air de me demander ce que je veux. Le plus âgé. Il a reconnu le corps. Le deuxième tire sur sa pipe, les derniers chuchotent entre eux.

— Qu'est-ce que vous venez faire avec ça? me demande le doyen du groupe en adressant un signe du menton au corps gisant par terre.

— Je viens discuter.

CHAPITRE 23
GUILHEM

Pour ses premières Battues, Raphaëlle portait le pantalon. J'avais tellement l'habitude de la voir en robe que ça m'a fait bizarre au début. Sa tenue ressemblait un peu à la mienne au niveau de la coupe, mais les points communs s'arrêtaient là. Le tissu couleur huître faisait ressortir ses yeux noisette et donnait de l'éclat au jabot blanc qui décorait son cou. Une émeraude, enchâssée dans un réceptacle doré, servait de broche et complétait une tenue sobre mais distinguée. Sa veste de chasse était taillée plus court que la mienne, avec une ouverture à l'arrière pour être plus à l'aise à cheval. Ses dames de chambre avaient même pensé à monter des talonnettes sur ses brogues.

Neuf heures. Raphaëlle Litréans, accompagnée de son frère, quittait ses appartements pour rejoindre les Grandes Battues.

Le Palais d'Hiver était moins léthargique qu'à l'heure du petit déjeuner, mais y avait pas un aristocrate en vue. Les participants devaient se retrouver plus tôt pour choisir les chevaux et constituer les groupes de chasse. Ceux qui étaient juste là pour se prélasser et attendre leur retour devaient pas sortir de leur tanière avant bien plus tard.

— Je pense demander à Marie Eristène de se joindre à moi, pour la chasse, a lancé Raphaëlle sur un ton désinvolte que je lui connaissais pas.

Stanislas et moi avons haussé les sourcils en même temps. La seule différence, c'est que j'ai rien dit parce que j'étais pas censé l'ouvrir.

— Tu es sûre? lui a demandé son frère en passant une main pensive sur son menton. J'imagine bien pourquoi tu voudrais faire cela, mais…

— Avec ce qu'il s'est passé à l'Académie, chaque occasion est une opportunité de montrer que les Litréans et les Eristène sont en bons termes. Et puis, c'est une fille bien. Probablement parce qu'elle n'est pas de la famille, a-t-elle conclu avec un petit sourire.

Stanislas a manqué de s'étouffer. De telles énormités au beau milieu du palais, fallait oser.

— Vous connaissez les pouvoirs de sa lignée ? ai-je demandé dans un murmure.

— Bien sûr, les Domitia lisaient dans les pensées. On les appelait les Immiscés. Je suis étonnée que vous ne l'ayez pas appris à l'Académie.

J'ai eu un mouvement de recul.

— Ils lisaient dans les pensées ? Mais ce n'étaient que des Seconds...

— Il est vrai, a acquiescé Raphaëlle. Leur affiliation était jeune comparée à la nôtre, et ils sont devenus Premiers il y a vingt ans à peine. Leurs pouvoirs restaient limités, à l'exception de quelques personnes. Leur affiliation n'égalait donc pas notre puissance.

J'ai fini par me rendre compte qu'on était passé à l'arrière du palais, parce que les jardins que je voyais aux fenêtres me disaient rien du tout. Après un grand couloir très lumineux, on a débouché dans un hall à la décoration plus simple, mais pas moins enchantée. Une femme nous attendait, habillée pour la chasse. Elle s'est avancée de quelques pas, face aux Premiers, avant de leur faire une jolie courbette.

— Ma Dame, mon Seigneur. Je m'appelle Hilda. C'est moi qui vous accompagnerai durant ces Battues.

Raphaëlle avait beau rester droite et fière, je la voyais jeter des regards à son frère. J'ai jamais vu Stanislas aussi sûr de lui qu'à ce moment, vu qu'il savait exactement comment procéder.

— Quel est le programme de cette chasse ?

— Grande vénerie, mon Seigneur, lui a répondu la domestique avec déférence. Un cerf et plusieurs biches vous ont été repérés. Nos caracals ont fait le pied au lever du jour.

Jusqu'au mot « grande vénerie », tout allait bien. Mais quand j'ai entendu « caracal », une sueur froide s'est mise à couler le long de mon dos. J'ai dû avaler trois fois d'affilée ma salive pour apaiser le flottement de mon estomac. Ces fauves à épines étaient dressés par les habitants du Nord pour chasser. Déjà que, sur papier, ils avaient pas l'air super sympas, l'idée de les voir se faufiler autour de moi me faisait vraiment pas envie. Le Guilhem du passé avait bien fait de se concentrer sur le présent, sinon j'aurais pas dormi de la nuit.

— Quelle est notre composition ? a continué Stanislas, qui avait l'air vachement moins refroidi que moi.

— Anastasia Blustrode sera la meneuse. Vous chasserez tous les trois, en groupe restreint.

J'ai vu le frère et la sœur échanger un regard rapide. Moi aussi, j'aurais cru que les parents Litréans se joindraient à la chasse avec leurs enfants, mais faut croire qu'ils avaient mieux à faire. Raphaëlle a sauté sur l'occasion :

— Prévoyez une monture supplémentaire. Il est possible que Marie Eristène se joigne à nous.

— Bien, ma Dame, a acquiescé Hilda avant de se retourner. Veuillez me suivre, s'il vous plaît. Nous avons rendez-vous aux écuries.

Le hall dans lequel on se situait était en fait l'entrée arrière du palais. C'était quand même plus sympa que les vieux couloirs sombres des Litréans. On a pas tardé à sortir, pour déboucher sur un petit jardin aussi enchanteur que celui que j'ai vu à mon arrivée. Chez les Blustrode, y avait pas un morceau du palais d'Hiver, pas un endroit à deux cents mètres à la ronde qui était pas décoré, ornementé, fleuri, illuminé de façon naturelle et féérique à la fois. On a traversé ce lieu de promenade parsemé d'arbres alourdis de fruits et de massifs fleuris comme en pleine Saison des Blés pour arriver sur un grand espace vide au sol pavé.

C'était comme une place, aussi longue que la salle de bal, où s'affairaient une tonne de collègues qui s'interpellaient, transportaient des canapés, ouvraient des parasols et dressaient des tables cachées par des nappes brodées. On montait d'ailleurs un salon d'extérieur pour ceux qui assistaient aux Battues. Au-delà, plus de jardins. Le terrain autour était quand même entretenu, mais on se retrouvait face à une lande d'herbe haute, qui donnait, plus loin, sur une forêt vert sombre. Encore une fois, y avait un certain sens de la mise en scène dans ce paysage.

On a dépassé tout ce beau monde pour s'éloigner un peu du palais, mes chaussures crissant contre la végétation, jusqu'à un pâté de granges qui avait des airs de ferme. Un très grand enclos extérieur était occupé par plusieurs chevaux au pelage luisant. Parmi les bâtisses, la porte coulissante d'une d'entre elles était grande ouverte, avec un bon paquet de personnes qui s'affairaient autour. En nous approchant, je me suis rendu compte que presque tous les Premiers étaient là. Théodore, occupé à discuter avec Godrick Blustrode et un domestique en tenue de chasse, s'est dirigé vers nous dès qu'il a repéré ses enfants. Malgré le vent qui soufflait sur la lande, faisant voleter les vestes et fuir les mèches rebelles, il restait impeccable.

Le Seigneur a posé ses deux mains sur les épaules de ses enfants avant de leur dire :

— Joyeux anniversaire, ma fille. Stanislas, cela me fait plaisir de te voir participer.

Un silence bref, plein de sens et d'émotions, a suivi. Je crois qu'ils étaient contents de se retrouver ici.

— Vous ne vous joignez pas à nous pour cette Battue, père ? lui a demandé Raphaëlle.

— J'aurais aimé, mais j'ai plusieurs affaires à régler avec Godrick, a-t-il admis en secouant la tête. Vous le connaissez, rien de tel qu'une partie de chasse pour le mettre de bonne humeur, a-t-il ensuite ajouté avec un demi-sourire auquel ses enfants ont répondu. De plus, on m'a demandé d'escorter Daphnée Hafferyn et Blaise Eristène.

— Les coqueluches de ces Battues, a commenté Stanislas en jetant un regard vers les granges.

Mis à part quelques nuances de couleurs, les Premiers portaient à peu près le même uniforme. Ils avaient tous la même casquette plate sur la tête, comme une forêt de parapluies miniatures en tissu. On était pas si loin, mais j'avais du mal à les reconnaître. Raphaëlle a embrayé dès qu'elle a entendu son père parler des Eristène.

— Je compte inviter Marie à se joindre à nous. Cela me semble être une bonne occasion.

— En effet, a acquiescé Théodore en relâchant ses enfants pour glisser les mains dans ses poches. C'est une excellente initiative de ta part. Hâtez-vous si vous souhaitez lui parler. Je l'ai croisée brièvement à mon arrivée. Si j'en crois ma mémoire, les Eristène ont prévu de chasser en famille.

Petit à petit, la tension des Battues s'installait sur mes épaules comme les couches de pâte d'un millefeuille. Hilda et moi, un peu en retrait, encadrions les deux Premiers sans rien dire.

Quand on est entrés dans les écuries, je me suis demandé si on allait pas finir par enlever nos vestes malgré la fraîcheur du dehors. Avec ses gros murs en pierre qui avaient l'air nettement plus vieux que ceux du palais d'Hiver et l'épaisse couche de foin qui recouvrait le sol quand il n'était pas entassé en bottes contre les murs, l'endroit gardait super bien la chaleur. Y avait en face de nous un couloir super large, qui donnait sur une vingtaine de grandes stalles où on entendait le bruit de hennissements et de sabots qui tapaient par terre. Plusieurs domestiques faisaient des allers-retours entre les chevaux, transportant parfois de l'équipement avec eux. L'odeur de l'endroit m'a de suite ramené à l'Académie, les jours où on apprenait à monter et à nous occuper des chevaux. Des heures passées à brosser le crin, à récurer les sabots, à manquer de me casser la gueule au trot. J'ai jamais brillé en équitation.

Hilda nous a menés vers un joli canasson à la robe noire et aux yeux sombres. Propre et préparé, il attendait sans rien dire que quelqu'un lui ouvre la porte. La jeune Dame lui a tendu une main qu'il a reniflée avec curiosité avant de souffler. Il a eu l'air d'apprécier que Raphaëlle vienne lui gratter le front. Plus loin, une voix a résonné :

— Sortez les chevaux !

Nous nous sommes de suite écartés de la stalle pour laisser Hilda s'occuper de cette brave bête. C'est aussi là que j'ai réalisé que j'avais pas de cheval. Enfin, pas aux dernières nouvelles. J'ai froncé les sourcils. Qu'est-ce que j'étais censé faire ? Marcher à côté d'elle ?

Y en avait une qui se posait la même question.

— Puis-je savoir où se trouve le cheval de Guilhem ? a demandé Raphaëlle à Hilda d'un air intrigué.

— Ma Dame, les domestiques ne montent pas avec leurs maîtres lors des Battues.

— Guilhem est mon domestique personnel. Par conséquent, il m'accompagne partout où je vais. Il n'est pas question qu'il marche à l'arrière et nous ralentisse pendant la chasse. Trouvez-lui une monture.

Y avait pas moyen qu'Hilda proteste. Sans un mot, elle a exécuté une courbette avant de partir à grandes enjambées entre les stalles, arrêtant un de ses collègues pour l'aider dans sa recherche.

Je me suis contenté de fermer ma bouche, trop intimidé pour dire quoi que ce soit. Sans attendre Hilda, Raphaëlle a ouvert la stalle, pris les rênes de son cheval pour le guider gentiment. C'était une sacrée crème, cette bestiole, parce qu'elle est restée calme et patiente tout au long de la battue.

De petits groupes se formaient lentement, mais sûrement. C'était la dernière chance de Raphaëlle, qui s'est tout de suite dirigée vers les Eristène en menant son cheval. Pas une hésitation, pas une halte jusqu'à Marie. Bianca et David Eristène lui ont adressé un bonjour chaleureux, mais réservé. Ça a eu l'air de bien se passer. Je suis resté en retrait, donc je n'ai rien entendu, mais Marie a hoché la tête et les Eristène avaient l'air plutôt contents.

Les Premiers, habillés de costumes aux nuances forestières, détonnaient par rapport aux domestiques comme moi, cantonnés au monochrome. Le complet bleu marine de Stanislas lui donnait fière allure : c'est vraiment une couleur qui lui allait bien. Marie portait une tenue de chasse brune, avec des bottes cirées qui remontaient à ses genoux et une queue-de-cheval haute. La couleur chaude de ses vêtements mettait en valeur sa chevelure et ses yeux très sombres. Je voyais les reflets des nuages qui saturaient le ciel dans ses pupilles. On aurait dit que la pluie allait se mettre à tomber. Anastasia Bulstrode nous avait rejoints, plus magnifique que la presse ne la décrivait. Un visage un peu anguleux, avec de grands yeux bleus entourés par de longs cils bruns. Des boucles d'un blond chaud, réconfortant comme les flammes d'une cheminée, soulignaient la rougeur de ses pommettes et la couleur de ses lèvres dessinées. J'ai su, à l'instant où j'ai remarqué la courbure de ses sourcils et sa posture droite sur son cheval gris, qu'elle avait un sale caractère.

Anastasia et les jeunes Premiers avaient l'air de bien s'entendre. Sans perdre de temps, celle-ci a fait faire un demi-tour à sa monture pour observer les environs. Elle portait un corset sombre, orné de feuilles ondulant au vent, au-dessus de sa chemise. Je suis resté captivé autant par l'enchantement sur son habit que par la façon dont il soulignait sa taille. Ensuite, je me suis mis une baffe pour me rappeler que j'avais plus douze ans.

— Quelle est notre destination ? a demandé Stanislas à Anastasia, les joues un peu rouges.

— Direction plein ouest, lui a répondu la Première en observant le paysage. Nos caracals ont repéré un cerf avec sa harde. Heureusement qu'il n'a pas plu : ils vont pouvoir retrouver la trace qu'Hilda leur a fait suivre ce matin.

En parlant d'Hilda, elle était en train d'échanger quelques mots avec un palefrenier, qui s'était pointé avec quatre fusils de chasse à la main. Une à une, les armes ont transité entre les Premiers jusqu'à ce que chacun d'entre eux soit équipé. J'ai tout de suite vu la tenue assurée de Stanislas, qui n'était égalé que par Anastasia. À bien regarder, les armes avaient été chargées au préalable, et Hilda conservait plusieurs boîtes de cartouches dans une sacoche accrochée à sa ceinture. Une fois l'homme reparti dans les écuries, elle a lancé d'une voix monocorde :

— Allons-y.

Suivant les ordres, on s'est élancés au petit trot à travers la lande.

Le vent avait faibli, mais les nuages, eux, portaient une teinte plus inquiétante. Les quelques arbres qui poussaient au milieu de l'herbe avaient les feuilles ratatinées contre leurs branches à cause des bourrasques. Un peu comme si la nature était contrariée. Malgré l'air pas trop froid, j'ai frissonné sous ma veste.

Alors que le petit groupe discutait des derniers opéras de la saison, j'ai entendu comme un froissement. Non, plusieurs froissements. Contre l'herbe, contre le sol, je savais pas trop. Mais quelque chose se rapprochait de nous. J'ai tourné la tête pour voir la prairie zébrée par des chemins d'herbe piétinée. Y avait ceux de nos chevaux, mais pas que. Comme des vaguelettes sur l'eau, quatre trucs invisibles taillaient leur route à une vitesse qui m'a fait très peur. Et à en croire les traces qu'ils laissaient, ils étaient aussi larges que nos bêtes.

Ils se sont séparés en deux duos qui nous ont vite rattrapés, encerclant les montures sans aucune échappatoire possible. Entre deux ondulations de l'herbe, j'ai aperçu une colonne vertébrale. Pelage lisse, sombre, luisant, avec des épines de la taille de ma main qui dépassaient sur chaque vertèbre. Comme les poils d'un chat, elles se hérissaient à chaque nouveau son dans l'environnement. Il y en avait tellement sur ces dos si longs, j'avais l'impression que ces créatures faisaient ma taille. Elles se perdaient dans la végétation, échappaient des feulements, passaient parfois entre les pattes de nos chevaux qui ne bronchaient pas. Mes épaules se sont tendues. Raphaëlle, juste devant moi, avait la nuque raide et les cuisses un peu trop serrées autour de son canasson. Tout chez ces bestioles transpirait le prédateur en chasse.

Anastasia a tourné la tête pour nous adresser son sourire le plus radieux :

— Maintenant que les caracals sont là, les Battues peuvent commencer.

Des prédateurs de par le monde

Les caracals à épines

Espèce emblématique des Prévoyers du Nord, le caracal à épines, si on le décrit de façon globale, est un chat des neiges de la taille d'un gros chien. Doté d'un pelage ras très foncé, il se fond dans les décors forestiers. Mais ce qui fait de ce prédateur une espèce extraordinaire, ce sont les excroissances solides qu'il possède au bout des oreilles, sur la colonne vertébrale et au bout de la queue. Semblables à de longues épines de ronces, c'est de là que vient le nom de ce carnassier. Ces appendices, *a priori* inorganiques (l'animal ne ressent aucune sensation lorsqu'on les touche ou qu'on les retire), lui permettraient d'amplifier les sons qu'il reçoit. Plusieurs expériences ont déjà prouvé qu'un caracal à épines pouvait traquer une proie rien qu'au son, et ce à plus de quatre cents mètres de distance.

Animal social, le caracal à épines chasse en meute de six à huit individus. Il a depuis longtemps été apprivoisé et dressé. Le Prévoyer Blustrode pratique la chasse à courre uniquement avec ces animaux, encadrés par des Chuchoteurs lors des battues d'automne.

La puissance d'un caracal à épines n'a d'égal que son agilité. Un individu seul peut tuer une vache ; les meutes s'attaquent souvent à des troupeaux entiers. L'hiver, ils enterrent leurs proies sous la neige, garantissant ainsi une source de nourriture à long terme au groupe.

Traité d'éthologie, *Des prédateurs par le monde*, auteur inconnu.

CHAPITRE 24

GUILHEM

J'avais l'impression d'être l'anomalie de la bande.

Ils étaient là, à s'échanger des remarques et des anecdotes au milieu de ce labyrinthe végétal, des prédateurs au regard affamé, prêts à se jeter sur le premier morceau de chair venu, à croire que c'était un miracle qu'ils aient pas déjà bouffé les chevaux. À cet instant, le monde des Premiers était gris, flou, plein d'ombres aux bruits bizarres et de personnes s'amusant de leurs pouvoirs.

Il me faisait peur.

Un sifflement aigu a résonné. Sans prévenir, les caracals se sont détachés de notre groupe pour s'enfoncer dans la forêt, suivant la piste de branches cassées à la trace. J'ai vu leurs quatre pattes longues et puissantes, qui faisaient rouler les muscles sous leur pelage, piétiner les buissons piquants comme s'ils marchaient sur du coton. À vue de nez, ils devaient bien mesurer un mètre cinquante de long. C'étaient des gros chats. Des gros chats au poil ras, sombre, avec des épines énormes qui tremblaient au bout des oreilles et sur la colonne vertébrale. Je crois qu'elles étaient sensibles au son, parce qu'elles frémissaient à chaque fois que les Premiers chuchotaient entre eux. Au début, les bestioles s'arrêtaient tous les mètres pour renifler le sol ou l'air. Leurs yeux tranchants me donnaient l'impression de me noyer dans leurs pupilles noires si je les regardais un peu trop longtemps. Puis ils repartaient sans faire un bruit, fantômes de la forêt aux couleurs perdues dans le paysage.

Au fur et à mesure qu'on les suivait, leur impatience montait. Ils ont commencé à vouloir s'éloigner, à piétiner le sol, à baver. Y avait qu'Hilda et ses sifflements qui les tenaient en respect. Raphaëlle avait les yeux grands ouverts, le fusil à la main, prête à abattre sa première prise. Perso, j'arrivais pas à me détendre. L'air s'est chargé d'humidité. Y avait pas de pluie, mais une espèce de fine brume s'est mise à tomber en laissant des traînées de fumée au-dessus du sol. Les caracals, passés de fantômes à spectres, étaient plus repérables qu'à leurs grognements ou leurs quelques épines qui dépassaient d'une nappe grise. Alors qu'on avançait plus profondément dans ces bois au sol moussu, les Premiers continuaient à discuter à voix basse, comme si de rien n'était.

Tout s'est interrompu au moment où les caracals ont levé la tête. Y en a un qui a laissé échapper un feulement avant de se ramasser sur lui-même, les muscles tendus à craquer. Ses copains ont fait pareil, mais ils se sont figés quand Hilda leur a adressé un sifflement grave, très bas. Plus loin, entre deux troncs au brun délavé, y avait des silhouettes qui s'agitaient. Des silhouettes animales.

Deux biches et un cerf étaient en train de paître. L'une d'entre elles était debout, immobile, les yeux mi-clos. Y en a aucun qui se doutait de notre présence. Les caracals ont avancé d'un, deux pas, le ventre plaqué par terre.

On était tellement bien placés, avec une vue dégagée sur leurs cous fragiles et leurs têtes longues. J'avais déjà vu du gibier en forêt sur le Prévoyer Eristène, mais ceux-là, ils étaient bien plus gros que les animaux du centre. Les femelles avaient des pattes plus longues et plus musclées, les oreilles un peu plus grandes. Le cerf devait faire presque ma taille à la croupe. Avec le manteau de fourrure qui lui décorait le cou et ses bois, presque aussi longs que mon bras tendu, il imposait le respect.

Dans un autre monde moins sanglant, on se serait incliné devant lui et on l'aurait laissé passer avec sa harde. Mais pas aujourd'hui. Aujourd'hui, on était là pour l'abattre.

C'est précisément ce qu'avait décidé Raphaëlle. Après tout, c'était sa battue. Sa proie. J'ai même pas été surpris en la voyant relever son fusil et le caler contre son épaule. Doucement, Anastasia a reculé pour lui dégager le champ de vision. Plus aucun bruit ne provenait de nous ou de la forêt. Même la végétation avait arrêté de frémir. Y a que le vent, toujours aussi humide, qui faisait friser son chignon et froncer les sourcils de Stanislas. De petites gouttes d'eau perlaient au bout des cils de Marie, qui semblait même pas les avoir remarquées. Les chevaux ne soufflaient plus.

L'œil, l'arme, le viseur, le canon. Tous les quatre alignés sur la tête de ce cerf, qui portait sa couronne avec fierté, unique maître des lieux. J'ai vu les épaules de Raphaëlle s'abaisser à peine, son doigt glisser sur la détente.

Le coup a explosé contre les troncs, vrillé mes oreilles et fait hurler la forêt, qui s'est envolée dans tous les sens en poussant des croassements indignés. J'ai cru voir les caracals eux-mêmes sursauter.

Impossible de savoir ce qu'il est advenu du cerf. Un instant, il était là ; l'autre, il avait disparu. Mais en voyant nos prédateurs pousser de petits miaulements rauques, j'ai deviné que Raphaëlle avait fait mouche.

Y a que l'odeur du sang pour exciter une bête carnivore comme ça.

La bête, encore plus majestueuse vue de près, était étendue au milieu de l'herbe tendre et des épines. Aucune lumière perçait ses yeux noirs, dont un se gorgeait de sang. Y avait un trou net qui perçait son crâne juste au-dessus. Aucun doute, la balle avait dû le tuer sur le coup. Un tir dans la tête. Net, précis. Un tir de Raphaëlle.

Mon cœur a fait un bond lorsque j'ai entendu des applaudissements lents derrière moi. C'était Stanislas, qui couvait sa sœur d'un regard fier. Avec le recul, je réalise que la chasse, c'est pas mon truc.

Pendant qu'ils se congratulaient en descendant de leur monture, j'ai fait de même, mais en observant Hilda. Ayant mis pied à terre avant nous, elle s'est dirigée sans hésiter vers un des caracals. La bête, épines à plat sur le dos, lui arrivait à la taille. Avec assurance, elle a levé la main pour lui plaquer sur le front, comme si elle essayait de la caresser maladroitement. Mais en voyant sa prise ferme, comme si, d'un seul mouvement, elle pouvait lui arracher la tête sans que le caracal ne dise rien, j'ai changé d'avis. Et c'est en l'entendant murmurer que j'ai compris. Hilda était une Chuchoteuse.

Elle a sorti un couteau horriblement long d'un fourreau planqué sous sa veste. Les prédateurs se sont mis à baver tout ce qu'ils pouvaient. J'ai serré les dents, jeté un regard à Raphaëlle, qui flattait l'encolure de son cadavre en parlant largeur de cou avec Anastasia. Son frère, lui, regardait partout sauf en direction du cerf.

— C'est bien dommage. La bête est belle, mais son pelage est clairsemé par endroits, a commenté Marie, le visage concerné.

Pendant ce temps, Hilda s'est agenouillée près du cerf. Elle était presque collée à son ventre exposé. Je savais ce qui venait, mais j'ai pas détourné le regard.

Brandissant son couteau, elle a commencé par tailler un grand rectangle de peau sur tout le ventre de la bête. Pas comme une bourrine, juste avec la pointe de son arme. Un ou deux centimètres dans la chair, qui s'est mise à sanguinoler après son passage, et c'est tout. Juste de quoi sortir la peau pour exposer les viscères.

— Nous allons chasser les deux biches qui se sont enfuies. Nos caracals n'auront aucun mal à retrouver leur piste, a rappelé Anastasia avec un grand sourire.

— Dans ce cas, la curée ne doit pas durer trop longtemps. La bruine risque d'effacer leurs traces, a chuchoté Stanislas en tendant une main devant lui comme pour sentir l'air entre ses doigts.

Avec un frottement déchiré, Hilda a ouvert la bête en deux. J'ai été impressionné de voir qu'elle avait la force de soulever la peau comme ça. L'odeur du sang chaud était amplifiée par l'humidité. Tout était rouge et dégoulinant. L'intérieur du cadavre fumait à cause de l'air frais dehors. Les viscères du cerf se sont déversés par terre. Un gros amas entre rouge et brun d'organes emmêlés les uns avec les autres, qui s'échappait comme une marée visqueuse et puante dans l'herbe. Les Premiers se sont éloignés de quelques pas. Je suis resté figé, à regarder le spectacle comme un dérangé. Les caracals se sont mis à grogner et à baver en griffant le sol. Hilda, fronçant les sourcils, a tendu une main dans leur direction et claqué des doigts. Les bestioles se sont jetées comme un seul monstre sur le monticule de chair tiède et y ont planté leurs crocs, déchirant les organes comme si c'était du papier mouillé. Les chairs ouvertes amenaient des relents chauds et écœurants qui faisaient même pas ciller Hilda. J'ai dû tourner la tête sur le côté pour retenir un haut-le-cœur. Dans le coin de mon champ de vision, je l'ai vue, concentrée sur ses caracals, qui avaient déjà englouti une bonne partie des abats et se retrouvaient le visage plongé dans le ventre du cerf, à arracher les restes d'un intestin ou un bout de poumon qui s'était pas décroché.

Elle devait les contrôler pour qu'ils se jettent pas sur la viande. Les épaules, le cou, les flancs. Tout ce qui pouvait être récupéré et cuisiné pour la haute.

J'ai fini par rejoindre Raphaëlle en me tenant à ma monture pour pas que le monde tangue trop autour de moi.

Un bruit de corne venu de derrière a interrompu notre petit cercle mondain. On s'est tournés pour voir des silhouettes avancer vers nous entre les branches, juchées sur leurs chevaux. Ils étaient encore assez loin. Les caracals se sont mis à grogner et à faire du bruit. En risquant un coup d'œil, j'ai vu leurs gueules luisantes de sang jusqu'aux oreilles.

Hilda a lancé ses prédateurs plus loin dans la forêt. De suite, l'un d'eux, maculant les buissons de sang en y collant sa truffe, a trouvé la piste d'une des biches qui s'étaient enfuies. J'ai revu la frêle bête s'enfuir en bondissant. Aucun moyen qu'elle s'en sorte vivante.

Alors que le bruit du cor, plus proche cette fois, a résonné de nouveau, nous avons repris notre route en contournant le cerf éventré au sol ; nos suivants s'en chargeraient. Raphaëlle, son frère, Marie et Anastasia étaient déjà en train de pronostiquer qui abattrait le prochain animal.

J'ai pas pu m'empêcher de jeter un œil au roi de la forêt, mort et vidé de ses viscères. Il se raidissait petit à petit, le poil ensanglanté et couvert de petits bouts de terre, griffé par endroits. Un sentiment de malaise profond m'a tordu les entrailles alors que l'on avançait, l'arme à la main, sous un vent charriant une bruine un peu floue et des relents métalliques.

Helis

La capitainerie est un vieux bâtiment terni. De ses tuiles à ses fenêtres, tout est usé par le sel et brouillé par l'humidité du port. Un enchaînement de petits bureaux agencés de la même manière autour d'un couloir. Fonctionnel, froid, un peu trop étroit et délabré.

Les deux hommes qui m'accompagnent m'ont fouillé de fond en comble. J'ai bien fait de ne pas emporter d'arme avec moi ce soir. Assommer un type et leur livrer a suffi pour qu'ils me prennent au sérieux.

Mon escorte ne peut pas m'encadrer sans boucher le corridor. À défaut, ils m'entourent, des lampes à huile à la main, sans rien allumer sur leur passage. Si les appliques étaient enflammées, cela se verrait de l'extérieur. J'en déduis qu'ils ne veulent pas que cette petite visite se sache.

Celui qui me précède s'arrête au bout du couloir, devant une porte peinte en noir, et toque trois coups. Une voix résonne de l'autre côté. Ouvrant le battant, on m'invite à m'avancer en premier.

Je cligne des yeux pour ne pas me laisser éblouir. Le contraste entre la pénombre du corridor et la luminosité du bureau me fait presque larmoyer. J'avance dans une pièce plus grande que les bureaux étriqués que j'ai pu apercevoir. Les murs sont soit cachés par des étagères pleines de dossiers et de livres maritimes, soit couverts de cartes plus ou moins jeunes de la ville et des mers alentour. Aucune d'entre elles ne dessine les Terres d'Ailleurs.

Assis à son bureau, accompagné d'une bouteille sombre à moitié vide, ma cible lève un œil tranchant et mal luné vers nous. L'encre sur le document qu'il a sous les mains luit encore.

— C'est une heure pour venir me déranger ? maugrée-t-il en regardant les deux hommes, puis moi, son expression devenue hostile.

Je suis sûr que sa voix porte jusqu'à l'entrée de la capitainerie. Il a les mains calleuses, les avant-bras couverts de cicatrices, le visage buriné par le soleil. Deux longs couteaux sont disposés près de sa main droite. Ils ne servent pas à la décoration.

— Il veut vous parler, explique l'un des hommes venus m'escorter, le plus âgé, en me pointant du bout de sa lampe.

Le géant s'installe dans son siège, me détaille de haut en bas.

— Vous êtes pas armé, fait-il remarquer.

— Il ne l'était pas du tout, ajoute le doyen, d'un ton qui laisse filtrer l'incrédulité.

— Faut être sacrément confiant ou sacrément stupide pour se balader ici, de nuit, sans rien sur soi, rétorque son supérieur en fronçant les sourcils.

— Je n'ai pas besoin d'arme.

Ma réponse fait tomber un silence de mort. Plusieurs secondes passent. Puis le géant fait un signe de main à ses hommes. J'entends leurs pas s'éloigner, hésitants, puis la porte qui grince.

Nous sommes seuls.

— Bon, soupire l'homme en m'invitant à m'asseoir sur un des fauteuils éventrés d'un geste de la main. Tu te pointes comme un touriste au milieu de la nuit avec du sang plein les fringues. Tu cherches pas la merde. Explique-toi.

— J'ai laissé un cadeau à l'entrée de votre capitainerie.

Silence.

— Un des délinquants qui saccagent votre port sous le nez de la garde. Il ne se réveillera pas avant l'aube.

Le géant plisse les yeux, attrape sa bouteille d'une main de la taille de ma tête, remplit son verre. Je renifle un vieil alcool, parfumé, trop fort et un peu passé. Il se mélange à l'odeur usée de la pièce.

— Ils sont trop nombreux et trop rancuniers. Y a plus de trois gangs qui se disputent nos quartiers, gamin. Dans deux jours, tu seras pendu sur un mât et personne pourra plus rien faire pour toi. Hors de ma vue.

— Je peux régler vos problèmes de territoires.

L'homme souffle, repose sa bouteille qui claque contre le bureau, passe un doigt sur le manche d'un de ses couteaux.

— Écoute-moi bien. J'ai mieux à faire que de perdre mon temps avec un étranger qui…

— *L'obstination est bien plus onéreuse que l'obéissance.*

Il s'arrête d'un coup, la main en suspension au-dessus de sa lame. Sa bouche s'entrouvre. Je le vois prendre plusieurs teintes de blanc, se crisper sur son siège. Un vieux requin transformé en oursin : piquant, petit, déchirable d'un grattement d'ongle. Je m'enfonce dans mon vieux siège et croise les jambes.

— La réputation de la Noble Cause voyage loin. Cela m'arrange.

— Qui êtes-vous ? grogne mon interlocuteur.

— Appelez-moi Helis.

— Vous voulez quoi ?

— Un accord. Qui nous arrangerait tous les deux.

Les dernières minutes de la conversation passent dans les yeux du géant déchu. Je rabats quelques mèches de cheveux tombés sur mon front, lui laisse le temps de digérer.

Sa silhouette s'affaisse. Il écarte sa main du couteau, se saisit de son verre plein qu'il boit cul sec. Après avoir contemplé le récipient vide, il le repose sans faire de bruit. Puis il se penche en avant, posant ses bras sur son bureau.

— Je vous écoute.

CHAPITRE 25

VICTOIRE

Lovée contre Thalya, saturée par une chaleur qui, pour une fois, me détend et plongée dans ma lecture, j'ai la tête qui tourne lorsque je lève le nez de mon livre. Combien de temps ai-je lu ? Dix minutes ? Deux heures ? La lumière qui filtre par les hautes fenêtres de l'écurie a jauni.

Quelque chose m'a déconcentrée. C'est aussi le cas du griffon, qui lève la tête et émet un claquement de bec. Ses oreilles duveteuses pivotent dans tous les sens. Un bruit régulier, mélangé à la dureté de la pierre et au frottement de la paille, se rapproche. Les griffons grognent ou remuent dans leurs stalles, de plus en plus près de nous.

Isaac émerge devant le portillon, l'œil morne et le visage inexpressif. Je siffle sans cacher mon agacement. Voilà la cerise immangeable sur le gâteau imbibé d'alcool. La tension et la suspicion qui s'étaient estompées pendant ma lecture me reviennent d'un coup.

— Vous ? dis-je, pas très prolixe.

Faut dire que je ne m'attendais pas à le voir ici.

— Je suis venu voir le griffon qui m'appartient, me répond-il de but en blanc. On ne m'avait pas prévenu qu'il serait accompagné. Vous ne devriez pas être là.

Pauvre chéri. Ce sont les Haras royaux, et j'y travaille. Je vais où je veux, que ça lui plaise ou non. Et le voilà qui prend la mouche.

Isaac plisse les yeux et serre les lèvres, accoudé au portillon. C'est la première fois que je vois autre chose que du vide ennuyé sur son visage. Son pauvre petit ego a dû en prendre un coup. Mais moi, je la ferme. Après tout, Isaac, aussi désagréable soit-il, est un Premier que ma mauvaise humeur ne peut chasser…

Thalya grogne dans notre direction. Les autres griffons lui répondent en écho. Un grattement violent se répercute dans l'écurie.

Les poings serrés, l'*Encyclopédie* contre mon flanc, je me dirige d'un pas rapide vers la sortie. J'avais besoin d'être seule, je n'ai pas de temps à perdre avec le complice arrogant de mon ivrogne de mentor.

Mais Isaac ne bouge pas. D'ailleurs, il ne bronche pas, me regarde seulement m'agiter comme un enfant gâté. L'air devient soudain plus lourd. Le long de mes tempes, un poinçonnement trop familier martèle ma peau. Derrière moi, j'entends Thalya gratter le sol. Un cri venu d'une autre stalle retentit, suivi d'un fracas et d'un bruit de palissade.

J'ai chaud et l'air est trop comprimé. Isaac pose une main sur mon bras.

— Ne bougez pas…

J'aimerais gifler les doigts du jeune Premier, mais sa main vaut plus cher que mon corps tout entier. Je lutte pour marmonner quelque chose d'incompréhensible, même à mes oreilles.

Je râle en passant une main sur mon front. Le mal me prend maintenant toute la tête. Les bruits autour prennent de la distance. J'entends tout à travers un filtre crasseux. C'est pas le moment de tomber dans les pommes. J'enrage. Je connais trop bien ces nausées, celles qui collent à la présence d'Abraham, de l'Herboriste et du Premier.

— Victoire ! crie ce dernier avec une voix que je perçois lointaine.

Mon dos se met à brûler et je percute le portillon. Le souffle coupé, j'essaie de me redresser en respirant comme si je me noyais. Dans la stalle, Thalya s'agite, de plus en plus nerveuse. Ses serres rognent la paille au sol dans des gestes désordonnés. Autour, tout gronde, tape, hurle, je n'entends plus rien, mon dos me cuit comme lors de mon premier dressage. Je crois que Thalya m'a griffée de nouveau. Mon corps est un coton imbibé d'eau-de-vie qui torpille mes nerfs. Du coin de l'œil, je vois Thalya, dressée sur trois pattes. Le jeune Premier tient bon et s'avance pour la toucher.

Des voix remplissent ma tête de mots qui s'emmêlent. *Tu me fais peur. Laissez-moi ! Maîtriser Thalya. Appeler de l'aide. Enragée.* Je ne comprends pas ce qu'elles me disent. Thalya s'élance vers moi. Je me jette sur le côté avec une lenteur épouvantable, juste avant qu'elle n'abatte le portillon d'un coup de patte.

Hors de ma vue!

Assise par terre, je regarde, horrifiée, la scène en face de moi. Les voix se divisent, forment deux courants que je *sais*, que je reconnais. Ces voix hachées, fragmentées, étrangères qui hurlent dans l'espace déchiré de ma tête, sont celles de Thalya et Isaac.

Ma vision devient floue. Mon cou se met à me piquer atrocement. Je porte une main sur ma peau et sens une armée de petites épines plantées comme des échardes profondes. Le bois.

Je relève la tête, mais mon champ de vision s'obscurcit. Isaac, enfin je crois, me tend un bras trop lointain. L'*Encyclopédie* piétinée sous les pattes de Thalya. Mes bras me lâchent, j'essaie de me retenir contre un mur, griffe sans force la pierre. Une silhouette qui recule face à une ombre énorme. Deux autres silhouettes qui déboulent, plus petites. Je ne sais pas ce que c'est. Un voile trouble me rend aveugle. Les sons s'éloignent. Je tente de bouger pour me traîner loin. Mon corps ne m'obéit plus.

Plus aucun bruit. Juste la nuit et mon esprit qui refuse de répondre. Les voix continuent à hurler, mais elles s'éloignent.

La tête dans du coton.

Je m'enfonce. J'ai froid.

Les Hors-Classes & la magie

L'étude longitudinale, menée sur plus d'un millier de Seconds et de Premiers à travers tout le Continent, a pris fin hier. Après cinquante ans de suivi et d'observations, les rapports envoyés par nos collègues ont été reçus il y a de cela deux Saisons. Notre équipe, composée de trois mathématiciens, deux Herboristes et neuf assistants computeurs, en tire une conclusion qui ne laisse aucune place au doute.

Le but de notre étude est divisé en deux points.

Premièrement, déterminer si les affiliations magiques se transmettent bien par le sang.

Deuxièmement, via l'étude des Hors-Classes, déterminer si les affiliations magiques sont bien uniques. En d'autres termes, seul le sang porteur d'une magie serait capable de la transmettre à une descendance. Si cette hypothèse est vérifiée, les Hors-Classes forment un groupe magique à part entière, caractérisé par leur apparition aléatoire. Ils seraient donc distinguables des Seconds et des Premiers.

L'analyse des arbres généalogiques fournis par les sujets nous a permis de déterminer des tendances préliminaires à nos résultats. Il apparaissait clairement que les affiliations Hors-Classes, bien que parfois mélangées à celles des Seconds et des Premiers, ne présentaient aucun trait génétique commun avec les autres affiliations [*page vingt-trois, paragraphes 1.B à 2.E, graphiques 2 à 6, calculs détaillés dans les annexes indiquées*].

Les résultats obtenus sur les trois générations que nous avons suivies viennent soutenir les observations précédentes. L'affiliation Hors-Classe est une catégorie magique spontanée qui apparaît de façon aléatoire chez un individu [*page trente à trente-quatre, calculs détaillés dans les annexes indiquées*]. Bien que les travaux d'anciens confrères aient montré que les Hors-Classes étaient plus nombreux chez certaines castes, nous ne possédons aucun élément de réponse concernant cette particularité.

Les affiliations magiques, au contraire, se transmettent exclusivement par le sang. Il est donc impossible qu'un enfant né d'une famille de Terciers, par exemple, manifeste les pouvoirs d'une Maison de Premiers ou de Seconds.

Ces preuves permettent d'écarter toute usurpation d'identité envers les Maisons : si un enfant possède une affiliation, c'est qu'il est affilié à la famille qui la porte par le sang. Cela est appuyé par le fait qu'un enfant ayant au moins un parent détenteur d'une affiliation portera toujours, et ce même de façon très réduite, ladite affiliation.

À l'opposé, un enfant né Hors-Classe n'a aucune chance d'être lié à une famille particulière, sauf preuve évidente de son ascendance.

Extrait des *Anthologies des plus grandes recherches scientifiques et magiques du Continent*, Vol. 1, menées par un groupe continental de recherche et parues en l'An 132 après l'Alliance.

CHAPITRE 26

GUILHEM

Ce soir-là, à la table du banquet, y avait que du gibier frais sous toutes ses formes : rôti, braisé, en sauce ou avec des légumes. Les Battues m'avaient déjà coupé l'appétit. L'après-midi passé dans le salon d'extérieur à regarder Raphaëlle se faire féliciter pour sa proie tout en dégustant des petits fours a pas réussi à apaiser mon estomac.

La météo de cette matinée était déjà plus agréable : il faisait pas une chaleur à crever, mais le ciel était d'un bleu très pur et le vent froid d'hier soufflait plus. J'ai même pas eu besoin d'enfiler une veste. Une chance que le temps était au beau fixe, parce que s'il avait plu, ç'aurait été un bordel pas possible pour tout rentrer. On avait vu les chasseurs du jour partir en direction des forêts. Ça jacassait sur qui allait rentrer bredouille et sur ce que les Premiers pouvaient bien se dire sous le couvert des arbres. En tout cas, les invités qui se joignaient pas à la chasse étaient pas avares de théories et de ragots. Quand ils étaient pas occupés à se plumer aux cartes.

Depuis leur sortie privilégiée avec Godrick Blustrode et Théodore Litréans, Blaise et Daphnée avaient l'air beaucoup plus proches d'eux. Quel fabuleux hasard. Je commençais à comprendre comment ça marchait, chez les Premiers.

Je suis resté silencieux, observant la noblesse déambuler dans le jardin. Ce salon improvisé, aussi faste fût-il, était presque trop petit pour accueillir tout le monde. Personne voulait rater une miette des Battues. Raphaëlle était assise sur une méridienne aux côtés de Marie Eristène. Depuis leur copinage à l'ouverture des Battues, elles étaient devenues inséparables. Elle a levé la main, son sourire m'enjoignant de rappliquer fissa.

Sur la table en face d'elles trônaient plusieurs cadeaux qu'elle avait reçus pour ses quinze ans. Entre les broches en or et les livres rares, c'est le fusil de chasse qui a attiré mon attention. Si on lui avait offert hier, elle aurait fait passer les fusils qu'on nous a prêtés pour des morceaux de fer rouillés. C'était la plus belle arme que j'aie vue de ma vie. On voyait d'un coup d'œil qu'elle était faite sur mesure pour elle. La longueur était étudiée ; de la crosse au canon, le fusil était ornementé, gravé, sculpté. C'était compliqué de se tromper sur l'identité des mécènes pour ce cadeau. Y avait que les Herjafol pour concevoir une arme pareille. Même maintenant, je reste persuadé que c'était un modèle unique.

— Vous voulez bien aller me chercher un verre ? Cette chasse et ces discours m'ont assoiffée, m'a-t-elle dit en minaudant.

J'ai esquivé les fauteuils, les traînes et les éventails pour atteindre le buffet dressé au milieu du salon d'extérieur. Plus loin, la façade du palais d'Hiver ressemblait à un château de conte. Malgré l'ombre qu'il projetait sur cette partie des jardins, l'endroit restait très lumineux. Je soupçonne les Blustrode d'avoir utilisé leur magie pour renforcer la lumière. Plusieurs papillons multicolores aux couleurs lumineuses voletaient entre les nobles et se posaient parfois sur une feuille, parfois sur un petit four. J'ai fait le tour pour attraper une bouteille, puis servi la boisson pétillante dans un verre à pied. Le liquide avait une odeur acidulée, légèrement alcoolisée, qui donnait envie d'y tremper les lèvres.

J'avais réussi à éviter les gens jusque-là, mais en allant reposer la bouteille, je me suis fait bousculer. Et pas qu'un peu : j'ai dû me rattraper *in extremis* à la table pour pas m'étaler dessus et tout renverser, faisant trembler la vaisselle. Agacé, je me suis retourné d'un bond dans l'espoir de voir l'imbécile qui m'avait envoyé valser. À la place, j'ai eu droit à des regards suspicieux et quelques rires moqueurs de la part des Premiers qui m'entouraient. Une collègue à ma droite a haussé les épaules et m'a désigné du menton un dos qui s'échappait en direction des portes du salon. Aucune idée de qui c'était. Il avait de la chance, parce que si Raphaëlle avait pas eu si soif, je lui aurais fait gober une à une les bulles mousseuses que la secousse avait créées dans le verre.

Quand Raphaëlle m'a vu revenir avec son verre, son visage s'est illuminé. Elle a eu vite fait de le vider. Au regard qu'elle m'a lancé à ce moment-là, j'ai su que mon erreur de tout à l'heure était pardonnée. Si seulement j'avais pris le temps de l'apprécier, ou même de lui sourire. Mais j'ai préféré me placer derrière la méridienne au cas où elle aurait de nouveau besoin de moi. Je commençais à la connaître ; dès qu'elle se mettait à boire quelque chose, elle avait faim dix minutes après.

Les nuages qui recouvraient le ciel à ce moment de la soirée ressemblaient à des draps blancs et fins tendus au-dessus de nous.

Raphaëlle s'est soudain penchée, une main crispée sur les coussins.

Quelque chose allait pas.

J'ai fait le tour pour venir m'accroupir près d'elle, tandis que Marie la prenait contre elle en la secouant doucement. On commençait à nous observer de partout et de trop près.

Raphaëlle a pris une respiration saccadée, puis expiré comme si on lui avait donné un coup dans le ventre. Le verre est tombé de ses mains. Le bruit qu'il a fait en se brisant sur les pavés a fini de rassembler les curieux. Marie s'est relevée, cherchant de l'aide du regard.

— Prévenez les Herboristes, la garde ! Quelque chose ne va pas !

La foule s'est écartée, les gens ont fait passer le mot. Moi, j'ai enroulé un bras autour des épaules de Raphaëlle, dont les mains commençaient à trembler violemment. Elle a grimacé, pris une inspiration essoufflée.

— Je… Je…

— Je vais vous emmener à l'Herboriste qui s'occupera de vous, d'accord ? Tenez-vous bien à moi.

Plusieurs gardes, alertés, ont écarté la foule. Lorsque j'ai essayé de la lever, Raphaëlle s'est écroulée par terre. Elle a toussé, suffoqué, tenté de se redresser sur les coudes. Ses mains, ses bras convulsaient. Ses doigts se recroquevillaient, se contractaient de façon douloureuse. Les gens se sont mis à pousser des cris horrifiés. J'ai entendu Marie, accompagnée de plusieurs autres Premiers, qui appelait un médecin en s'époumonant.

— Raphaëlle, écoutez ma voix. Regardez-moi. Restez avec moi !

J'ai tenté de garder mon calme, mais la peur paralysait mon corps et ma tête. Une peur viscérale que j'avais jamais connue avant. Les gens autour m'observaient faire des trucs inutiles, figés dans une sidération commune et étouffante. Raphaëlle convulsait de plus en plus fort, elle s'agrippait à moi, déchirant presque mon costume en poussant des cris pleins de souffrance, pleins de terreur. J'ai essayé de la soulever en l'attrapant sous les bras, mais rien à faire. Entre deux halètements, elle m'a regardé d'un air fou.

— Je vais mourir, Guilhem… Je vais mourir…

J'avais envie de vomir.

— Vous n'allez pas mourir, lui ai-je martelé plus sèchement que je le voudrais. Vous ne mourrez pas, Raphaëlle, vous m'entendez ?

Une femme habillée de l'uniforme des Herboristes a fendu la foule et s'est précipitée vers nous. Elle s'est agenouillée à mes côtés. Raphaëlle s'est mise à pleurer. Ses yeux s'agitaient sans rien voir. Elle s'étouffait de plus en plus. Plusieurs gardes se sont approchés, attendant sans doute des instructions.

— Déposez-la sur le sol, m'a ordonné la femme. Voilà. Raphaëlle, vous m'entendez ? Vous restez avec moi. Quoi qu'il arrive, vous suivez ma voix, vous êtes forte et vous ne partez pas.

Le monologue de l'Herboriste reste brouillé dans mon esprit. Mon champ de vision s'était réduit. Je voyais plus que Raphaëlle, allongée sur le sol de pierre, qui tremblait, qui bavait et qui s'étouffait, incapable de contrôler son corps. Alors que l'Herboriste la maintenait d'un geste habile, elle a pris une grande inspiration. Son regard, laiteux et presque aveugle, a rencontré le mien.

Elle avait l'expression d'une personne trahie.

— Guilhem… Qu'est-ce que tu m'as fait boire ? Qu'est-ce que… Guilh…

Sa respiration s'est bloquée, ses yeux se sont révulsés. J'ai hoqueté, me suis relevé pour tomber en arrière. Le silence était fort, trop fort, assourdissant.

Qu'est-ce que je faisais là ? Pourquoi est-ce qu'un garde m'attrapait par le bras ? On m'a lié les mains vers l'arrière. J'ai hurlé mon innocence. C'était pas à cause de moi que Raphaëlle était comme ça !

J'avais aucune idée de ce qu'il se passait.

— Raphaëlle ! Je suis innocent, je n'ai rien fait ! Pitié, Raphaëlle ! Lâchez-moi !

Les visages, tous inconnus, tous hostiles, se sont tournés vers moi. Un autre Herboriste s'est agenouillé près de sa collègue. Personne entendait mes cris.

Tout s'est évaporé, tout est devenu flou. J'entendais que des échos, je voyais à travers un nuage de coton humide. On s'est mis à me traîner en arrière, loin de Raphaëlle. Mes chaussures ont raclé la terre. J'ai essayé de me cambrer, de les retenir, mais j'avais plus de force.

— RAPHAËLLE !

Quelque chose de mouillé coulait sur mon visage. Des larmes que j'oublierai jamais.

Des larmes que je verse encore.

PARTIE II

POLIR LE JOYAU

Discours d'inauguration des premiers accords de l'Alliance

Harmonisation saisonnière

Après quatre jours de délibérations, la réunion continentale des élus et du corps scientifique est arrivée à un consensus sur l'implantation d'un calendrier global. Celui-ci est applicable dès maintenant et deviendra l'unique indicateur temporel du Continent.

À partir d'aujourd'hui, l'année continentale sera divisée en quarts calculés en fonction des saisons et des changements climatiques qui les accompagnent. Dans un souci de neutralité et de simplicité, ces saisons ont été nommées d'après des évènements naturels, observables par tous.

Désormais, une année continentale comptera exactement 360 jours. Chaque Saison durera 90 jours afin de minimiser les écarts climatiques entre les Prévoyers du Nord et ceux du Sud.

La Saison des Fleurs s'étendra des premiers blizzards du nord aux débuts de la fonte des neiges.

La Saison des Blés débutera lors de la germination des premiers semis, et se terminera lorsque ceux-ci auront été récoltés.

Le jaunissement des arbres des Prévoyers centraux marquera la Saison des Feuilles Mortes. Celle-ci durera jusqu'à l'arrivée des premières gelées.

La Saison des Neiges durera des premières gelées nocturnes du Prévoyer Blustrode aux premières floraisons du Prévoyer Hafferyn.

Cette décision est immédiatement effective. Au-delà d'un aspect pratique évident, il s'agit également d'un grand pas dans l'unification pacifique des six Prévoyers. La perspective d'un avenir commun est une source infinie d'inspiration pour nous tous. Puisse le Destin illuminer votre chemin, et puisse-t-il illuminer le chemin du Continent tout entier.

Extrait du *Discours d'inauguration des premiers accords de l'Alliance* par Helga Asimov, représentante officielle du corps décisionnel continental, le quarante-cinquième jour de la Saison des Neiges.

CHAPITRE 27

VICTOIRE

Le monde a cessé de tourner. Le temps a arrêté de s'écouler. Je ne me souviens que de la colère et de la peur. Une déflagration alimentée par mon épuisement et le flot d'émotions ressenties. La vision aiguë du soleil qui me sèche la peau. La silhouette lointaine d'Isaac. Il y a aussi Abraham, caché derrière son ombre. Sa voix posée, son regard vide lorsqu'il est saoul, ses traits dangereux face à mes provocations.

Ma tête me brûle.

Lorsque j'émerge au petit matin, je n'ai jamais été aussi fatiguée de ma vie. L'élancement dans mon épaule est la seule chose qui m'empêche de replonger. Il me semble qu'entre les écuries et maintenant, on est venu me voir : la sensation d'une main sur mon épaule blessée, d'un linge tiède sur mon front. Une discrète odeur de plantes me reste au fond du nez.

Je cligne des yeux. Ma chambre. Sous les combles. Chez Abraham.

Je contemple la pièce baignée de lumière, me passe une main sur le visage pour cacher le soleil. Après un moment, je distingue les plis sur la manche de ma robe de chambre. Je laisse tomber mon bras, me redresse légèrement, grogne. Sur la petite table à côté de mon lit, il y a quelques bougies et des livres, dont un très gros. En plissant les yeux et en me penchant, j'arrive à déchiffrer la couverture.

Encyclopédie complète des affiliations magiques.

Un petit ronflement coupe net mes pensées.

Au-delà de la senteur des herbes sur mon corps, un autre arôme. Sucré, chaud et rond. Il fait frémir mon nez. Je le sens si fort qu'il me dégoûte presque. Je tourne la tête puis me fige.

Abraham, assis sur un tabouret, bras croisés, somnole à côté de mon lit. Sur la petite table, à côté des livres, il y a une assiette fumante avec un pain au sucre dessus. Même s'il fait déjà très bon, je peux voir des volutes de fumée s'échapper de sa croûte dorée. Mon estomac grogne.

Cette fois, je me redresse sur les coudes. Mes bras s'enfoncent un peu dans le matelas moelleux. Ça apaise la douleur de mon épaule, qui m'élance mais se tait vite. Je prends une, deux inspirations pour sortir la brume qui encombre mon cerveau. Me mets sur le côté, me penche et tends le bras vers l'assiette. Une main étrangère s'incruste dans mon champ de vision et la saisit avant moi. Je mets un moment avant de comprendre. Abraham a les yeux ouverts. De son corps ample et un peu ramassé, il s'est incliné pour m'amener le plat.

Je le regarde, vide. Ses yeux, un peu cernés, un peu ridés, sont insondables. Il me fixe sans ciller. Rien ne trouble le silence. Je finis par me concentrer sur l'assiette pour y saisir le petit pain. Surtout, j'évite que ma main entre en contact avec la sienne.

La nourriture est presque chaude, molle et farineuse sur mes doigts. En déchirant un morceau de croûte, je laisse échapper l'odeur du raisin chaud. La miche fond sur ma langue, et le sucre finit de réveiller mon ventre. Je savoure chaque bouchée, laisse glisser la mie moelleuse et les morceaux de fruit contre mon palais. La présence de mon mentor passe après.

Il ne décroche pas un mot des minutes qui suivent. Moi non plus. J'élimine la farine collée à mes doigts, cale mon coussin contre le mur derrière moi. Ça ne plaît pas à mon épaule.

— Tu as une contusion, un gros hématome à cause de ta chute. L'Herboriste a appliqué un onguent et bandé la blessure.

J'ignore cette voix familière, qui résonne presque dans la pièce, et m'assois comme si elle n'avait jamais parlé. Abraham attend que je sois de nouveau immobile pour reprendre.

— Cela fait deux jours que tu es là, Victoire. Tu as beaucoup dormi. Nous ne savions pas si tu avais gardé la notion du temps.

— Non.

J'ai l'impression que ça fait deux semaines. Que je me suis tant reposée pour me réveiller dans un abîme à l'odeur de plantes et de sucre.

Les lèvres d'Abraham se plissent vers le bas. Mon mentor passe une main pensive dans sa barbe tressée.

Il s'affaisse sur ce tabouret trop petit pour lui, les épaules en avant et le dos courbé. Ses yeux se détachent des miens et chutent jusqu'au sol, remplis d'émotions contradictoires. On dirait qu'il se retrouve en face d'un dilemme impossible. Parce que, même si sa voix me semble triste, je vois dans son regard qu'il n'a aucun regret.

— Je te demande pardon.

Ma langue me brûle. Je jette un coup d'œil à l'*Encyclopédie* avant de revenir à lui.

— Je lis dans les pensées.

Silence.

— Je lis dans les pensées et vous le savez depuis le début.

Mon mentor soupire. Et c'est tout. Je poursuis, plus lucide et fraîche que jamais depuis mon arrivée ici.

— Tout prend sens, maintenant que j'y repense. Les griffons refusent l'ingérence de mon pouvoir, ils me rejettent, aussi simplement qu'un intrus dans leurs pensées. Et puis ces migraines depuis toute petite, et ces voix cotonneuses que j'entends parfois depuis que je suis aux Haras… et que je vous côtoie. Vous, Isaac, l'Herboriste, vous tous qui portez une affiliation magique. Votre présence réveille et excite quelque chose que j'ai oublié, enfoui là, au fond de mon crâne.

Il ne dit rien. Alors, je continue mon exposé. Le rouleau de ma pensée est clair, mon chemin jusqu'ici aussi.

— Les manuels de l'Académie et l'*Encyclopédie* ne connaissent qu'une seule famille qui lise dans les pensées.

Mon instinct me hurle de l'essorer jusqu'à la moelle. Mon corps n'en est pas capable. Mon propre calme me donne des frissons dans le dos.

Abraham ferme fort les yeux, comme quelqu'un qui souffre. Il secoue la tête. Son dos est voûté. Je n'ai pas besoin de plus.

— Quel est mon nom, Abraham ?

Je sens quelque chose bouger dans mon crâne. Comme un serpent, ce courant qui glisse vers mon mentor et le palpe sans le toucher. Un mur de brique. C'est son esprit. Je n'ai pas mal, n'entends aucune voix. Ne *capte* rien. Une cellule de prison, verrouillée de l'intérieur. Un fourmillement fait le tour de ma tête. Je subis plus que je ne maîtrise, ma volonté est rouillée face à ce pouvoir tout juste éveillé.

— Ton nom est Victoire. Mais aussi Marie. Sur ce coin de terre, aux Haras, tu es connue et reconnue comme telle, à la fois Victoire et Marie. Victoire pour la lumière du jour, Marie pour ceux qui savent et se taisent.

Je déglutis, sentant ma gorge se dessécher. Ma poitrine se serre.

— Qui m'a fait venir ici, près de vous, près d'Isaac et des griffons ?

Mon mentor laisse planer quelques secondes. Il se redresse, contemple la peinture à l'huile accrochée au-dessus de mon lit, puis se concentre à nouveau sur moi.

— Les Hamilcar.

CHAPITRE 28

VICTOIRE

Je ne peux pas me cacher éternellement.

Ça me fait mal, mais c'est la vérité. Isaac, puisse-t-il être le dernier des salauds, avait raison.

Il avait fait son apparition le lendemain matin pour présenter ses excuses à une Marie pas vraiment sûre de n'être plus Victoire. Je n'avais plus mal à la tête en sa présence, ce à quoi il avait rétorqué : « Si vous enfoncez la porte, vous la détruisez avec le battant. C'est douloureux. Mais si vous la déverrouillez, il n'y a plus de raison de forcer dessus. » Je ne le croyais pas capable d'esprit jusque-là. Mais, force est de constater que c'est vrai. À présent que je sais, la douleur s'est dissipée. Je ne lutte plus contre les migraines sauvages et les bruits parasites. J'apprivoise l'étrangeté en moi. Du moins, j'essaie.

Cela fait quatre jours que je ne suis pas sortie. Dans cette maison pleine de faux-semblants mais toujours calme, je me sens protégée de l'extérieur. De ces gens, dehors, qui me croisaient, qui savaient et jouaient les ignorants.

Même lorsque je sors de ma chambre et descends les escaliers pour rejoindre Abraham, accoudé à la rambarde du porche, ces pensées ne quittent pas mon esprit. Le vent, qui charrie des odeurs de sève et de poussière, gonfle ma robe. C'est étrange. J'ai l'habitude de m'habiller en uniforme. Mais il n'a plus aucune valeur. J'ai l'impression que lui aussi, il m'a menti.

Mon mentor reste un moment à regarder la rue, les gens qui passent entre les maisons. Le silence me pèse, mais je n'ai pas envie de parler. Deux femmes en tenue de travail nous passent devant. Je me demande si elles aussi savaient.

C'est la fin d'après-midi, alors les habitants commencent à sortir. Les gens ont troqué leurs uniformes pour des vêtements plus amples, qui laissent passer l'air sur leurs jambes. Beaucoup d'entre eux se prélassent devant leurs maisons, certains ont installé tables et chaises et jouent avec leurs voisins. Une fin de journée normale aux Haras, entre ses bâtisses en pierre parées de reflets dorés et ses zones d'ombre fraîche toujours bienvenues. De vieilles barriques, disposées le long de la route, ont été remplies de terre dans laquelle on a planté des fleurs colorées. Depuis l'arrivée des Hamilcar, diverses touches chatoyantes comme celle-ci ont fait leur apparition en ville. Les gens sont heureux de les revoir.

Je me sens observée. Certains passants me fixent un peu trop longtemps. D'autres se mettent à chuchoter quand nous les dépassons. Je regarde par terre pour éviter mon mentor. Ici, on a pavé le sol, mais le vent y a déposé une couche de sable et quelques gravillons. Des bruits de vaisselle nous parviennent depuis une fenêtre entrouverte. Je ne vois pas le visage d'Abraham, mais son pas devient plus lent.

Nous débouchons sur une petite place animée avec une fontaine en son centre. Trois personnes se passent de l'eau fraîche sur la nuque. Fidèles au poste, les joueurs de cartes ont réservé leur place sous les branches couvertes de feuilles un peu brûlées.

— Comment est-ce que vous savez ? demandé-je à demi-voix sans croiser son regard.

— C'est une longue histoire. Disons que je te connais bien, Victoire. Je te suis depuis longtemps.

Ma salive devient amère.

Je change de direction sans prévenir et passe dans une allée où quelques arbres offrent leur ombre aux devantures des maisons. Des bancs en bois, installés de façon régulière, décorent les entrées. Nous sommes près du centre-ville. Les pas d'Abraham résonnent à côté de moi. Ils font un bruit mat en touchant les pavés. Je me concentre sur la couleur des végétaux. Les questions qui affluent comme une marée montante creusent un trou dans ma poitrine. Tout est si dur à prononcer.

— Depuis combien de temps me suivez-vous ?

— Depuis que tu es toute petite.

Mon corps se tend.

— J'ai connu tes parents. Je t'ai vue lorsque tu faisais la taille de mon avant-bras.

D'abord, il n'y a rien. Comme le souffle d'une brise qui chasse mes pensées et me laisse creuse. Je contemple mon mentor, qui doit avoir trois fois mon âge. La peau calleuse de ses mains, qu'il joint pour les frotter l'une contre l'autre en pinçant les lèvres. Ses pupilles fuyantes, pleines de secrets inavoués.

Puis c'est l'explosion. Une gerbe d'épines qui empoigne mon corps et m'empêche de lâcher le moindre mot. Je ne respire plus. Mes poumons se remplissent pour laisser entrer l'air par à-coups, comme un poisson hors de l'eau. Pas une larme, pas un cri, et pourtant j'ai tellement chaud que je pourrais brûler vive.

— Vous savez qui sont mes parents ? balbutié-je comme une enfant.

— Oui. Et pour être sincère avec toi, je ne suis pas le seul ici.

— Tout le monde ? articulé-je après un silence.

— Non. Les Hamilcar. D'autres comme moi. Nous sommes peu.

Encore une fois, mon monde s'écroule et révèle des fondations sombres, instables. La tête me tourne, mon cœur tambourine contre ma peau. Je regarde à droite, à gauche, passe en revue les fenêtres, les portes, imaginant qui derrière ces rideaux a pu m'épier, me regarder passer en sachant. Ou peut-être en ayant pitié de moi. Comme si eux, en plus de faire partie du cercle des menteurs, avaient et auraient toujours quelque chose de plus que moi. Quelque chose que je ne pourrai jamais rattraper.

Je me campe sur mes deux jambes, sens les gravillons sous mes semelles.

La colère fauche ma bile telle l'herbe un peu sèche à la fin des beaux jours. J'ai mis toute mon énergie à ne pas hurler comme une démente ; je suis essoufflée. Les yeux d'Abraham croisent les miens et je ne cille pas. La culpabilité, la tristesse et une pitié dont je me passerais bien s'y mélangent. Il est blessé. Il s'en veut. Il a fait ses choix. Je ne le pardonne pas.

— Tu as le droit de savoir, Victoire, finit par répondre mon mentor d'une voix enrouée. Mais je ne peux rien te dire.

Le vent soulève l'air et forme une vague qui monte vers le ciel. Mes jupes volent, les feuilles bruissent, le linge étendu aux fenêtres claque. Une nuée d'oiseaux s'envolent en piaillant. Leur couleur se perd dans l'or du crépuscule. Ils ne sont que des silhouettes sombres qui errent au hasard dans le ciel.

— Comment ça ?

— Auguste et Maïa te l'expliqueront en personne.

CHAPITRE 29
VICTOIRE

Voir des Premiers, sans filtre ni distance.

J'avais rendez-vous trois jours plus tard. L'avantage, c'est qu'Isaac n'a pas pointé le bout de son nez. Sans doute trop occupé à jouer les fils modèles ou à se sentir noble auprès des griffons. L'inconvénient, c'est que j'ai passé ces trois jours dans une attente insupportable.

J'aimerais tellement que Guilhem soit là. Mais il ne répond pas à mes lettres. Personne ne sait ce qu'il se passe aux Battues. Les unes des journaux expliquent qu'ils n'ont rien à dire. Avant-hier, *La Continentale* a publié un numéro spécial, qui tenait sur une seule page. Elle a toutes les raisons du monde de m'inquiéter.

ÉDITION SPÉCIALE : INQUIÉTANTES BATTUES

Les Grandes Battues sont un évènement majeur de la vie politique du Continent. Mais cette année, le sommet traditionnellement très médiatisé nous laisse sans nouvelles et condamne ce numéro spécial à une page bien maigre.

Aucun de nos journalistes n'a été autorisé à s'approcher du palais d'Hiver ; il en va de même pour nos concurrents. Attachés de presse, directeurs et directrices de rédaction, rédacteurs et rédactrices en chef… impossible pour qui que ce soit d'obtenir le moindre renseignement.

D'après les informations rapportées par des sources proches du palais, il n'y aurait eu aucune activité hors des murs depuis le coup d'envoi de la chasse. Personne, pas même les domestiques, n'a été aperçu dans les jardins. Seuls les gardes, dont le nombre semble avoir augmenté, sont présents sur le site et chassent sans ménagement les curieux.

Le Continent s'inquiète. Le palais d'Hiver semble être devenu le théâtre d'une pièce inquiétante que l'on joue à huis clos. Mais quel en est le thème ? L'absence de tout communiqué de la part des Premiers ne présage rien de bon.

Le souvenir nous revient de la prison continentale, qui, lors de l'hiver destructeur qui a malmené le Nord quarante ans auparavant, avait été coupée du monde par un blizzard mortel et n'avait pas donné de nouvelles pendant cinquante jours.

Mais ce ne sont pas à des prisonniers que nous avons affaire ici. Il en va de la survie de l'Alliance continentale. De la survie des Premiers.

Ceci est un appel à l'aide. Seigneurs, Dames, répondez-nous !

Où est Guilhem ? Est-il toujours aux Grandes Battues ou bien rentré sur le Prévoyer Litréans ? Je prie le Destin pour avoir de ses nouvelles.

Lorsque j'ai fini, je me sens seule et fatiguée. L'idée qu'il lui soit arrivé quelque chose me retourne l'estomac. Quel intérêt de vivre ce que je vis, de pulvériser mon monde comme le courant emporte la vase, si les vivants qui comptent pour moi disparaissent eux aussi ? Même Abraham n'a pas de nouvelles. Ou alors pas pour moi.

C'est la même chose pour Dimitri. Je lui ai envoyé deux lettres qui n'ont pas reçu de réponse, alors qu'Anchoris n'est qu'à quelques heures d'ici. Il est l'incarnation de la ponctualité : j'aurais déjà dû recevoir un courrier retour.

Entre l'inquiétude, les longues nuits et la sensation que plus rien n'a de sens, j'ai eu le temps de m'arrêter et de penser. Aux oiseaux qui nichent dans les arbres. Aux rugissements des griffons portés par la plaine. Parfois, les écuries me manquent. Mais je n'arrive pas à y revenir. Au final, c'était le seul endroit où je me sentais en paix. Un griffon, c'est fier, mais ça ne te cache rien et ça ne te demande pas de comptes. Thalya et moi, ce jour-là, on se suffisait à nous-mêmes.

Les Hamilcar doivent aimer discuter en suant à grosses gouttes, parce que mon rendez-vous était fixé juste après manger. Mon mentor et moi avons déjeuné sans échanger un mot. Je n'avais rien à lui dire et pas envie de lui parler. Il a essayé d'engager la conversation, mais en voyant que je me fichais de sa personne, il a plus ou moins plongé dans ses tomates.

On m'a taillé une robe pour l'occasion. Je me doute que c'est l'œuvre d'Abraham, qui a dû obéir comme un toutou aux Hamilcar. C'est un vêtement simple, mais très élégant : avec ses couches de tissu qui protègent du soleil en restant légères, elle doit être à la dernière mode du Prévoyer. Le col bateau et les manches larges me laissent respirer.

À quelques heures de la rencontre, la tension s'est mise à monter. Pour m'occuper, et pour tenter de ressembler à quelque chose quand je me retrouverai en face d'eux, j'ai tressé mes cheveux en une couronne sur ma tête. Rinçage du visage, récurage des ongles, toutes les parties visibles de mon corps y sont passées.

Je m'apprêtais à rencontrer des Premiers. Des Premiers, en chair et en os, qui savent tout ce qu'Abraham n'a pas voulu me dire. Qui ont arrangé un plan avec mon mentor pour que je me retrouve ici aujourd'hui.

J'avais trop de questions, trop d'émotions qui me dictaient à la fois de tout renverser et de m'incliner sagement lorsque je me retrouverais face à eux, pour savoir quoi en penser. La seule chose de sûre, c'est que mon cœur battait à tout rompre une fois arrivée à leur demeure.

Rien n'avait changé. La seule différence, c'étaient les couleurs du décor : plus ocre, plus cramoisies, plus abîmées par la Saison des Blés. Cette maison de vacances, qui m'avait paru belle et exotique, dégageait un mystère massif, presque oppressant.

Une domestique en tenue d'été m'attendait sous l'arche d'entrée.

— Victoire, c'est bien cela ? La famille Hamilcar vous attend.

Elle m'a adressé un sourire poli et une révérence. J'ai cligné des yeux, étonnée, mais j'ai préféré ne rien dire et la suivre. On me traitait comme une invitée.

Cette demeure de vacances est à la fois labyrinthique et ouverte aux quatre vents. Aucune fenêtre n'a de vitre : les pièces sont coupées de l'extérieur par des rideaux parfois épais, parfois aussi légers qu'un voile. La plupart des murs sont ornementés avec des scènes de nature ou des paysages de villes exotiques. Tout est fait en grandes pièces qui se succèdent sans couloir, qu'on traverse en voyant qui s'y trouve sans savoir ce que renferme la prochaine. Au loin, j'entends les notes d'une harpe. En montant à l'étage, je profite d'une brise qui rentre par les fenêtres et fait onduler ma robe. Tous les domestiques que nous croisons me saluent en m'appelant par mon nom, suivi d'une courbette. J'essaie de garder une expression neutre, de leur renvoyer un hochement de tête. Surtout, faire comme si je n'avais pas des sueurs froides qui me coulaient dans le dos. L'effet de la chaleur, rien d'autre.

La domestique qui me guide finit par s'arrêter face à une porte dont on a tiré le rideau, un tissu aux motifs chauds qui doit coûter plus cher que son uniforme. Elle se retourne vers moi en affichant une expression solennelle.

— La famille Hamilcar se trouve ici. Vous pouvez entrer.

— Attendez, l'arrêté-je à voix basse pour éviter qu'elle ne m'introduise. Est-ce que je peux rester seule quelques instants ? Avant d'entrer ?

La domestique me regarde d'un air un peu confus, puis son expression redevient neutre. Elle s'incline encore une fois.

— Bien sûr. Passez une agréable journée.

Elle s'éclipse sans attendre. Je murmure un « merci » qu'elle n'entend pas. Le bruit mat, un peu râpé, de ses chaussures sur le sol de pierre couvre ma voix. Je me sens bête.

Ma chaleur, plus forte que celle de l'air, irradie de mon corps pour se heurter au tissu de mes vêtements. Je n'ose ni respirer trop fort, ni bouger pour aérer mes jupes, de peur qu'ils m'entendent et viennent me chercher. Mes mains moites sont crispées et mon cœur bat comme si j'étais un tambour. Derrière ce rideau, des questions. Des réponses. La peur, l'appréhension, l'envie d'y aller une bonne fois pour toutes.

Je redresse d'un coup le menton et empoigne le rideau pour l'ouvrir en grand.

CHAPITRE 30

VICTOIRE

La pièce est fraîche et intime.

C'est le plus grand salon dans lequel je suis entrée. Tout en lumière, il est presque en plein air : le mur extérieur, qui mène sur un balcon aux carreaux colorés, est ouvert par plusieurs arches. Les voiles qui obstruent le soleil et la chaleur dansent de façon désordonnée. Des méridiennes aux teintes bleu, vert et ocre accueillent des coussins brodés et Auguste Hamilcar, qui me regarde comme s'il savait que j'étais là. Les jambes croisées, il tient un verre à moitié vide dans une main. Même assis, il a l'air presque aussi grand que Dimitri, et deux fois plus large. La silhouette du griffon gravé sur le mur derrière lui le surplombe et lui donne des ailes.

Il me regarde comme une drôle de créature. J'avance d'un pas résolu, le dos droit, jusqu'à un îlot composé de méridiennes entourant une grande table basse. Ces dix foulées me paraissent une éternité : le temps s'étire comme un élastique prêt à craquer. Auguste, en face de moi, pose sa boisson sur la table. La cascade de cheveux noirs qui dégringole jusqu'à ses épaules se confond avec une barbe épaisse.

Sur le sofa de droite est assise une grande femme aux yeux un peu boueux et à la peau plus pâle. Maïa, la sœur de Théodore, se rafraîchit à l'aide d'un éventail sur lequel on a cousu des plumes blanches. Elle cligne des yeux et étend son bras sur l'assise, détendue.

J'arrive à la frontière d'un cercle invisible. La silhouette d'Isaac se découpe, immobile, sur ma gauche. C'est à moi de prendre les devants. Je passe un pied devant l'autre et m'incline pour leur servir ma plus belle révérence.

— Mon Seigneur, ma Dame.

— Bonjour, Victoire, me répond Maïa.

Une vague de chaleur supplémentaire parcourt mon corps.

— Je t'en prie, assieds-toi, continue Auguste avec un sourire.

Il parle comme si nous étions de vieux amis. La révérence que je viens de faire m'a l'air hors de propos. Mais je ne peux pas me permettre d'avoir honte maintenant. Alors, je m'installe juste en face d'Auguste. Le tissu vert d'eau fait un joli contraste avec l'étoffe presque rosée de ma robe. Le serpent inquisiteur dans ma tête bouge : je cligne plusieurs fois des yeux. La sensation se calme.

— Vous connaissez mon nom, entamé-je prudemment.

— Nous savons bien plus que cela, complète Auguste en attrapant une carafe transparente posée sur la table basse. Un verre, peut-être ? me propose-t-il ensuite, chaleureux mais scrutateur.

J'accepte d'un hochement de tête poli, mais je ne veux pas m'arrêter là.

— Abraham m'a dit que vous me connaissiez bien.

— C'est en partie grâce à lui, il faut l'admettre, commente Maïa en agitant son éventail d'un mouvement lent. C'est pour cela que nous souhaitions te rencontrer.

Ses lèvres s'étirent en une expression plus sincère, mais plus froide que celle d'Auguste. J'écoute le bruit du liquide qui s'écoule dans le verre, l'accepte lorsque le Seigneur me le tend. Ne pas crisper mes doigts sur l'objet me demande de l'énergie.

— Si nous t'avons conviée ici, Victoire, c'est parce que nous souhaitons te présenter des excuses, continue Auguste sans me laisser le temps de boire. Nous savons que tu as été très éprouvée ces dernières semaines.

D'abord Isaac, et maintenant ses parents. Tout le monde s'excuse apparemment, mais sont-ils seulement désolés ? C'est mon moment. Pour ne pas répondre n'importe quoi, je prends le temps de siroter ma boisson. Du thé à la menthe, tiède et sucré.

— Je crois comprendre que l'on m'a caché beaucoup de choses. Sur moi, mais aussi sur ma présence ici, complété-je en coulant un regard vers Isaac, qui me fixe comme une statue de pierre.

Le silence est bref, mais assez long pour que je le ressente. Un jeu de regard entre moi et les trois Premiers, qui ne me lâchent pas. Rester forte. Je continue.

— Vous savez ce dont je suis capable, n'est-ce pas ?

— Oui. Lire dans les pensées… Voilà une capacité singulière, qui ne vient pas de n'importe où, atteste Maïa en posant ses mains sur ses genoux.

Le serpent bouge de nouveau, plus violemment cette fois. Je serre mes jupes dans une main pour contrer la sensation, tendue. Je prie pour que les Hamilcar ne remarquent rien. Maïa reprend pendant que ma tête s'agite encore :

— Abraham t'a parlé de nous.

Le tissu de sa robe est presque transparent sur ses épaules. Il lui donne une allure délicate. Cette Dame m'intimide, mais quelque chose dans son attitude me donne envie de lui parler.

— Je sais que vous me connaissez. Il paraît qu'Abraham côtoyait mes parents et que l'on m'a suivie toutes ces années. J'aurais pu faire n'importe quoi de ma vie que j'aurais fini ici. N'est-ce pas ?

Je ne sais pas ce que j'attends avec cette question. Auguste ne répond pas. Son silence plonge mon cœur dans un bac d'eau froide. Il porte sa boisson à ses lèvres, et j'ai l'impression de le voir sourire.

— Le Destin est une amie aux idées mystérieuses, commente-t-il sans éluder ma question.

— Qu'attendez-vous de moi ? insisté-je d'une voix calme.

Je ne peux pas m'énerver, mais je veux des réponses. Maintenant. Avec trois Premiers dans un salon qui me parlent avec autant de facilité, pas question de céder le moindre centimètre.

L'atmosphère change. Auguste efface son sourire fantôme et prend un air plus sérieux, s'appuie sur ses genoux. Maïa ferme son éventail. Un instant, j'ai peur de les avoir offensés et d'avoir laissé filer une opportunité. Mais ils échangent un regard, et il reprend.

— La vérité, Victoire, est que nous te cherchons depuis longtemps. Nous savons que les choses auraient pu mieux se passer. Soyons honnêtes : tout était calculé. Car nous avons besoin de toi. Tu es bien plus extraordinaire que tu ne le penses.

— Qui sont mes parents ? coupé-je en posant mon verre trop brusquement sur la table. Je suis fatiguée des devinettes pour petite fille.

— Et tu as raison, énonce Maïa d'un ton sans appel. Victoire. Tu n'es pas une Tercière. Tu as été élevée dans un foyer qui n'est pas le tien. Tu as toujours refoulé ce dont tu es capable. Tes questions sont légitimes, et nous voulons t'apprendre tout ce que tu souhaites savoir. Mais pas ici.

Je fronce les sourcils, essaie de parler, maîtrise ma voix et arrive à articuler :

— Comment ça ?

— Les Grandes Battues, me répond Auguste en haussant les sourcils d'un air faussement préoccupé. Il nous faut rentrer à Anchoris au plus vite.

Un signal d'alarme s'allume dans ma tête.

— Que s'est-il passé ? demandé-je sans pouvoir m'en empêcher.

Isaac bouge sur son siège. Pour la première fois, je vois une ride de souci creuser son front.

— Raphaëlle Litréans a été assassinée.

Je reste sans voix. Un assassinat ? En plein cœur des Battues, parmi les Premiers ?

— Ce n'est pas possible, soufflé-je, cherchant dans l'expression du jeune Premier le moindre signe contraire.

— Si, contre Auguste avec un calme terrible. Nous avons échangé avec les Litréans. Les participants aux Battues sont rentrés chez eux dans le plus grand secret. Le corps de Raphaëlle a été rapatrié. Elle sera inhumée dans les prochains jours.

Une Première, morte comme ça ? Raphaëlle Litréans ne devait pas avoir seize ans. Guilhem. Oh, Guilhem. Je comprends pourquoi l'information n'a filtré nulle part sur le Continent, pourquoi il ne répond pas. En jetant un regard aux Hamilcar, je réalise qu'ils viennent de me mettre dans la confidence. Je serre les mâchoires.

— Nous savons qu'un membre de ta famille travaille auprès des Litréans. Très près d'eux, même.

Mes yeux sont plantés sur la silhouette de Maïa, attendant la suite.

— Il est vivant. En bonne santé également. Mais il est le principal suspect du meurtre.

— Guilhem ne ferait jamais ça, clamé-je malgré moi, frappée.

— Nous aimerions te croire, Victoire. Tant qu'il n'a pas été innocenté, ce n'est pas possible.

— C'est pour cela que vous rentrez à Anchoris ?

Auguste hoche la tête.

— Il nous faut nous protéger. Nous serons plus en sécurité au sein du palais. Nous avons également d'autres affaires à régler avec les Litréans. C'est pourquoi nous te proposons de venir avec nous.

J'écarquille les yeux et réprime un mouvement de recul.

— Vous m'invitez au palais d'Anchoris ?

— Vois cela comme… un séjour de réflexion, répond Auguste après un instant de flottement. Ta sécurité sera garantie. Aux Haras, nous avons des griffons, mais peu de livres. Au palais d'Anchoris se trouve notre bibliothèque. C'est là-bas que nous serions les plus aptes à tout t'expliquer. Certains ouvrages te sont personnellement destinés. Mais cela, Abraham a dû te le dire.

Est-ce qu'Auguste me teste, vu la façon dont il m'observe ? Il suffit que je dise oui pour me retrouver dans un palace hautement gardé avec une famille de Premiers. J'ai l'impression d'être spectatrice de la vie de quelqu'un d'autre. Mon identité. Mon frère.

— Je…

— Nous ne te demandons pas une réponse immédiate, me coupe Maïa. Que tu refuses de venir ou que tu souhaites quitter le palais à Anchoris, nous ne te retiendrons pas. Mais songe au chemin que tu as parcouru. À cette discussion que nous avons, là, maintenant. À ce que tu feras si tu préfères poursuivre ton Destin sans nous. Aux opportunités qui s'offrent à toi si tu acceptes.

Toutes ces informations tournent dans ma tête. Partir, pour aller où ? Croupir dans cet endroit perdu et maudit, essayer de retrouver Guilhem, rentrer chez notre père ? C'est la dernière chose dont j'ai envie. Accepter et me retrouver à vivre comme une Première, sans aucun repère ? Est-ce que ce que je pourrai apprendre vaut le coup ? Est-ce que je regretterai de savoir ?

À Anchoris, il y a Dimitri. Je ne sais pas où il est, mais il travaille au palais : j'ai toutes mes chances de le retrouver. Un visage familier. Et Guilhem. Je ne peux pas l'abandonner. C'est impensable.

Je pourrais brûler les Haras pour obtenir des réponses, pour retrouver mon frère et le sortir de là. Le Destin me regarde, assise sur cette méridienne, entre les tentures colorées, l'odeur fraîche du thé et les Premiers qui m'entourent. Il sait autant que moi les conséquences de mes choix.

Alors, je me redresse sur les coussins.

— Mon choix est fait.

Dans le coin de mon champ de vision, Isaac hausse les sourcils.

— Je viendrai avec vous à Anchoris.

Pendant un instant, je crois voir de la satisfaction passer dans les yeux d'Auguste.

Helis

Sous peu désormais, j'entamerai les négociations.

Anchoris est une ville bien différente de Milantal. Plus éclectique, plus poussiéreuse, plus chaude et plus chaotique. La garde tourne et vire sans voir, ou sans vouloir voir ceux qui troublent l'ordre. Certaines infractions se punissent sans merci, d'autres restent invisibles. Une organisation digne d'Auguste. Ne pas se mouiller lorsque ce n'est pas nécessaire.

Cet endroit est idéal pour nous.

Le port fourmille d'une organisation anarchique tout juste contrôlée par ses travailleurs. Plusieurs groupes de délinquants s'attaquent aux marchandises et, parfois, aux voyageurs. À notre échelle, ce ne sont que des cafards. Mais les civils ne savent pas comment les empêcher de pulluler.

Nous, nous pouvons le faire d'un claquement de doigts. Ce sera notre monnaie d'échange.

J'ai rencontré l'homme qui s'occupe du transfert des marchandises. Un colosse que j'ai pu convaincre sans débordements. Lorsqu'il a compris qui j'étais, il s'est tout de suite montré plus diplomate. Leurs infrastructures sont vieilles et usées par la mer. Eux aussi. Ils n'ont ni le temps ni les effectifs nécessaires pour répliquer face à l'agressivité des gangs plus jeunes.

La Noble Cause nettoiera le port en échange de parts de cale. Les environs comptent beaucoup de bâtiments vides. Il sera facile d'en acheter un pour nous installer.

Je retrouverai un homme de confiance du colosse demain, au crépuscule, dans un lieu discret. Nous allons discuter de ce qu'ils veulent et de ce qu'ils sont prêts à nous donner. D'ici là, nous aurons un accord sur la table.

Nous touchons au but. Bientôt, nous apporterons l'égalité sur le Prévoyer Hamilcar, et au-delà.

CHAPITRE 31

VICTOIRE

Je n'ai pas eu le temps d'aller voir les griffons avant de partir. J'essaie d'apercevoir leurs silhouettes depuis la diligence. Mais je m'éloigne des Haras : on ne distingue presque plus rien. C'est paradoxal. Je ne voulais pas retourner aux écuries, mais maintenant, en sachant que je ne pourrai sans doute pas y revenir, je regrette. C'est vrai, j'aurais aimé revoir Thalya. Une partie de moi se dit que, peut-être, elle pourra la retrouver un jour. Je préfère la faire taire.

Le bosquet, qui jette un voile entre cette ville perdue et le chemin, finit par obstruer le paysage. Je rabats le petit rideau accroché au-dessus de la fenêtre et appuie mon dos sur la banquette moelleuse. La route est toujours aussi scandaleuse, mais question confort, ça se sent qu'on est dans un véhicule de Premiers. C'est comme si les nids-de-poule et les gros cailloux étaient aplatis lorsqu'on passait dessus. Privilège, quand tu nous tiens… Mon dos me remercie et ma tête râle en se rappelant mon arrivée.

— Les Haras vont vous manquer.

Je tourne la tête vers Isaac, assis en face de moi, l'épaule appuyée contre la porte opposée. Nous sommes tous les deux dans l'habitacle silencieux. Pourquoi ne voyage-t-il pas avec ses parents, ça, c'est un mystère. J'imagine qu'ils ne veulent pas me laisser seule dans un véhicule. De toute façon, jamais je ne me serais coltiné Abraham si on m'avait proposé de monter avec lui. Reste à savoir si la compagnie de l'autre est mieux.

— Les griffons, oui. Les Haras, non.

Les graviers craquent sous les roues du véhicule, qui se met à accélérer lorsque le chemin devient plus terreux. Même si les feuilles ont séché sur les branches, l'ombre des arbres nous protège de la chaleur. J'entends le cocher râler après ses chevaux, suis du regard la courbe des coutures renforcées sur les sièges intérieurs. Tout est tissé de fils dorés.

— Je fais partie de la famille Domitia.

Le jeune Premier se redresse, fait rouler ses épaules en me regardant avec intérêt.

— Je suis étonné que vous connaissiez ce nom.

— Les livres d'Abraham m'ont rafraîchi la mémoire. Surtout celui que je bouquinais avec Thalya avant que vous ne veniez pourrir ma journée.

— Je vois, lâche-t-il d'une voix indifférente. C'est vrai. Votre affiliation est celle de la famille Domitia. Vous savez donc que ses membres sont décédés il y a une vingtaine d'années.

Je ferme les yeux un instant, troublée. C'est écrit noir sur blanc dans *l'Encyclopédie*. Impossible à rater. Mais quand on n'a pas de parents, c'est juste comme s'ils n'existaient pas ; jamais comme s'ils étaient morts. J'encaisse, mais mal.

Peut-être qu'Isaac est incapable de voir les émotions. En tout cas, il continue.

— Votre famille a longtemps travaillé pour les Eristène, commente-t-il. Ils avaient acquis le titre de Premier avant votre naissance. Dans les faits, nous sommes de même rang.

— Comment sont-ils morts ? demandé-je sans détour.

— Officiellement, accident de train. La machine a déraillé alors qu'elle filait à pleine vitesse. Il n'y a eu qu'une poignée de survivants.

Je tique et plisse les yeux pour l'inviter à développer. Il reste impassible. J'ai envie de déchirer les coutures de mon siège avec les ongles. Avant que je puisse attraper un fil au hasard, il m'interroge.

— Être une Immiscée, ce n'est pas rien, comme affiliation. Comment avez-vous fait pour cacher votre pouvoir tout ce temps ?

L'air se bloque dans ma gorge et le silence remplit l'habitacle. J'ai toujours rêvé d'en parler avec quelqu'un. Normalement, comme un sujet de tous les jours. C'est maintenant. Les premiers mots sont difficiles à sortir.

— Je ne sais pas.

Je fixe la banquette derrière Isaac quelques secondes.

— On connaît tous quelqu'un qui a régulièrement mal à la tête. J'étais une petite fille plus souvent malade que ses camarades de classe. Il y avait peu de Seconds ou de Premiers dans les bidonvilles, ajouté-je en croisant son regard. Même à l'Académie. Ça limite les interactions… extrêmes. Cela m'est arrivé d'entendre ces voix… ces pensées avant. J'étais imaginative, comme tous les enfants. Plus tard, j'étais sans doute trop anxieuse ou un peu folle. Mais pas assez bête pour en parler. Personne ne s'intéresse aux gamins perdus, asséné-je sourdement. Aux dernières nouvelles, j'étais une Tercière sans famille.

Isaac se lève de son siège et vient s'asseoir en face de moi. Je me recule, un peu prise au dépourvu. Même s'il n'est pas très grand, il doit jouer des épaules pour me rejoindre sans me pousser.

— Je peux ?

Il tend un pouce large et carré en direction de mon front. D'instinct, je le repousse :

— Qu'est-ce que vous faites ? m'offusqué-je.

— Du calme. Je peux vous aider à maîtriser vos pouvoirs si vous me laissez vous montrer. Votre front. C'est l'endroit de votre corps le plus sensible à la magie.

Ne trouvant rien à répondre, je le laisse faire. Son pouce est plus tiède que l'air et appuie de façon agréable entre mes sourcils. Le calme m'envahit d'un coup.

J'écarquille les yeux et me retiens à la banquette comme si j'allais tomber.

Le serpent ne bouge plus.

Ma tête est vide. Mais pas vide comme d'habitude. Je suis lucide. La matière du costume d'Isaac, ses deux iris noirs insondables, le bruit des roues et la lumière tamisée qui traverse les rideaux : on a nettoyé toute la poussière sur la vitre de mes sens.

Le jeune Premier fait une grimace en voyant ma tête. Non, minute. C'est un sourire. Un petit sourire en coin.

— Eh oui. C'est autre chose de savoir faire le tri entre son affiliation et son esprit.

Je ne sens plus le serpent qui dort en moi. Il y a un trou béant au fond de mon crâne. Mais il a laissé derrière lui une sensation de repos inégalée.

— En théorie. Mais vous n'avez jamais été éduquée dans cette optique. Il faudra de l'entraînement. Je peux vous y aider.

Ma dernière envie, c'est de passer mon temps avec Isaac Hamilcar qui me colle un doigt sur le front pendant des heures. Pour peu qu'il continue à me parler comme si tout était évident, ça sera de la torture. Sauf que sa proposition me tente. Qui de mieux qu'un Premier pour m'apprendre à maîtriser ce que je découvre ?

— Vous voulez essayer ? me questionne Isaac, son expression redevenue impassible.

J'hésite un instant. Après inspection de ses traits figés, je comprends que je suis censée lire ses pensées. Comme ce jour-là, dans les écuries. La tension monte en moi, mes muscles se tendent. Sans me presser, je vais chercher le serpent. Il n'a pas disparu. Je l'encourage. Il se remet à bouger et sort de sa bulle comme les vipères qui glissent hors des buissons pour prendre le soleil.

Le courant s'étend vers Isaac comme dans les écuries. Son esprit m'est totalement ouvert. Quand je m'y glisse, ses murmures intérieurs me parviennent avec clarté.

Vous êtes une Immiscée. Votre affiliation magique est exceptionnelle.

— Il va falloir me convaincre, commenté-je en soufflant.

— Je n'ai pas dit que posséder un pouvoir était facile. Mais c'est ce qui fait de nous ce que nous sommes, au même titre que la couleur de notre peau ou notre personnalité. Mes parents voient la magie comme une bénédiction. Je pense que c'est un atout non négligeable. Il s'agit d'apprendre à s'en servir.

CHAPITRE 32

VICTOIRE

Le palais des Hamilcar est gigantesque. Je ne comprends pas comment trois personnes peuvent vouloir autant de place. À côté, leur maison de vacances aux Haras passe pour une ruine.

Je ne sais pas ce qui m'impressionne le plus : qu'il soit situé au cœur de la ville, et qu'en ce sens on l'aperçoive, peu importe dans quel quartier on se trouve ? Qu'il soit, lui aussi, constitué de fenêtres sans vitre et d'arches qui l'ouvrent aux quatre vents ?

Les premiers jours, je m'y perds. La visite guidée de Maïa ne suffit pas à me donner le sens de l'orientation. Entre les salons, les salles de réception, de réunion et les appartements attitrés, je ne sais pas où donner de la tête. J'ai une baignoire, creusée à même la pierre et remplie d'eau fumante avec vue sur le jardin, pour moi toute seule. Et ça n'est rien à côté des rideaux en soie qui me protègent de la lumière, des meubles en bois sculpté et de mon lit.

C'est donc ça, la vie de Premier. Je fulmine en m'enfonçant dans des draps épais et moelleux.

Isaac parasite mes pensées et m'empêche de me sentir tranquille. Il m'a fait l'honneur d'une deuxième visite, un peu plus intimiste cette fois. En me voyant écarquiller les yeux face à tout ce luxe, il m'a regardée comme si j'étais stupide. Si l'on n'avait pas conversé quelques jours plus tôt dans la diligence, je lui aurais sorti ses quatre vérités.

Je fais toujours des cauchemars, mais cette fois, je pense à Guilhem. Mon frère sous les verrous. Mon frère mort. En me réveillant, j'ai envie de déchirer mes draps. Il n'y a que le soldat de bois, posé sur ma table de chevet, qui arrive à me calmer. C'est bête, mais tant que je l'ai avec moi, que je peux le voir et le toucher, je suis sûre que Guilhem est vivant. Je suis sûre que je pourrai le retrouver.

La domestique, c'était censé être moi, avant qu'on ne mette à sac mon Destin. Je me retrouve à m'incliner face aux portiers, à me décaler lorsque je croise un majordome avec un plateau en main. Certains me regardent avec de grands yeux, d'autres marmonnent entre eux quand ils croient que je ne les entends plus. Le Destin maudisse les commères.

La présence de mes dames de chambre m'aide à me sentir moins seule. Les premiers jours, je les renvoie à chaque fois qu'elles pénètrent mes appartements. Je me vois à travers elles. Puis je cède. Déjà, parce qu'elles sont les seules domestiques à ne pas me jeter des regards torves. Ensuite parce qu'elles n'y sont pour rien. Alors, même si on essaie de me faire porter des bijoux, même si on me regarde d'un air défait quand je troque les vêtements que me propose Maïa pour des robes unies et sans fioritures, je les accepte. Un matin, j'arrive même à leur poser une question qui me brûle les lèvres.

— Est-ce que vous connaissez les jardiniers du palais ?

La plus jeune, une brune aux joues constellées de taches de rousseur, a entortillé une mèche de mes cheveux autour d'une tige, puis m'a jeté un regard intrigué dans le miroir. Elle a réussi à me convaincre de me laisser coiffer. J'espère ne pas me retrouver avec une pièce montée sur la tête.

— J'en connais quelques-uns, oui. Pourquoi cette question ?

— Dimitri, ça vous dit quelque chose ?

Ses traits se figent en une expression concentrée.

— Oui. Oui, je vois qui c'est, mais… Il n'est plus là, non ? Rachel ?

Elle appelle sa collègue. Occupée à faire mon lit au carré, elle nous répond sans se tourner :

— Il paraît qu'il a disparu. Ça doit bien faire quelques jours qu'on le cherche.

— Quoi ? laissé-je échapper, incrédule.

Les deux femmes me jettent un regard étonné.

— Vous le connaissez ? me questionne Rachel en fronçant les sourcils.

— C'est un vieil ami, dis-je en espérant que cela suffira à satisfaire leur curiosité. Comment ça, il a disparu ?

— Eh bien, je ne suis pas rapporteuse du Destin, marmonne Rachel, mais en tout cas, il n'est plus au palais. Enfin, moi, je ne suis pas dans le secret des Premiers, hein. Il faut demander aux Hamilcar pour ce genre d'affaires.

Dimitri, disparu ? Je n'y crois pas une seconde. D'accord, il est discret, mais il n'est pas transparent. Je retourne cette pensée dans ma tête en me promenant dans les jardins. Derrière les buissons taillés, au creux des alcôves, entre les massifs de laurier… Il y a des jardiniers. Aucun n'est mon ami. Je reste plantée, les bras ballants, à me rendre compte que s'il a *vraiment* disparu, alors je suis *vraiment* seule. Presque plus qu'aux Haras. L'espoir de le revoir était une balise au milieu du brouillard dans lequel j'avance.

Je n'ai plus rien à perdre, alors autant suivre le conseil de Rachel. Mais je ne peux pas aborder le sujet de but en blanc. Il faut d'abord que j'arrête de me cacher.

Je décide de me présenter le lendemain au petit déjeuner. Depuis mon arrivée, j'ai eu la liberté de les esquiver et je ne m'en suis pas gênée. Mais continuer comme ça ne m'aidera pas à avancer. Quelque chose me dit que j'ai intérêt à m'intégrer.

Lorsque j'annonce la nouvelle à mes dames de chambre, celles-ci sont ravies de voir que je « sors enfin de ma bulle ». Le lendemain à l'aube, elles débarquent avec une robe choisie et une feuille de route précise sur ma préparation du matin. Je me laisse savonner, frotter les pieds, relever les cheveux, accrocher des boucles d'oreille pour l'occasion. On m'habille dans une robe couleur nénuphar, avec un voile qui accompagne la forme de mes bras et s'accroche dans mon chignon. Comme elle m'arrive aux chevilles, j'ai droit à une paire de chaussures plates, serties de pierres brillantes, qui s'enroulent autour de mes jambes. Ça y est : je ressemble à une Première aux joues rehaussées de poudre et aux sourcils parfaitement épilés.

Les arches, ouvertes sur les parties les plus secrètes des jardins, laissent passer un fond d'air frais et le chant des oiseaux. La domestique qui m'annonce parle d'une voix douce, comme pour ne pas troubler la paix des lieux. Auguste, Maïa et Isaac sont assis sur des chaises rembourrées par de gros coussins colorés. Entre le pain grillé, les pâtisseries au miel, les fruits et les boissons fumantes, la table ronde qu'ils occupent est saturée d'odeurs sucrées. Le serpent en moi s'agite, mais je le retiens avec fermeté. Les conseils d'Isaac se révèlent utiles.

Je m'attendais à une remarque de la part d'Auguste, à une invitation à rejoindre la table de Maïa ou à un haussement de sourcil d'Isaac. L'ambiance dans laquelle j'arrive est bien moins joviale.

— Bonjour, Victoire. Je t'en prie, assieds-toi, me convie Auguste d'un geste de la main.

En prenant place à ses côtés, je remarque que tout le monde a les yeux rivés sur le journal. C'est l'édition du jour de *La Continentale*.

ÉDITION SPÉCIALE : TRAGIQUES BATTUES

Le silence des puissants n'était pas une punition. Il s'agissait d'un appel à l'aide.

Le fameux sommet, anticipé et épié par le Continent tout entier, s'est transformé en un roman policier dont les protagonistes n'avaient rien d'habituel. D'un côté, les Premiers, murés dans un silence à glacer le Destin. De l'autre, la presse et les citoyens, cherchant désespérément à comprendre la situation. Après des journées d'attente, il s'avère que, d'histoire mystérieuse et inquiétante, la saga des Battues est en fait une tragédie sans précédent.

Alors que la deuxième journée de chasse venait d'être lancée, Raphaëlle Litréans, héritière légitime de la famille Litréans, est décédée brutalement. Malgré une réaction rapide de la garde et la présence d'Herboristes, la jeune femme n'a pas survécu à ce qui semble être un empoisonnement. Les témoignages des invités présents lors du drame sont formels : rien ne pouvait prévoir ce qui est arrivé. Raphaëlle s'est, semble-t-il, effondrée après avoir vidé son verre. Paralysée par la douleur et incapable de parler, elle serait décédée en quelques minutes.

Les Premiers ont rejoint leur Prévoyer d'appartenance dans le plus grand secret. Il semblerait que le corps de Raphaëlle ait été inhumé en petit comité, dans le cimetière familial de la famille Litréans. Une journée de deuil prévoyal, qui devrait se muer en un deuil continental, a été décrétée. Les citoyens de Milantal ont organisé un cortège funèbre. Celui-ci fera le tour du lac, pour finir non loin du palais de la famille Litréans, où un hommage collectif sera rendu.

Les Litréans ne se sont pas prononcés quant à la mort de leur fille. Seule Erica a déclaré : « Nous sommes profondément touchés par l'amour que nos citoyens portaient à Raphaëlle. Pour le moment, nous souhaitons faire notre deuil en paix. Puisse le Destin nous donner la force d'aller de l'avant. »

Erica Litréans, qui siège en tant que juge suprême au palais militaire, a interrompu l'exercice de ses fonctions jusqu'à la fin de la Saison des Blés.

La famille Blustrode s'est refusée à tout commentaire. Les autres Maisons ont décliné toute entrevue où le sujet pouvait être évoqué. La domesticité présente ce jour-là n'est pas autorisée à parler de l'évènement, ainsi que les employés travaillant auprès de la famille Litréans.

Le choc qu'accompagne cette terrible nouvelle n'a pas empêché la garde d'arrêter plusieurs suspects. Parmi eux, seul le domestique personnel de la jeune héritière, entré en fonction au début de la Saison des Blés, est toujours retenu par les forces de police. D'après les témoignages recueillis, il aurait lui-même préparé et servi une boisson mortelle à Raphaëlle. Est-il coupable ? Si oui, dans quel but aurait-il commis un tel crime ? A-t-il agi seul ?

À l'heure actuelle, celui-ci est enfermé dans un lieu tenu secret.

C'est toute l'équipe de La Continentale, *chefs d'imprimerie comme vendeurs de rue, qui adresse ses plus sincères condoléances à la famille Litréans.*

— La presse a parlé, commente Maïa, tendant la main pour qu'Isaac lui remette un pot à confiture d'un blanc immaculé.

— Voilà une affaire qui doit arranger les Eristène, fait remarquer Auguste. Stanislas destitué, Raphaëlle disparue… Plus de descendance viable.

Le silence retombe autour de la table. Les entendre parler me fait réaliser que cet évènement va au-delà d'un simple meurtre. En tant que citoyenne, je me sentirais triste pour leur perte. En tant que Première, je réfléchirais aux conséquences sur l'équilibre du Continent. Le visage de Guilhem me revient en tête. Je me fais violence pour me concentrer sur le moment présent. Le petit déjeuner. Moi, les poings serrés sur la table, essayant de paraître naturelle entourée de Premiers.

— Il va falloir que j'adresse un courrier à Théodore, reprend Auguste en affichant une moue contrariée. Nous avons des choses à nous dire… Mais seul le Destin sait comment il la recevra.

— Mon frère aime une seule chose de plus qu'Erica et les traditions, c'est le travail, lui répond Maïa. Adresse-lui aujourd'hui, il t'aura répondu après-demain.

Pendant un instant, je crois les voir jeter un œil dans ma direction, mais je crois que j'ai rêvé. Isaac, par contre, ne me quitte pas des yeux. Il m'adresse directement la parole.

— C'est la première fois en trois jours que nous ne sommes pas seuls au petit déjeuner.

Je me redresse sur mon coussin, l'adrénaline montant d'un coup en moi. Tous les regards convergent vers ma personne. Je pose le journal sur la table et embrasse les Premiers du regard.

— Je vous présente mes excuses pour ne pas m'être introduite plus tôt, récité-je en m'inclinant. Il a été difficile pour moi de m'adapter à ce départ précipité.

— Il n'y a pas de mal, me rassure Maïa après avoir fini sa bouchée. Nous sommes conscients des changements que nous t'imposons. Jusqu'à ce que tu aies toutes les cartes en main, tu es libre de te comporter comme bon te semble.

Sa réponse flotte dans l'air. Bien sûr que rien n'est gratuit. Tout est sous contrat. Lequel, par contre, je ne le connais pas. Je dois garder la face. Pour me donner contenance, je me saisis du couteau posé devant moi, attrape une pêche posée au sommet d'une corbeille de fruits et entreprends de la couper en plusieurs morceaux.

— En parlant de cartes… rebondit Auguste. Avez-vous fait un tour à la bibliothèque ?

Les bouts juteux tombent dans mon assiette avec de petits bruits humides. Me forçant à gober un morceau de fruit, je réponds :

— Non, pas encore.

— Dans ce cas, vous allez être ravie : nous ouvrons les archives cet après-midi, m'informe-t-il, d'une voix qui tonne comme une sentence.

Cette fois, pas de faux-semblants : il me regarde droit dans les yeux. Et je sais très bien ce qu'il veut me dire.

CHAPITRE 33

VICTOIRE

J'aime la fraîcheur des bibliothèques.

Tout en semi-pénombre et en volets de bois, elles figent l'air et le temps pour leurs rayonnages. Et, par le Destin, je ne sais pas si j'ai déjà vu autant de bouquins rassemblés au même endroit. Les étagères montent jusqu'au plafond de pierre en coupole. Les ouvertures sont hautes et étroites, vitrées cette fois, et ne laissent filtrer que quelques rais de lumière. Je suis seule, réfugiée de la chaleur de l'après-midi, à déambuler parmi les archives. J'attends Abraham.

J'essuie mes mains moites sur ma robe. Debout, au milieu des rayonnages qui s'étendent à l'infini, je me sens minuscule. Minuscule sous le poids de ce que racontent ces livres. De ce qu'ils peuvent dire sur moi.

Mon cœur manque un battement lorsque j'entends des pas derrière moi. J'ai réussi à l'éviter pendant quatre jours, me disant qu'il devait être trop occupé pour me chercher. Mais c'est mon ancien mentor qui me retrouve aujourd'hui. Je contemple ce visage amical, un peu vieux, cette barbe tressée et ce costume couleur ocre qui rappelle les couleurs de ses supérieurs. Dans ses yeux persistent quelque chose de triste, de douloureux. J'ai juste envie de l'envoyer bouler.

— Bonjour, Abraham.

— Bonjour, Victoire. C'est le grand jour.

— Oui.

Silence. Mon ancien mentor tente un sourire que je ne lui rends pas. Il y a un temps mort. Puis il s'anime et m'emboîte le pas. Nous nous engouffrons entre les rayonnages comme dans un labyrinthe.

— Isaac m'a informée que je descendais de la famille Domitia. Que mes parents travaillaient pour les Eristène. Qu'ils sont décédés il y a vingt ans, dans un accident de train, lancé-je sans préambule.

— Je vois, répond Abraham d'une petite voix. J'aurais préféré te parler de tout cela moi-même.

— C'est faux, pas vrai ?

Je suis à la hauteur de mon mentor, alors je vois son expression changer. Il essaie de faire comme s'il ne comprenait pas, puis il croise mon regard. Son visage s'assombrit.

— Ils sont, en effet, morts dans un accident de train. Mais les choses… Laisse-moi t'expliquer, finit-il par me répondre alors que nous arrivons au bout d'une allée.

Le mur de pierre en face de nous est constitué de grosses briques liées par un ciment clair. Impossible d'y trouver un intérêt, jusqu'à ce qu'Abraham se baisse et glisse un ongle dans une faille invisible. Il en tire un pan entier vers lui. Prise de court, je recule et m'attends à ce que la porte dérobée fasse un bruit épouvantable. Elle glisse au-dessus du sol sans faire de bruit.

Une cavité, qui doit m'arriver au genou, est creusée à même la roche. Deux livres, une boîte scellée en velours sombre. Mon mentor sort le plus fin des deux ouvrages, me le tend. Je passe un pouce sur la reliure usée et dure. Un mamba noir, enroulé sur lui-même dans des arabesques élégantes, orne la couverture. On dirait les armoiries d'une Maison de Premiers. Je jette un coup d'œil à mon ancien mentor, qui m'invite à le poser sur un des pupitres situés à côté des étagères.

J'ai presque peur de le casser en l'ouvrant.

Gabriel Domitia
Carnet de bord numéro six
An 192 de l'Alliance - An 194 de l'Alliance

— Gabriel Domitia, soufflé-je, la poitrine d'un coup comprimée.

— C'est le nom de ton père, me répond Abraham. C'est un de ses carnets de bord. Il écrivait beaucoup sur sa vie et son travail. Malheureusement, je n'ai pu conserver que celui-ci. Le dernier.

Je me tourne doucement vers mon ancien mentor.

— Vous étiez proche de lui ?

— Je travaillais pour lui et Ava, ta mère, à l'époque. Les Domitia étaient les conseillers des Eristène. C'était un homme assez direct, un peu caractériel parfois, mais brillant.

Il parle de mes parents comme s'ils étaient là. Moi, je ne les connais qu'à travers mon imagination d'enfant. Je veux savoir.

— Mais vous n'êtes pas un Domitia, à ce que je sache, statué-je en tournant les pages avec précaution, sans vraiment lire.

— En effet. Mais pour bien conseiller, pour bien guider, il convient de savoir ce qu'il se passe sur le Prévoyer. C'était mon travail. Je récupérais des informations que je faisais remonter à Gabriel. Je n'étais pas seul, bien entendu.

Je fronce les sourcils, imagine un homme au visage anonyme. Des branches qui s'étendent entre lui et d'autres silhouettes sombres, partout sur le Prévoyer. Tout en haut, les Eristène.

— Vous faisiez partie d'un groupe d'espions ? déduis-je sur un ton entre l'incrédulité et le questionnement.

Abraham lâche un rire amer.

— J'apprécie peu cette dénomination. Mais c'est ce qui se rapproche le plus de ce que nous faisions. La Couleuvre, c'était notre nom. Gabriel aimait les reptiles. Nous étions des observateurs inoffensifs.

— Et donc ? lâché-je en soulevant le carnet entre mes mains. Vous êtes parti, ma famille a été décimée, et je suis la seule descendante encore en vie ?

Un nuage passe. La bibliothèque s'assombrit un peu plus. Les yeux obscurs de mon ancien mentor n'ont plus de pupille.

— La guerre et la maladie ont fait beaucoup de victimes, me répond-il d'un air grave. Elle a aussi eu d'autres conséquences. Gabriel et les Eristène, enfin, surtout Goliath… n'ont plus su s'entendre. Tu étais tout juste née, à cette époque. Tu t'appelais Marie.

Je sors un instant de mon corps, me vois tenir ce livre comme si je regardais quelqu'un d'autre.

— Marie Domitia. J'ai compris tout de suite, quand j'étais aux Haras. La fille adoptée des Eristène…

— À l'heure actuelle, oui. Mais elle n'est pas celle que nous cherchions et ne l'a jamais été. Elle n'est pas toi, Victoire. Car les Eristène n'avaient aucune raison de te vouloir en vie.

Je suis la dernière représentante d'une lignée que les Eristène voulaient voir disparaître, mais celle qui porte mon nom est sous leur protection.

— Dans ce cas, pourquoi Marie Eristène fait-elle partie de leur famille ?

— Une famille est décimée et tu en es à l'origine : à ton avis, pourquoi était-il nécessaire aux Eristène de faire croire qu'ils t'avaient sauvée ?

— Pour être au-delà de tous soupçons… déclaré-je du tac au tac.

Je m'interromps. La pièce rétrécit autour de moi. Une enfant recueillie et éternellement reconnaissante envers sa famille adoptive. Des citoyens admiratifs. Un beau geste. J'essaie de respirer, rassemble tout ce qu'on a pu me dire jusque-là. Mon estomac flotte. Je lâche le pupitre.

— Qu'est-ce qu'il s'est passé, Abraham ?

— Je pense que rien ne pourra mieux t'expliquer, mieux t'aider à comprendre, que ce carnet.

L'ouvrage semble luire sous la lumière terne.

— J'ai le droit de le prendre ?

— Il s'agit de ta famille, Victoire. Ce carnet te revient de droit.

Ma famille. L'illustration sur la couverture, ce sont les armoiries des Domitia. Un beau serpent, avec mon père qui aimait les reptiles. La Couleuvre. Mon crâne. Abraham.

— Qu'est-ce qu'il s'est passé ? Je veux dire, après leur mort ? Si c'est à cause des Eristène, et que vous étiez sur le Prévoyer, pourquoi n'êtes-vous pas resté ? Ils voulaient aussi la Couleuvre ?

Mon ancien mentor s'adosse à la porte dérobée. Je vois dans ses yeux, dans la façon dont son corps se plie, que le poids de ses souvenirs est lourd. J'ai presque de la sympathie pour lui. Il entrouvre la bouche, cherche ses mots.

— Tes parents… sont morts d'un coup. Bien sûr, il y avait des agents avec eux ; Gabriel et Ava ne se déplaçaient jamais seuls. Nous avons appris la nouvelle rapidement. Les premières choses auxquelles j'ai pensé, c'est toi et le réseau. Nous devions passer sous le contrôle des Eristène. Et personne ne savait où tu étais.

— Comment ça ? le coupé-je.

Abraham remue, pince les lèvres.

— Ta naissance fut un évènement discret. À l'époque, les relations entre Gabriel et Goliath étaient déjà tendues. Les Eristène savaient seulement que tu existais. Ils t'ont cachée pour te protéger. Seule une poignée de mes collègues savaient où tu étais, et ils sont partis avec toi. Ça allait mal, très mal. Les agents les plus proches de tes parents savaient que Goliath… Ils savaient que quelque chose se tramait. Gabriel aussi. Ça n'a pas échappé au doyen du Continent.

Un frisson remonte le long de mes bras et s'agrippe à mon dos. Je n'étais pas née. Je ne sais rien de tout ça. Je suis le centre d'une vie que je n'ai jamais vécue.

— Vous avez fui ?

— De façon résumée, oui. La majorité d'entre nous avait rejoint Enathon pour savoir ce qu'il adviendrait de la Couleuvre. Goliath te voulait. Tu étais l'enfant d'un homme qu'il abhorrait. Mais nous te protégions. Alors, il nous a chassés. Tous ceux qui avaient rallié le palais ont été capturés, torturés, exécutés. Nous avons fui jusqu'au Prévoyer Hamilcar. À l'arrivée, nous n'étions pas plus de quinze.

Je fais jouer mes doigts, fixe longtemps mes mains. Catalyser la haine d'une personne aussi puissante, d'un parfait inconnu dont je me fichais éperdument jusque-là. Parce que je suis la fille de mon père.

Quinze personnes pour tout un réseau.

— Comment avez-vous fait pour me retrouver ?

— Personne ne savait où tu étais, si tu étais vivante. Alors, nous avons demandé de l'aide aux Hamilcar, en échange de nos services.

Silence.

— Et ils ont accepté, puisque je suis là aujourd'hui.

— Oui. Au départ, Auguste n'avait aucune raison de nous croire. Il nous a fallu un moment pour le convaincre de notre identité. Mais une fois cela fait, il s'est montré bien plus ouvert. En échange de nos services, il a rebâti la Couleuvre… Et replacé des agents sur le Prévoyer Eristène pour te chercher. Tu étais l'aiguille de notre botte de foin. Mais une aiguille Immiscée, que nous avons fini par localiser. Quand nous avons vu que tu voulais tenter l'Académie, nous avons sauté sur l'occasion. Influencer l'orientation d'un élève talentueux, pour nous, c'est un jeu d'enfant.

— Qu'est-ce qui peut profiter à Auguste ?

Abraham laisse planer un silence, le regard lointain, avant de répondre.

— Auguste est opportuniste, mais il n'est pas mauvais. Je pense que l'idée de rendre justice lui plaît. Mais il serait aussi bien arrangé d'avoir de la concurrence en moins. Les Maisons sont toujours plus alliées qu'amies.

— Qui est la Couleuvre ?

Mon mentor se relève et s'approche de moi. Sa silhouette bloque la lumière et se découpe comme un morceau de ciel qu'on aurait retiré.

— La Couleuvre compte beaucoup de monde, un grand nombre d'agents, mais ceux qui te connaissent sont peu nombreux. Et, oui, Victoire, ils sont en majorité aux Haras. Tu en connais certains, mais je n'ai pas le droit de te donner leur identité.

L'épicier. Le tenancier du bistrot. L'Herboriste. Des dizaines de visages défilent. Une main, posée sur la mienne, freine d'un coup mes pensées. Abraham m'entoure gentiment le poignet et me regarde dans les yeux.

— Cela fait beaucoup de choses, beaucoup d'un coup. Comment te sens-tu ?

J'ouvre la bouche, la referme, mets du temps pour trouver quoi répondre. La lumière revient, créant un contraste violent avec les coins sombres de la bibliothèque. Je plisse les yeux.

— Je crois que je comprends mieux pourquoi je suis là. Mais, ça… c'est tout ce qu'il reste ? demandé-je en sentant mon cœur se piquer.

Je fais un geste en direction du carnet.

— C'est le seul écrit de Gabriel que j'ai pu récupérer.

Je m'apprête à poser une autre question, mais Abraham lève une main apaisante. Les mots meurent dans ma gorge.

— Je me doute que tu as encore des questions, Victoire. Mais chaque chose en son temps. Tu es venue ici pour récupérer ce carnet. Lis-le, et nous en reparlerons.

En le voyant refermer la boîte avec délicatesse, c'est comme si j'avais passé la journée la plus épuisante de ma vie. Ma tête est pleine et lourde. Je fais tourner le carnet de Gabriel entre mes mains, détaille dans la semi-lumière ses illustrations. La porte dérobée rencontre le mur dans un bruit de frottement. Puis le silence.

J'aime la couleur rouge, profonde, de ce livre. De ce paquet de pages qui m'a l'air d'être le centre du monde. En clignant des yeux, je crois voir le serpent sur la couverture onduler. Il glisse autour des branches de lierre et disparaît derrière le plat.

Il m'invite à lire.

Helis

Cette soirée sera mémorable.

Posté en face du miroir sur pied de ma chambre étroite, j'ajuste les derniers détails. Un seul ourlet au niveau des manches. Le veston à rayures bien boutonné. Les chaussures vernies, mais pas trop. Un peu de poudre m'aide à camoufler mes imperfections et mes expressions. Mes cheveux sont propres et coiffés. Je dois avoir l'air d'une personne venue faire affaire. Rien de mieux que le costume pour imposer le respect.

Lorsque tout est parfait, je m'autorise une pensée pour la Noble Cause. Ce soir, j'écrirai à Craig pour lui annoncer ma réussite.

Étendre la Noble Cause au-delà du Prévoyer Litréans est un pari risqué qu'il a décidé de relever. Exporter notre nom et nos services. Pour cela, les plus grands ports du Continent seront notre terrain de jeu. Anchoris, avec sa densité, son insécurité portuaire et sa mixité sociale, est une candidate parfaite pour en faire notre plaque tournante. Une opportunité que nous comptons bien saisir.

Satisfait de mon apparence, je m'inspecte une dernière fois, scrutant mon propre regard. Après un instant de silence, je me détourne. Une veste attend sagement sur le lit qu'on s'empare d'elle. Extinction des lumières, fermeture des fenêtres, verrouillage minutieux de la porte.

Les dernières nouvelles que j'ai envoyées à Craig sur la situation du port sont bonnes. Ce n'est pas parce que j'ai une touche que je dois cesser d'observer. La garde locale semble plus préoccupée par le départ et l'arrivée des marchandises que par la vie des locaux. Heureusement, là où la loi ne fait pas son travail, c'est la Noble Cause qui s'épanouit.

Mon rendez-vous m'attend.

Mes quartiers sont situés en plein centre-ville. Excellent pour jouer double jeu dans une ville aussi dense qu'Anchoris sans attirer l'attention. Je descends les marches jusqu'au rez-de-chaussée sans croiser personne. Les rues de la cité sont larges. Elles accueillent un flot continu d'habitants, de commerçants et de voyageurs, quelle que soit l'heure de la journée. C'est une ville qui ne dort jamais. À une centaine de mètres, j'aperçois les hautes tours et les balcons ouverts du palais.

Je me fonds dans la foule du soir, bifurquant sur une grande artère en direction du port. Au pied des maisons, les gens possèdent tous de petits étals sur lesquels ils disposent quelques marchandises. Les toiles tendues au-dessus, qui protègent les denrées du soleil, prennent des couleurs orangées avec le crépuscule. Aux balcons, plusieurs familles profitent des températures tièdes du soir. De grandes arches ouvrent leurs logements sur l'extérieur, fermées seulement par d'épais rideaux colorés. Les hommes ont troqué leurs costumes pour des chemises légères et des pantalons en toile. Les femmes portent des robes claires, dont certaines bandes de tissu s'enroulent autour de leurs bras et s'attachent avec de larges bracelets.

Demain est un jour de repos, alors la ville est de sortie : les gens s'interpellent, jouent de la musique, boivent et chantent. Plus je descends vers les quais, plus l'ambiance se prête à la fête. Une chance que je sois grand ; je peux visualiser clairement mon chemin.

Le port offre un beau spectacle une fois le soir venu. L'ombre des bateaux venus des Terres d'Ailleurs, immenses et élégants, se projette sur les hôtels et les troquets. Toute la ville se presse aux terrasses, pour faire la fête et goûter aux pâtisseries à base de chocolat.

Je longe les quais pendant une dizaine de minutes en m'éloignant des quartiers populaires. Les gens se font moins nombreux. Bientôt, je ne croise plus que des marins au repos, des commerçants étrangers et des autochtones qui préfèrent le doux clapotis de l'eau aux rassemblements bruyants. Je remonte une rue à ma droite avant d'arriver à destination. Plus étroite et moins éclairée, elle n'en reste pas moins empruntée. On peut surtout y trouver de petits logements étroits et des bars familiaux, tenus plus ou moins à heures fixes et proposant des réductions parfois douteuses. L'endroit parfait pour une rencontre en toute discrétion. Avec mes vêtements, je passe pour un Second de classe moyenne qui rentre après une journée de travail. Les passants ne me jettent même pas un regard.

Je m'assois à la terrasse d'un troquet discret, pas trop miteux, mais pas trop élégant non plus. Tables en bois usé, petites bougies disposées dessus, intérieur spacieux où trône une table de jeu qui a vu de meilleurs jours. C'est comme revoir la Noble Cause, à ses débuts. Lorsque notre premier casino se résumait à un comptoir et trois tables pour jouer aux cartes. Ce bâtiment nous a permis d'amasser des sommes colossales, à l'époque.

Comme dirait Craig lorsqu'il devient nostalgique : le bon vieux temps.

L'homme que je dois rencontrer possède quelques indices pour me reconnaître. Déjà, mon veston à rayures verticales. J'ôte ma veste pour le rendre visible. Ensuite, le verre rempli d'un pouce et demi de sarma sur la table. Je déteste l'alcool de blé, mais je n'ai pas le choix.

Une, dix, quinze minutes. Les ombres de la ville s'étirent, plongent la petite rue dans une semi-obscurité. Les gens parlent avec entrain et s'étreignent gaiement lorsqu'ils se retrouvent. L'alcool plonge la cité et ses habitants dans une joyeuse torpeur. On vient allumer la bougie située sur la table. Je prends une gorgée de sarma, lutte pour ne pas froncer le nez. Plus haut dans la rue, quelqu'un joue une mélodie entraînante. Je n'entends pas tout de suite l'homme qui s'approche de moi. Lorsqu'il apparaît dans mon champ de vision, je cligne des yeux.

Au travail.

Les doigts pianotant sur mon verre, je jette un regard morne à celui qui s'assoit en face de moi.

Quelque chose ne va pas.

J'attendais un homme brun, mal rasé, massif, habillé très simplement. Le type qui se tient en face de moi ne correspond pas à cette description. Il appelle le serveur, demande un verre d'eau aromatisé. M'adresse un sourire fin, honnête.

Est-ce qu'il se serait mis là par hasard ? Improbable. Les gens ne s'assoient jamais à une table lorsqu'un inconnu l'occupe déjà. C'est un procédé inconscient.

Lui, il sait ce qu'il fait.

Je me redresse, le scrute de haut en bas. L'homme soutient mon regard sans animosité. On dirait qu'il veut juste discuter. Il est temps d'entamer une conversation.

— Bonsoir.

— Bonsoir. C'est une belle soirée, vous ne trouvez pas ?

Il a l'accent très léger des autochtones, mais sa peau est pâle. Il n'est pas né sur le Prévoyer. Il porte des vêtements typiques de la ville, qu'on ne s'offre pas lorsqu'on y reste quelques jours. Donc il vit ici. À vue de nez, c'est un ancien habitant du Prévoyer Eristène. Il est trop gentil au premier abord pour venir du Nord, pas assez extraverti pour être un Hafferyn.

— Effectivement. La Saison des Blés est toujours aussi agréable, dis-je.

— C'est vrai. Bientôt vingt ans que je vis ici, et je ne m'en lasse pas, affirme l'inconnu en buvant une gorgée de sa boisson. Même si j'ai perdu mon travail.

Je hausse les sourcils.

— Que vous est-il arrivé ?

— Oh, une affaire de vente mal conclue, élude-t-il avec un haussement d'épaules. Je connaissais notre fournisseur, un groupe de commerçants peu pressés d'honorer leurs commandes. J'ai tenté une approche un peu plus musclée. Un succès pour nos affaires, mais un désastre pour moi. Je me suis fait radier.

— Agir selon vos convictions personnelles peut vous coûter cher.

L'inconnu porte son verre à sa bouche, me jette un regard appuyé.

— *L'obstination est bien plus onéreuse que l'obéissance.*

Je manque de me raidir. Cet inconnu vient de réciter la devise de la Noble Cause. Notre devise.

Assez de jouer l'ignorant.

Je me cale sur le dossier de ma chaise, les bras posés de chaque côté de la table. Une chance que l'intérieur du troquet soit sur la droite : les lumières doivent souligner les traits de mon visage. Une mèche de cheveux me chatouille la tempe. De quoi me donner un air composé et intimidant.

— Qui êtes-vous ?

Le regard de l'homme s'illumine, comme s'il était heureux que je lui pose la question. Je vide d'une traite mon verre de sarma. Le liquide ambré, sans goût, me brûle la gorge, mais me laisse étrangement satisfait.

La nuit étire déjà son drap piqueté d'étoiles et mon client n'est pas encore arrivé. Ce qui ne peut vouloir dire qu'une chose : l'homme en face de moi a fait en sorte qu'il ne vienne pas.

Autour, les gens discutent et passent sans faire attention à nous. La tension qui grimpe autour de la table semble nous être réservée.

— Je suis un inconnu, venu s'asseoir en face de vous, me répond l'homme avec tranquillité.

— Dans ce cas, vous vous êtes mal installé, répliqué-je avec une mauvaise humeur feinte. J'ai envie de boire. Vous m'empêchez de profiter de ma soirée.

Mon interlocuteur lève les mains en signe de reddition.

— Du calme, je ne suis pas venu vous empêcher de travailler…

Il repose lentement ses mains sur la table.

— Ou, du moins, pas définitivement.

Un frisson désagréable remonte le long de mon dos. D'un coup, j'ai l'impression d'être terriblement visible, que ma stature et mes vêtements moyen de gamme se remarquent trop.

Cet homme est-il seul ?

Je ne dis rien. Une, deux, cinq minutes. Le temps flotte, se distord comme les vaguelettes sur les quais du port.

C'est l'autre qui le brise.

— Je suis ici pour discuter de choses avec vous. De choses importantes.

— Expliquez-vous.

L'inconnu prend le temps de commander un autre verre et m'en propose un au passage. Je prends un café serré. Mon instinct me souffle que la nuit sera longue.

Après avoir siroté sa boisson, il me demande :

— Connaissez-vous une organisation appelée la Couleuvre ?

Je choisis l'honnêteté.

— Non.

— Tant mieux, élude l'inconnu avec un sourire. Si c'était le cas, il y aurait de quoi questionner l'efficacité de nos agents.

— Vous ferais-je craindre la concurrence ?

— Oh ! Non, ne vous en faites pas, me corrige-t-il avec un franc éclat de rire. Je ne verse pas dans les activités mafieuses. Ou, du moins, je le fais du bon côté de la loi.

Je plisse les yeux, tente de lire plus précisément l'inconnu. Un air quelconque, le visage de quelqu'un qu'on oublie facilement. Il pourrait être marchand ou proxénète que cela n'y changerait rien.

— À qui ai-je affaire ?

— Quelqu'un dans votre genre. Je vais vous délivrer de plus amples réflexions. C'est vrai, ce que l'on dit sur vous… On peut presque voir les rouages de votre esprit s'agiter lorsque vous réfléchissez.

— Ce que l'on dit sur moi.

— Bien sûr. Je connais votre personnalité et la plupart de vos habitudes. La Couleuvre agit sous ordre direct des Hamilcar. Je ne suis qu'un pion parmi tant d'autres.

Le frisson remonte à nouveau le long de mes vertèbres. Je me fais violence pour ne pas observer les alentours. Les Hamilcar en personne. On me suit peut-être depuis mon arrivée.

— Notre rôle est de veiller à la sécurité du plus grand Prévoyer du Continent, continue mon interlocuteur sur le ton de la conversation. Nous nous occupons également des évènements imprévus, ou… indésirables.

Nous échangeons un regard trop long.

— Oh, ne vous en faites pas pour la Noble Cause. On m'a demandé de vous trouver, de deviner quels étaient vos projets et de vous contacter. Eh bien, c'est chose faite.

J'avale discrètement ma salive, étends mes jambes sous la table pour me donner l'air serein. Silencieux, je laisse cet homme venir à moi.

— En fait, je dirais même que vous n'avez rien à craindre de la Couleuvre. Vos activités, aussi sujettes à polémique soient-elles, ne sont pas l'objet de notre rencontre.

La surprise m'empêche de trouver les mots. Je serre les mâchoires.

— Auguste souhaiterait discuter avec vous.

— Un Premier qui a besoin de nos services. C'est inédit.

— J'en conviens. Mais il se trouve que vous êtes compétent et discret. Le profil idéal. Si vous acceptez notre proposition, Auguste est prêt à discuter avec vous des problèmes du port et de la qualité de ses exportations.

Mon Destin, ou peu importe ce qui gouverne soi-disant le monde, me souffle que le refus n'est pas une option.

— Dites-moi ce qui vous amène.

L'inconnu se penche vers moi comme s'il avait peur d'être entendu des tables voisines.

— Connaissez-vous la famille Eristène ?

Je retiens un froncement de sourcils. Impossible de savoir si l'homme en face de moi se paie ma tête ou s'il est sérieux.

— Bien sûr.

Je fais défiler la généalogie de la Maison dans ma tête, cherchant où il veut en venir.

— Parfait ! C'est précisément pour votre connaissance généalogique que je viens vous chercher, Helis.

L'inconnu affiche un air préoccupé, mais trop dramatique pour que je ne sente pas l'arnaque. Il connaît mon nom de code, et quant à savoir le foutoir dans lequel il me met, je n'en ai aucune idée. La généalogie n'a jamais été ma passion, et je vois venir les emmerdes à des kilomètres.

Il sourit encore en finissant son verre et cueille mes derniers espoirs de réussite d'une lampée élégante.

CHAPITRE 34

VICTOIRE

Dimitri a disparu et il est recherché. Personne ne veut me dire quoi que ce soit tant que je n'ai pas lu le carnet. Je résiste encore un, deux jours, sentant mon cœur se comprimer lorsque mon regard se pose sur la couverture. Puis je décide qu'il est temps de crever l'abcès.

Il est posé sur ma table de chevet, sous le soldat de bois. La petite sculpture le garde. Sans doute pour ne pas que j'y touche.

Moi qui ai passé ma vie à attendre un moment comme ça, je n'arrive pas à l'ouvrir. Les fantômes me font peur, et le poids de ce journal est beaucoup plus lourd que je n'avais imaginé. Chapitre par chapitre, j'entame une longue et douloureuse lecture.

Carnet de bord de Gabriel Domitia
Numéro 6, An 192 de l'Alliance
An 194 de l'Alliance

Jour 78, Saison des Neiges

La guerre est finie. Après toutes ces années d'animosité, tous ces traquenards, tous ces morts. Je n'aurais jamais cru que les Litréans et les Eristène puissent un jour signer un traité de paix. Le Continent entier n'aurait jamais envisagé cela.

Notre famille a été décorée par Goliath Eristène en personne. Nous sommes désormais Premiers. Ava est aux anges, et moi aussi. Vingt ans de loyaux services, de soirées sans fin et d'entretiens dans les jardins. Trinquer avec les Eristène a été un moment incroyable. Désormais, il nous incombe de tout reconstruire, de remettre le Prévoyer en état et ses habitants à l'abri. Un travail inimaginable nous attend.

J'ai été sur la tombe de mes parents me recueillir. Le petit jour était doré, brillant comme le soleil de la Saison des Blés. J'ai eu la sensation d'entamer une nouvelle page de l'Histoire.

L'aube s'est enfin levée sur le Continent.

Jour 81, Saison des Neiges

Aujourd'hui, cela fait dix ans qu'Ava et moi nous sommes unis. Notre histoire, avec Ava, est une chance. Je lui ai fait part de mon désir d'avoir un enfant – sans doute la plus belle chose qui puisse nous arriver. J'appréhendais sa réaction, mais son sourire ravi a balayé ma peur. Il me semble être l'homme le plus heureux du monde.

Jour 32, Saison des Fleurs

Il ne m'est jamais arrivé de me disputer avec Goliath. J'aurais aimé que cela ne se produise pas. Mon Seigneur refuse catégoriquement de déployer des forces supplémentaires pour aider à la reconstruction des villes et des villages frontaliers. Il s'agit de la zone la plus touchée : elle a subi les assauts des Prévoyers Litréans pendant plusieurs années. Question de budget et de politique, m'a-t-il expliqué.

Ses arguments sont valables, mais le traité de paix a été signé il y a peu. L'enjeu est si grand ; il serait improbable que les Litréans prennent cet afflux de forces pour une provocation. C'est Théodore qui a mis en place les propositions de paix ; la réputation des Eristène en a pâti. Mais cela ne fait pas de nous les antagonistes du Continent. De plus, nous avons le devoir d'apporter notre aide aux populations sinistrées.

Nous n'avons pas poursuivi la conversation. Goliath est très âgé, même pour un Créateur, et il subit encore les séquelles de la maladie. Malgré tout, je ne lui en veux pas. Si Goliath pensait comme moi, il deviendrait mon pire ennemi. J'apprécie les gens avec qui je peux être en désaccord.

J'ai également appris que l'épidémie, qui a ravagé notre beau Continent pendant la guerre, perd en force de jour en jour. Les gens qui auparavant mourraient guérissent petit à petit. Voilà une bonne nouvelle. D'autant plus que David, le fils de Goliath, est passé près de la mort.

Mourir à vingt-deux ans quand on est un Créateur, c'est impensable.

Jour 86, Saison des Fleurs

Cela s'est déjà produit plusieurs fois. Goliath ne me reconnaît pas lorsque j'entre dans son bureau. Il met un moment avant de se rendre compte qu'il s'agit de moi. Je dois lui répéter que je suis bien Gabriel Domitia, son conseiller et informateur. Son regard perdu me glace le sang à chaque fois.

Il y a autre chose. Une énergie étrange émane de sa personne. Une sensation singulière perturbe mes pensées lorsque je suis près de lui. Cela me met mal à l'aise.

Depuis une quinzaine de jours, c'est David Eristène qui me reçoit. Je n'ose pas lui parler de son père. Nous sommes certes familiers, mais loin d'être aussi proches. Goliath a encore toute sa tête. Ce genre d'absence n'altère en rien ses brillantes capacités de réflexion.

Malgré tout, je me pose des questions. David est l'ombre fidèle de son géniteur, qui le soutient et l'aide à prendre les décisions. Peut-être serait-il temps pour Goliath d'abdiquer ?

Jamais je n'aurai le courage d'émettre cette idée de vive voix. On ne me le pardonnerait pas.

Jour 74, Saison des Blés

Le Prévoyer, nobles comme paysans, est officiellement guéri de la maladie. Goliath a retrouvé son énergie habituelle. Il a des absences, parfois, mais cela ne l'empêche pas d'accomplir ses devoirs.

À la place, c'est moi qui ai la sensation de tomber malade. Les Eristène sont mes supérieurs hiérarchiques. J'ai prêté serment de ne jamais pénétrer leurs pensées, et c'est ce que je fais depuis toutes ces années. L'idée m'est venue de briser ce pacte, mais cela m'est impossible ; leur puissance n'est que trop supérieure à la mienne, et je refuse de rompre cette promesse.

Cependant, je ne peux m'empêcher de ressentir ces choses étranges, désagréables, depuis plusieurs semaines. Je suis bien incapable de définir précisément ce que dégagent Goliath et David. C'est comme un robinet néfaste, qui coule au goutte à goutte mais n'attend qu'une chose : qu'on l'ouvre à plein débit.

Cette sensation m'a marqué durant le dernier dîner d'affaires. Que cela peut-il bien être ? Les affiliations ne sont pas fondamentalement dangereuses. Mais je dois être lucide : quelque chose ne va pas. Et je n'arrive pas à mettre le doigt dessus.

Jour 89, Saison des Fleurs

Ava est enceinte. Je ne l'ai pas crue lorsqu'elle me l'a annoncé. Mais l'Herboriste chargée de son suivi me l'a assuré : nous attendons un enfant.

Il me semble que je flotte par-dessus le monde. Tout est clair, doux, tel le bruit de la rivière qui creuse la roche. Comme les nausées de mon épouse ne sont pas encore calmées, je ne la presserai pas. Nous allons fêter cela seuls, dans un endroit calme et discret. Comme une famille en devenir.

Jour 14, Saison des Blés

La journée fut longue et douloureuse.

Deux hauts juges sont décédés. Ils siégeaient parmi nous lors des conseils décisionnels. Ils avaient beau être en grand désaccord avec la politique de redressement actuelle, ces hommes imposaient le respect. J'ai exercé plus de dix ans à leurs côtés… Cela me fait quelque chose.

Une enquête a été ouverte. D'après les témoignages de leur entourage, ils seraient tombés malades après la réception d'il y a deux jours. Les Herboristes nous ont affirmé qu'ils étaient en parfaite santé. J'ai du mal à y croire, mais il s'agirait d'une infection alimentaire aussi grave que fulgurante. Les élevages de porcs situés à la frontière ont vécu des choses terribles pendant la guerre. Ils n'ont recommencé à vendre leur marchandise que depuis peu. Se pourrait-il que, malgré les précautions des cuisiniers, quelque chose de mal soit passé ?

Personnellement, je n'ai présenté aucun symptôme. L'enquête se poursuit. Nous avons signé un article rendant effectif un examen sanitaire obligatoire de tous les lieux de récolte et de transformation de nourriture aux frontières.

Goliath a mis plusieurs minutes avant de se rappeler qui étaient nos deux collègues. J'ai rassemblé mon courage et échangé un regard lourd de sens avec David. Son père semble s'affaiblir de jour en jour. Moi qui ai toujours été un grand ami de cet homme, je dois me rendre à l'évidence. Le Prévoyer Eristène a peut-être besoin d'une passation de pouvoir.

Jour 60, Saison des Blés

La cour de la Maison Eristène comptabilise désormais quatre décès. Une domestique sans réel passé, qui souffrait de problèmes respiratoires. Elle a fait une crise d'asphyxie et n'a pu appeler à l'aide. On l'a retrouvée dans sa chambre, plusieurs heures après sa mort.

L'autre victime est un Second de rang moyen. Je ne l'ai aperçu que de rares fois, très brièvement. Il s'est fait connaître par une altercation avec David Eristène il y a plusieurs Saisons de cela, mais rien de notable.

Je mentirais si je ne disais pas que mon sentiment de malaise s'intensifie. Cette impression morbide qui revient parfois à la charge lorsque je traite avec David et son père. Elle est toujours là. J'ai peur d'être moi-même atteint d'une faiblesse.

J'ai peur d'en parler à Ava, de me rendre compte qu'il ne s'agit que de moi. Et si mon affiliation me jouait des tours ?

Après tout, seuls les fous n'ont pas conscience de ce qu'ils sont…

Jour 25, Saison des Feuilles Mortes

Le Prévoyer va mieux. Les Grandes Battues de cette Saison des Blés ont été un succès. J'ai dû répondre à un grand nombre de sollicitations et d'obligations ; difficile, dans ces circonstances, de tenir ce carnet. Le temps que je prends maintenant, j'aurais dû le consacrer à un entretien avec Goliath. Mais il a été reporté. Nous nous sommes de nouveau disputés.

Cette fois, David a soutenu son père. Nous venons à peine de redresser notre Prévoyer et ses idées conservatrices ne présagent rien de bon pour notre avenir économique. Limiter le transport de marchandises via le chemin de fer ? Qu'a-t-il en tête ? Il est vieux et de plus en plus fermé, en dépit de son esprit brillant. J'espère qu'il ne s'agit que d'un moment d'égarement de sa part.

David ne veut rien entendre concernant son futur accès au pouvoir. Les valeurs familiales sont au centre de la culture des Eristène, mais cette obstination me laisse amer. J'ai la sensation de me retrouver éclaté en plusieurs morceaux. À saisir, à entendre et à subir des choses qui me dépassent. Je ne suis que conseiller. Quel est ce dangereux virage que je vois se profiler à l'horizon ?

Jour 80, Saison des Neiges

Ava a accouché. Je suis père.

L'enfant s'est présenté plus tôt que prévu, mais le Destin a été clément : mon épouse est en parfaite santé. Même sans complications, le travail l'a épuisée. Actuellement, il est un peu plus de minuit et elle dort à poings fermés dans notre lit. Le petit berceau qui s'agite à côté d'elle me donne les larmes aux yeux.

Notre fille. Chair de ma chair. Je me sens si fragile et si fort à la fois. Désormais, il nous faut protéger ce petit être quoi qu'il en coûte. Je crois que l'aide d'une nourrice ou deux ne fera pas de mal à Ava…

Cette si belle nouvelle va me permettre d'oublier un peu mon travail et les Eristène. Je compte passer quelques jours en compagnie de ma femme.

Nous avons déjà choisi le nom de notre fille. Marie. Comme sa grand-mère, si forte, avant elle. Puisse le Destin lui offrir la plus belle vie du Continent.

Jour 89, Saison des Neiges

David et Bianca sont venus en personne nous féliciter. Un geste qui, s'il m'a d'abord surpris, nous a permis de passer un agréable après-midi.

Notre petite Marie est magnifique et en pleine forme ; elle babille beaucoup, regarde tout le monde avec ses grands yeux noisette et n'a pas peur de s'exprimer bruyamment lorsque quelque chose ne va pas. Je ne critiquerai pas son comportement. Après tout, elle tient sans doute cela de son père…

Nous avons fait venir un Senseur. Ava était impatiente de découvrir quel était le niveau de magie de notre fille. Il s'avère qu'elle deviendra sans doute une grande Immiscée. Son pouvoir est très prometteur.

Jour 11, Saison des Fleurs

Trois personnes sont mortes dans le palais. Deux domestiques que je n'ai jamais vus et une Seconde, venue se plaindre auprès de David pour je ne sais quelle raison il y a une dizaine de jours. Si seulement je pouvais m'émouvoir de leur décès. Cela voudrait dire que je n'ai rien de plus grave à l'esprit.

Je n'arrive plus à communiquer avec Goliath. Lui qui se montre encore d'une grande intelligence, spécialement en public et lorsqu'il est avec sa famille, me semble être un insecte fou dès que nous nous retrouvons tous les deux. Mes conseils ne sont que des coups de vent qui sortent par la fenêtre. Je ne vois presque plus David, qui se contente de hocher la tête et de suivre les idées de son père sans jamais rien remettre en question.

Nous nous sommes encore disputés, plus violemment cette fois. Les Litréans ne sont plus nos ennemis, pas plus que les Hamilcar. Leurs dissensions avec les Hafferyn n'ont rien à voir avec nous, bon sang ! Et si ce n'était que cela : Goliath a menacé d'attaquer ma famille si je « ne revenais pas dans le droit chemin ». Mais que se passe-t-il ?

J'ai rompu mon serment et tenté de sonder leurs esprits : rien. Un mur fait du même acier que les trains du Continent. Je ne lis rien et ne suis donc pas plus avancé. Ils me font peur, à présent.

Marie pleure souvent lorsque je suis là. J'ai beau faire des efforts, elle ressent mon trouble. Ava n'y peut rien. Elle veut m'aider à penser à autre chose, m'encourage à sortir et a proposé l'idée d'un voyage. Mais elle n'a pas à porter le poids qui me fissure le crâne.

Je ne sais pas quoi faire.

Jour 74, Saison des Fleurs

C'en est trop. Goliath a voulu me radier sans aucune raison.

Il m'a convoqué dès la première heure du jour dans son bureau, en entretien privé. Il n'y avait même pas de gardes devant la porte. Pas de place pour le doute : nous allions parler de choses confidentielles. J'ai visé juste, car il a bondi de son siège et a demandé ma démission dès que j'ai fermé la porte.

Nous aurions pu en rester là, mais il a touché à quelque chose d'interdit. Goliath a exigé que je lui cède la Couleuvre, mon réseau, celui qui nous tient informés de tout ce qu'il se passe sur le Prévoyer. La Couleuvre, je l'ai bâtie il y a des années, sous l'impulsion de ma créativité et au terme de plusieurs Saisons de travail. Piqué au vif, j'ai refusé net. Alors, il m'a agressé.

D'où Goliath tient-il la force qui lui a permis de me pousser contre le mur ? Je n'en sais rien. On aurait dit qu'il était de vingt ans mon cadet. Toutes les plantes de son bureau ont fané d'un coup. Je me suis retrouvé plaqué contre la pierre, les épaules douloureuses, alors qu'il me hurlait que je lui devais obéissance.

Mais cette fois-ci, je l'ai senti, ce malaise à l'orée de ma pensée. Ce bras venimeux, pourri et invisible, qui m'a percé de part en part. Des doigts souples venus caresser mon cœur avec d'infinies précautions. J'ai failli perdre connaissance sous le dégoût que son contact a engendré. Il est devenu fou ! Et a de nouveau menacé Ava et Marie. Je l'écorcherai vif s'il touche à un de leurs cheveux.

Je suis parti en trombe, sans qu'il n'esquisse le moindre mouvement. J'ai passé l'après-midi à vomir de la bile.

Je ne peux plus me voiler la face, même si cela m'en coûte. Goliath, vieux frère, je te demande pardon. Un ami, c'est aussi quelqu'un qui sait quand vous devez vous arrêter. Je sais qu'il se passe quelque chose d'ignoble en toi, et c'est moi qui vais te faire abdiquer.

Jour 1, Saison des Blés

Les jours chauds arrivent vite. La Saison des Fleurs se clôture par le Festival des Longs Jours, avec sa chaleur étouffante, sa compétition de voltige et ses fêtes qui ne s'arrêtent jamais. Le théâtre idéal pour un rassemblement continental.

Cette année, Ava et moi n'y sommes pas allés. Goliath n'a pas daigné poser de questions : je ne le vois plus depuis notre dernière altercation. C'est David qui a accepté notre absence d'un simple hochement de tête. Paraît-il que son père n'est « pas disposé » à me recevoir.

Pour ma part, j'ai achevé de peaufiner le plan que je prépare depuis un moment déjà. L'absence des Eristène m'a fait le plus grand bien. Dès leur retour du festival, la famille Domitia part pour quelque temps.

Officiellement, ma femme et moi ne nous sommes pas arrêtés un instant depuis la naissance de Marie. Ainsi, nous prenons quelques jours sur le Prévoyer Hafferyn, dans une maison de vacances, afin de nous ressourcer tous les deux. David et Goliath n'en savent pas plus.

Marie est à la charge de nourrices et de membres de la Couleuvre que j'ai personnellement sélectionnés. Il n'y a que moi et Ava qui savons où elle se trouve, loin d'Enathon et de son palais.

J'ai besoin de savoir si je ne deviens pas fou. Si ce que j'ai vécu est bien réel. Notre absence n'a pas pu faire scandale, mais elle aura forcément été remarquée. Par Théodore, en priorité, j'en mettrais ma main à couper.

Notre voyage se fera en train : nous passerons donc par Milantal pour rejoindre le Prévoyer Hafferyn. Je dois trouver le moyen de le contacter, de m'entretenir avec lui, ne serait-ce qu'une heure. M'écoutera-t-il ? Vais-je finir entre quatre murs ? Je n'en ai aucune idée. La seule chose dont je suis sûr, c'est que je n'ai plus rien à perdre. La peur ne fait pas partie de mes préoccupations. Nous sommes sur le point de trahir les Eristène. Je n'éprouve aucun remords. Seulement une détermination sans faille.

Puisse le Destin nous épargner une fin tragique et protéger Marie.

CHAPITRE 35

VICTOIRE

Je rêve désormais de ma famille. Celle du sang, celle de Guilhem et de ses parents. Pas de visage, pas de décor.

Les Hamilcar ne manquent pas de remarquer que j'ai entamé la lecture du *Carnet*. Aux petits déjeuners, on me demande combien de pages j'ai feuilletées. Le regard d'Auguste brille avec quelque chose que je ne comprends pas. Il a l'air intéressé, mais il espère aussi. Quoi, je ne sais pas. La gêne que je ressens encore lorsque je prends mes repas avec eux éclipse mes capacités à bien le cerner.

J'ai eu du mal à encaisser le récit de ma naissance.

Celle où ils décident de m'appeler Marie. Où on leur dit que je leur ressemble. Où on prédit que mes pouvoirs seront grands. Je me sens mélancolique de quelque chose qui ne m'appartient pas. Si décalée que ça ne peut pas être moi. Parce qu'aux yeux du Continent, Marie Domitia, c'est quelqu'un d'autre. C'est l'autre Marie. Celle qui n'est pas vraiment Marie. Celle qui est Hors-Classe, insensible au monde dans lequel elle évolue à ma place. On ne se connaît pas, et pourtant, c'est comme si l'une avait pris l'identité de l'autre.

Deux reflets dans le miroir. Mais lequel est le bon ? Lequel mérite sa place ?

Je déteste penser à elle. Je ne sais pas si je la déteste, si je déteste les Eristène ou si je déteste le chemin sur lequel m'a jetée le Destin.

Le carnet de mon père me glace les veines. Aujourd'hui, Goliath Eristène est toujours là, maître de son territoire comme si rien n'était arrivé. Remarque, quand on élimine ceux qui peuvent parler, on ne risque pas de faire passer le mot. Il est fou à lier. Et David ? Et sa famille ?

Ça me tue de l'admettre, mais Abraham est la seule personne à qui je peux en parler. Je n'arrive pas à le croiser ; c'est comme s'il s'était volatilisé. Ma frustration grandit comme les pages défilent. Auguste me regarde. Maïa fait comme si de rien n'était.

Carnet de bord de Gabriel Domitia
Numéro 6, An 192 de l'Alliance
An 194 de l'Alliance

Jour 5, Saison des Blés

Aujourd'hui, la Maison Domitia a trahi les Eristène.

Avant-hier, j'ai envoyé une missive confidentielle à Théodore, afin de lui demander un court entretien. Hier matin, je recevais une réponse positive de sa part. Comme s'il avait anticipé ma demande avec une réponse déjà prête. Peut-être n'est-ce qu'une impression, mais connaissant Théodore, c'est tout à fait possible.

Nous sommes partis à l'aube, après nous être assurés que Marie était bien isolée dans les campagnes du Prévoyer, sans personne pour la trouver. Le train s'est arrêté à midi à la gare de Milantal. Dans ces moments-là, je suis heureux que mon visage soit peu connu du public. Je me suis rendu au palais des Litréans à pied, en passant par le centre-ville. Lorsqu'il y fait beau, la ville change complètement de visage.

L'entretien a duré un peu plus d'une heure. Je ne sais pas exactement à quoi je m'attendais. Théodore s'est contenté d'écouter mon argumentaire. Je sais qu'en dépit de la paix récente entre nos Prévoyers, il y entrevoit une opportunité, je ne suis pas naïf. Nous avons parlé de Goliath, dont Théodore se méfie de plus en plus, du nombre croissant de morts au sein de notre palais (Théodore a mené sa propre enquête : je suis trop vieux pour m'en étonner), de la bonne entente entre les Eristène et les Hafferyn. Et surtout, du pouvoir inquiétant dont Goliath et David semblaient investis depuis quelque temps. J'ai obtenu la preuve que je ne deviens pas fou. Théodore est lui aussi sur ses gardes.

Je sais que je suis un traître. Lui aussi l'a bien compris. Avant mon départ, il m'a proposé d'échanger par courrier le temps de mon voyage. « Vous êtes le bienvenu sur le Prévoyer Litréans si le besoin s'en fait sentir », m'a-t-il dit. Sa façon diplomatique de dire qu'il me soutient.

Jour 6, Saison des Blés

Je doute. Je doute en voyant la belle maison dans laquelle nous séjournons depuis hier soir, en périphérie d'un village calme et coloré. Si loin de Goliath, mais si près des Hafferyn. Je doute en pensant à Marcus, grand ami des Eristène. Je doute en songeant à tout ce qu'il doit savoir. Je doute aussi pour Ava, aussi bornée que moi, au point de m'accompagner dans ma mission suicide. Et, bien sûr, je doute pour Marie. Ma petite Marie, en sécurité, trop jeune encore pour voyager.

J'ai l'impression d'être un monstre. Que suis-je en train de faire ? La certitude de savoir que ce que je fais est juste ne suffit pas. Elle ne suffit pas à stopper ce rat qui me ronge la poitrine. Je pousse ma femme avec moi, droit vers le ravin. Je pars sans me retourner, mais pourrai-je seulement revoir Marie un jour ?

Si je le pouvais, je remonterais le temps. Dix ans en arrière, avant la guerre, avant que les choses ne tournent au vinaigre. Au pied de cet arbre centenaire, sur cette petite place d'Enathon réputée pour sa beauté. À ces instants où Ava et moi avions l'habitude de nous faire la lecture lors des soirées chaudes. À ce moment précis où j'ai noué un ruban rouge autour de ses doigts délicats, manquant de le perdre à cause du vent. Notre échappatoire. Notre illusion à nous.

Jour 9, Saison des Blés

Cette retraite est une bouffée d'air frais. Loin de tout, Ava et moi nous sentons revivre. Ma femme dort jusqu'à midi depuis trois jours. Absorbé par mon travail, je n'avais pas remarqué les cernes qui s'étaient installés sous ses yeux. Nous avons reçu un courrier discret des nourrices : Marie se porte comme un charme. Même pour les agents qui se sont déplacés avec nous, l'atmosphère est propice à la détente. Les journaux à scandale n'ont pas tardé à remarquer notre absence. Les rédacteurs jasent, les gros titres s'amusent. Peu importe.

Dans l'immédiat, je veux rencontrer Marcus Hafferyn. Plusieurs fois, s'il le faut. Nous nous entendons bien ; cela devrait être un jeu d'enfant de me faire inviter. Je veux passer du temps avec la famille, que l'on félicite Ava pour notre fille, que l'on discute du Festival des Longs Jours. Je veux profiter de ces vacances pour me familiariser un peu plus avec eux. Lorsque mes agents seront assez informés sur le palais, ils s'infiltreront dans les bibliothèques. Leurs archives doivent être pratiquement vierges : les derniers déménagements administratifs vers Stridel datent de la signature du traité de paix. Balayer le passé : un autre symbole pour appuyer la fin de la guerre.

Cela me déplaît de l'admettre, mais Goliath est sans aucun doute plus proche de Marcus que de moi, spécialement depuis la fin des conflits. Si les Hafferyn savent quelque chose, s'ils ont travaillé avec nous, ils en possèdent forcément des preuves, des accords et des contrats dans leurs dossiers. Une tâche délicate à mettre en place, mais simple à réaliser pour la Couleuvre.

Je vais cacher ce carnet sous plusieurs couvertures différentes. Une mesure de prudence que je ne peux pas négliger.

Jour 12, Saison des Blés

Les Hafferyn sont toujours aussi charmants. Voilà un bon moment que nous ne nous étions pas vus. Marcus et Ludvine étaient ravis de présenter leurs vœux à Ava.

Daphnée, Adélaïde et Agnès se ressemblent toujours autant. C'est comme si l'on voyait la même personne au stade d'enfant, de jeune Dame et d'adulte. Je n'ai pas manqué de donner des nouvelles de Blaise à Daphnée, bien qu'ils s'envoient régulièrement des lettres. Voilà tout juste quelques jours qu'elle l'a quitté et elle soupire déjà en pensant à lui.

Marcus semble avoir pris plusieurs années en très peu de temps. Il a l'air de moins en moins commode avec l'âge, mais son esprit est toujours aussi agréable. Droit, dévoué, c'est pour cela que je l'apprécie. Jouer le jeu des retrouvailles a été d'autant plus facile que l'instant était honnête. Nous avons fait une promenade, tous ensemble, parmi les bois et les pâturages qui entourent le palais. Mes pieds sont cotonneux.

Une fois revenus à notre maison, Ava et moi n'avons pas chômé : nous avons recoupé toutes les informations, même les plus futiles, obtenues, vues ou entendues durant la journée. Mes agents ont eu le temps d'observer les lieux lorsqu'ils nous accompagnaient. Une ébauche de stratégie se dessine.

Jour 20, Saison des Blés

Ce soir, c'est le grand soir.

Parmi nos nombreux rendez-vous avec les Hafferyn, nous avons décroché le gros lot : une balade au sein du palais. Marcus et Ludvine nous on fait visiter les lieux, fiers de nous montrer les derniers travaux opérés dans leur demeure. L'opportunité rêvée pour rafraîchir la carte mentale, déjà ancienne, que j'avais des lieux.

Suite à cela, Marcus et Ludvine ont passé un après-midi chez nous. Après-midi durant lequel ils nous ont invités à dîner. Une telle occasion, ça ne se loupe pas. Comme à chaque fois, nous allons nous présenter avec deux agents. Mais ils ne seront pas seuls ; j'ai cinq autres hommes qui s'occupent de surveiller notre maison. Deux parmi eux, d'excellents espions que j'ai sélectionnés personnellement, se chargeront d'infiltrer la bibliothèque. Avec l'atmosphère paisible du Prévoyer, j'ai bien vu que Marcus avait relâché sa sécurité.

Nous partons dans quelques minutes. Le maquillage d'Ava est plus sombre que d'habitude. Je n'ai pas pu m'empêcher de le remarquer. Ses vêtements aussi. Je me suis rendu compte qu'il en allait de même pour moi, sans que je l'aie fait exprès. Mon esprit me prépare inconsciemment à la suite. J'espère que ce n'est pas un mauvais présage.

Jour 21, Saison des Blés

Je n'étais pas préparé à cela.

Ava et moi étions à peine rentrés que nous avons reçu un message codé de la part de nos espions. Ceux-ci se sont évanouis dans la nature, comme je leur ai demandé. Fondus parmi les citoyens ruraux, présents mais invisibles, afin d'effacer les traces que leur visite nocturne aurait pu laisser. Nous rentrerons moins nombreux et les retrouverons sur le Prévoyer Eristène.

Il est facile de décrypter un code que l'on utilise depuis des années. Mes hommes ont facilement trouvé le dossier pour lequel ils sont venus. Il est daté d'après la signature des traités de paix et concerne Marcus et Goliath. Continuer ma lecture fut difficile. Pour faire court, on y parle d'alliance cachée, de démonter certaines Maisons pièce par pièce, d'éliminations tout aussi ciblées qu'hallucinantes. Les victimes sont de choix, toutes des Premiers, Hamilcar et Litréans en première ligne. Le projet est minutieux, planifié, pensé sur le long terme.

Le message est d'un tel niveau de détail que je n'ai même pas besoin d'avoir le dossier entre les mains. Ma mère me répétait souvent que le plus terrible n'était pas d'anticiper les catastrophes, mais de voir les schémas les plus terribles que l'on a imaginés prendre vie. Désormais, je comprends ce qu'elle voulait dire.

La presse parle de nous, mais nous ne sommes pas assez célèbres pour nous faire reconnaître à chaque coin de rue. Il va nous falloir faire preuve de prudence. Je meurs d'envie de partir en courant, là, tout de suite. Sauf que cela nous rendrait suspects.

Je n'ai rien dit à Ava. Il faut qu'un de nous deux puisse fermer l'œil pour ces deux dernières nuits.

Jour 23, Saison des Blés

Aucune nouvelle de mes deux espions. Soit ils ont bien fait leur travail, soit ils sont morts. Il n'y a pas d'autre possibilité. Je n'ai jamais douté de la compétence de mes hommes. Mais aujourd'hui, j'ai peur. J'ai ouvert les yeux à l'aube, épuisé. Ce train dans lequel nous allons monter m'éloigne d'un ennemi, me fait passer trop près et si loin de Théodore, pour m'emmener vers une entité que je ne sais pas comment affronter.

Même ce carnet de bord est un élément sensible. Dès que j'aurai fini d'écrire ces lignes, je le confie à un de mes hommes. C'est un excellent messager, rapide et discret. Il emportera avec lui quelques-uns de nos effets personnels et rentrera en passant par le Prévoyer Hamilcar. Je déteste faire cela. J'ai l'impression d'anticiper ma mort et ce que je veux léguer au futur.

La vérité est terrifiante. Ava se doute de quelque chose, elle n'est pas dupe. Lorsqu'elle a donné son tour de bras à notre agent, j'ai su qu'elle avait compris. Je fais de même avec ce carnet. L'objet le plus important.

Ava, je t'aime. Marie, je t'aime. Par pitié, faites que le Destin n'emporte que moi s'il a soif de nos vies.

CHAPITRE 36

VICTOIRE

Les feuilles des saules créent un rideau qui me cache du monde. Je suis venue chercher un peu de solitude.

Bientôt, j'entends des pas faire craquer l'herbe tendre. Deux pieds chaussés de brogues sombres et brillantes apparaissent sous les branches tombantes. De l'épaule, il écarte les frondaisons et s'arrête. On dirait qu'il ne m'attendait pas. Je redresse la tête, laisse la brise de fin de journée faire frémir les pendentifs de mes boucles d'oreille.

— Vous êtes là.

— Bonsoir, Isaac.

Aussitôt, son regard dérive sur le carnet. La couverture est posée sur mes cuisses.

— Vous avez fini de le lire.

Mon silence est lourd de réponse.

Isaac observe le livre avec intensité. Puis il vient s'asseoir à côté de moi. Ce serait trop lui demander d'ouvrir la bouche pour discuter.

— Des fois, je réfléchis à ce que j'ai lu et je me dis que c'est une blague.

Il me faut quelques secondes pour rassembler mes pensées. Il ne dit toujours rien.

— Goliath Eristène est fou. Et pourtant, il dirige encore aujourd'hui sa Maison. Quel âge il a, maintenant ? Mon père décrit un homme sénile, haineux. Vingt ans plus tard, ça ne peut pas aller mieux…

Silence. Je poursuis, terrifiée par la compréhension que j'acquière au fil de mes mots :

— Comment la folie d'un seul homme peut-elle mener un Prévoyer ? Tuer en toute impunité une Maison entière ? Décimer un réseau ? Et comment son fils peut-il fermer les yeux ?

Isaac croise les bras, serre les mâchoires. La brise fait onduler quelques mèches de ses cheveux sombres. J'ai peur et j'ai froid. J'ai terriblement besoin d'une voix au chevet de la mienne, là, tout de suite.

— Lorsque la folie s'allie à la haine, lorsqu'elle s'unit à la défiance, elle est en mesure de ravager un continent. Vois le père et le fils comme les deux faces d'un même écu que le Destin fait rouler au hasard. Mais les paris sont truqués : David et Goliath ont leur folie bien à eux. À moins que le fils ne soit qu'un brave animal.

Isaac secoue la tête. Même si le décor est coloré, sa veste grise et ses yeux noirs lui donnent l'air d'un oiseau de mauvais augure.

— David, c'est le loup parmi les moutons.

Je penche la tête vers lui.

— Et vous, Isaac ? Vous êtes plutôt mouton ou loup ?

Il me semble le voir sourire, c'est si ténu que j'en doute. Il réplique sans broncher :

— Plutôt chien de berger. Celui qui éliminera les carnassiers trop intrépides et ramènera l'ordre au sein du troupeau.

C'est net, tranchant, sans détour. La lumière dans son regard s'est allumée ; il parle par conviction. Je prends une inspiration profonde, effleure quelques feuilles épaisses en tendant un bras. La caresse fluide et fraîche de la verdure m'apaise. À côté, Isaac est comme une source inépuisable de tension.

— Assar et Raphaëlle…

Bruit de tissu. Ma remarque l'interpelle.

— … vous pensez que Goliath et David les ont tués ?

Silence. Je glisse un doigt sur les tiges, trouve quelques gouttes de rosée non évaporées, les dépose sur mes joues, sèche mes paumes sur mes vêtements blancs. Lorsque je me retourne vers lui, Isaac se gratte le menton.

— Mon frère avait l'affiliation de mes deux parents. Un homme capable de manipuler le temps et de voir le futur représente un danger pour les autres Maisons. Nous n'avions pas pour projet de le faire épouser Marie Eristène. Aucun projet d'alliance avec les Eristène tout court d'ailleurs. Si l'on considère ce qu'avance votre père sur le pouvoir déviant de Goliath, et si l'on prend en compte la santé florissante de mon frère au moment de sa mort, nous pouvons en conclure que l'un est lié à l'autre. Mes parents sont persuadés que Goliath a provoqué l'arrêt cardiaque d'Assar. Mais comment? Nul ne le sait.

Le regard d'Isaac se trouble un instant, puis revient sur moi.

— En ce qui concerne Raphaëlle… Les Litréans sont désormais sans aucun héritier légitime, la maladie de Stanislas l'ayant mis hors jeu. La mort de Raphaëlle est une sacrée aubaine pour les Eristène, dont les alliances s'agrandissent avec la Maison Haffeyrin.

Un goût amer remonte le long de ma gorge. Ma réponse ne change pas sa saveur.

— Le Continent est dominé par une famille qui maintient sa position grâce au crime organisé et méthodique. Famille que l'on ne peut accuser de rien, étant donné l'absence de preuves. Tout ça, ce sont des hypothèses. Il n'y a que mon père et son carnet. Et ça ne pèsera pas lourd devant les Eristène!

— C'est faux, me contredit Isaac.

Ses yeux ne dévient pas un instant des miens. J'ai froid et je suis épuisée. Mais ses traits rudes se détendent soudain et le fantôme d'un sourire vient étirer ses lèvres.

— Il a laissé un autre indice : vous, et ce que vous portez dans votre sang. Confrontés à la démonstration de votre pouvoir appuyée par le témoignage d'une archive exhumée, les gens trouveront vite de quel côté se ranger.

Il me regarde comme si j'étais une poupée précieuse. Comme s'il en savait plus que moi, sans que je puisse y faire quoi que ce soit. Je serre les dents, me relève. Isaac ne dit rien. Nous restons tous les deux plantés là, à regarder l'horizon à travers les lianes couvertes de feuilles. Le ciel azur se teinte de nuances chaudes alors que le soleil entame sa longue descente.

CHAPITRE 37

VICTOIRE

Les mots vont vite au palais, surtout quand les Premiers parlent entre eux.

Isaac a, sans aucun doute, rapporté à sa famille que j'avais fini ma lecture. Leur réaction ne s'est pas fait attendre : j'ai été conviée à un rendez-vous au crépuscule.

J'aime observer Anchoris. On sent l'influence des Terres d'Ailleurs partout. Des lointaines odeurs d'épices – citronnelle, gingembre, d'autres que je ne connais pas – aux rideaux tissés, tout possède un charme exotique. Les lampes sont surmontées de coques de verre peintes. Lorsqu'on les allume, les illustrations représentées dessus prennent vie sur les murs.

Il y en a une grande comme ça dans la salle de réunion du palais. Installée sur une table vernie, elle fait la longueur de mon bras. Lorsqu'on y enflamme les bougies, c'est une carte du Prévoyer Hamilcar et des océans au-delà qui prend vie. On y voit des îles inconnues, des contrées qu'on ne nous a jamais montrées à l'école. Certaines créatures évoluent dans la mer et arpentent les Terres d'Ailleurs. Impossible de dire si elles existent vraiment.

Les gens du Sud ont l'habitude de ces objets, alors ils n'y prêtent pas attention. Moi, je suis captivée par le spectacle qui danse sur les pierres. En temps normal, je peux le contempler de longues minutes. Ce soir, je suis trop agitée pour m'y évader.

Le crépuscule n'est pas encore levé, mais au-delà du balcon, le ciel prend une teinte rouge profond. Les étoiles poussent le soleil à se noyer dans la mer. Le port, baigné d'une lumière chaude et découpé par les silhouettes des bateaux, restera animé jusqu'au milieu de la nuit.

Lorsque je suis entrée, Abraham se tenait à côté de la porte. Auguste, détendu, patientait, adossé contre un mur. Assis autour d'une belle table ronde, Maïa consultait un petit carnet tandis qu'Isaac me fixait sans dire un mot. Même lorsque son père s'est installé à côté de lui, il n'a pas bougé d'un cil. Maintenant que je le regarde, son visage me semble crispé. J'applique ses conseils et me concentre sur le serpent lové dans mon esprit. Je sais qu'il meurt d'envie de bouger, de s'infiltrer chez ceux qui m'entourent, de manger leurs pensées pour me les souffler à l'oreille. Mais pas maintenant. Isaac est un bon maître d'école. Ma maîtrise est meilleure à son contact. Je me sens reconnaissante malgré moi.

Quand je prends place autour de la table, face à la famille Hamilcar, mon pouvoir s'est rangé, calme et apaisé, dans un coin de ma tête.

— Bonsoir, Victoire. On m'a dit que tu avais lu le carnet de ton père, enchaîne aussitôt Auguste.

— En effet, confirmé-je avec un léger hochement de tête.

— Les choses te semblent-elles plus claires désormais ?

L'écho d'un clocher nous parvient de la ville. Le Seigneur me perce des yeux en attendant une réponse. Mon regard passe sur Isaac, toujours tendu, puis sur Maïa. Je lis beaucoup de confiance sur son visage. Elle a l'air sûre de ce que je vais répondre. Ça me dérange, mais je vais sans doute lui donner raison.

— Je sais pourquoi je suis ici. Qui est ma famille et ce qui lui est arrivé. Je sais que Goliath souhaite me voir morte plutôt qu'en train de siroter du thé à Anchoris en votre compagnie.

Je fais une pause pour l'effet dramatique. À l'intérieur, je me sens puissante.

— Je sais aussi que le Voyageur n'existe pas et que ces filles assassinées me ressemblaient beaucoup trop. Goliath suspecte quelque chose. Il a peur de ne pas avoir éliminé tous les Domitia.

Auguste se penche en avant, sourit, puis repose son dos massif contre le dossier de la chaise, attentif. J'ajoute :

— Je pense que vous voulez renverser la Maison Eristène. Et que vous avez besoin de moi pour atteindre cet objectif.

Maïa pianote du bout des doigts sur la table puis prend la parole, soufflant la réplique à son mari :

— Tu penses bien. Et nous ne sommes pas seuls. Les Litréans partagent notre vision.

Le visage de Guilhem m'apparaît. Mon frère me semble d'un coup plus proche. Je pose mes mains à plat sur mes cuisses pour ne pas serrer les poings. Le Seigneur se redresse sur son siège. Il est imposant, presque trop large pour son assise. Mon cœur fait un bond.

— Tu connais notre objectif. Ce que nous te proposons en échange, c'est ta vie. Celle que l'on t'a volée. Celle que tu peux récupérer en nous offrant ton aide. Une vie où justice serait faite, où la vérité aurait triomphé. Où le Continent ne serait plus menacé.

Quelque chose en moi remue. Je revois les pages griffonnées par Gabriel. Sa peur des Eristène. Le ressentiment qui m'a fait froisser le papier en lisant la dernière entrée. Venger le meurtre de mes parents. Et dans le même coup, sauver Guilhem des Litréans. Une aubaine qui ne se présentera qu'une fois, je le sais.

— Si tu acceptes, tu devras être exposée, Victoire. Devenir un symbole, la preuve vivante et irréfutable de ce qu'il s'est passé, continue Auguste au milieu de mes pensées qui tourbillonnent.

Être projetée parmi les Premiers. Tous ces visages inconnus qui pourraient me briser d'un coup de magie. Ces visages qui m'ont volé mon identité. Qui vivent sans remords. Qui n'ont jamais craint la vengeance.

Face à ces trois géants, je ne suis personne. Mon affiliation est une poussière. Mais ils ont besoin de moi. Avec eux, la vengeance est une question de temps.

— J'accepte.

Isaac n'a pas bougé. Il a les mains croisées sur la table. Peut-être que ses phalanges sont un peu claires. Tout s'arrête autour de moi. Une vague de chaleur brûle mon ventre et se répand dans mon corps. Mes mains picotent.

— J'accepte de vous aider dans votre entreprise.

— Tu devras reprendre ton véritable nom. Marie Domitia, héritière de la Maison Domitia.

— Je suis prête.

— Alors reçois, Marie, la protection de notre Maison ainsi que celle des Litréans, statue Auguste doucement dans un souffle chaud.

Sa voix serait presque douce, tout le serait presque en cet instant s'il ne s'agissait pas d'un drame dont je suis l'épicentre. Si tout cela n'était pas un vaste bain de sang, passé et futur.

Le brouhaha de la ville remonte comme un murmure par le balcon.

— Nous souhaitons traduire les Eristène en justice, afin qu'ils répondent de haute trahison. C'est le traité d'Alliance qui est en jeu, reprend Maïa, qu'ils ont sciemment outrepassé et brisé en commettant des crimes dont l'étendue dépasse le Prévoyer Eristène.

J'ai une tension qui me tire les poumons. Une tension prenante, presque grisante. Un silence plane. Je laisse le serpent en moi se glisser dans l'air alentour. Au lieu de se diriger vers les gens, il passe sur ma tête, s'enroule. L'extérieur me semble plus lointain. Mon esprit s'allège.

Je me sens différente. Différente de la Victoire qui débarquait aux Haras, perdue et ignorante. Les Hamilcar me regardent.

— Mais il y a plus, ajouté-je dans un frisson. Leur affiliation est déviante, mon père l'avait compris. Jamais la magie n'avait été mauvaise pour le Continent, capable de tuer, de nuire, de pervertir. Personne ne sait ce que l'affiliation des Eristène pourrait contenir de dangers pour la survie de tous, n'est-ce pas ?

Auguste acquiesce d'un air grave.

— Oui.

Juste « oui ». C'est dire l'ampleur de l'angoisse et de l'incertitude qui plane sur le Continent. Je me sens soudain petite devant le Destin, ridicule avec mon histoire de vengeance. Je ne suis pas taillée pour jouer les héroïnes dans une épopée sans victoire. Nous avons tous déjà perdu, en réalité… Nous avons perdu ceux qui nous étaient proches. Que nous aimions. « Oui. » Juste « oui ». Auguste a raison. Pas de héros cette fois. Juste un combat. Nos vies contre la leur.

Le silence est interminable. Mes pensées sombres paraissent habiter la pièce tout entière, coloniser l'esprit des Premiers qui se taisent. Dans ce temps insondable, je crois que nous nous comprenons enfin.

Le Seigneur s'adosse à nouveau contre sa chaise, laisse planer l'instant. Les ombres du crépuscule rougissent. Maïa, de nouveau, prend les devants :

— Marie, ta seule affiliation ne suffira pas à faire de toi une Première.

Je déglutis. Un reflet de lumière rougi s'étale sur mon visage. Je peux sentir le chatoiement qui en est responsable du coin de l'œil, comme une poussière indolore. Mes yeux se plantent dans ceux de Maïa pour ne pas voir son fils. Mais, c'est Isaac qui continue :

— Notre mariage vous permettra d'accéder de plein droit au rang de Première. Vous bénéficierez également de tous les avantages que celui-ci comporte. Nous scellerons ainsi l'alliance des Maisons Domitia et Hamilcar. Poursuivrons le vœu pieux de votre père défunt. Et acculerons les Eristène.

Le jeune Premier et moi finissons par nous regarder. J'aimerais hurler, mais la mâchoire qui me sert d'exutoire reste figée. Vissée par la sentence d'un mariage arrangé.

La voix d'Auguste est chaude, grave, lorsqu'il reprend :

— L'union aura lieu dans trois semaines. Elle sera privée, médiatisée, et marquera l'entrée de Victoire parmi la caste de Premiers. Nous enverrons ainsi un message clair aux Eristène. La presse sera informée de l'évènement dans les plus brefs délais.

La conclusion ne souffre plus la négociation.

Mes poumons s'étirent à l'infini. L'obscurité tombe sur le port.

Au Bonheur des Drames

VOTRE MAGAZINE D'ACTUALITÉ SATIRIQUE

Les horlogers manquent de mesure !

Alors qu'on vient d'inhumer Raphaëlle dans la plus grande intimité, voilà que la famille Hamilcar, grande absente des Battues, enfile ses gros sabots pour piétiner un deuil continental et annoncer un mariage aussi inopiné qu'improbable.

Pourtant, les Hamilcar s'y connaissent en enterrement : la mort d'Assar ne remonte qu'à un an. Alors, pourquoi annoncer l'union d'Isaac dans des circonstances aussi tragiques ? Nos amis Horlogers manqueraient-ils de mesure ?

Mais là n'est pas le plus surprenant. Victoire, une Tercière sortie de nulle part, épouse le fils Hamilcar. Les Horlogers seraient-ils devenus des amateurs de contes à l'eau de rose ? Chercheraient-ils à cacher un récit bien moins poétique ?

Il n'y a pas à dire, avec son petit air agacé et ses belles boucles, la Tercière présente bien. Mais cela n'enlève pas la crasse qui, nous en sommes sûrs, entache ce mariage d'une façon ou d'une autre.

Quoi qu'il en soit, le peuple danse, mais il n'est pas dupe. Réunir le gratin pour un évènement qui tient autant du congrès que du cirque n'a rien d'anodin. Sommes-nous en train d'assister à un jeter de voile sur les Grandes Battues ? Des retrouvailles et des embrassades pleines d'émotions entre Premiers suffiront-elles à nous faire avaler que tout va pour le mieux ?

Car, si les Hamilcar mènent la danse, les Litréans ont des raisons de se sentir baladés. Théodore affirme que les évènements ne sont que réjouissances, ce que sa mine blafarde dément à chaque instant. Les deux Maisons, fortes d'une entente pluridécennale, viendraient-elles de sceller un pacte de méfiance ?

CHAPITRE 38

VICTOIRE

À partir d'aujourd'hui, j'allais dormir avec Isaac.

J'ai essayé de me rassurer en me disant que, froid comme il est, il ne risquait pas de m'ennuyer avec des discours interminables. J'ai commencé à penser à sa silhouette allongée au milieu des draps. À ne plus pouvoir me balader librement à la sortie du bain. À la place qui serait occupée sur le matelas. Je me suis fait violence pour m'arrêter.

Puis j'ai migré avec les meubles dans l'aile réservée aux Premiers.

Les nouveaux appartements ressemblent aux miens, en plus grandioses. Je peux déambuler à travers le monde d'Isaac et ses pièces pendant que tout le monde s'affaire. Les tapis sont de couleurs neutres, les broderies unies, le bois sombre, les décorations rares. Tout parle de lui en monochrome. La seule œuvre d'art se trouve au milieu des bains : le portrait d'une bête gigantesque, avec quatre pattes et des ailes faites de peau, gravé dans la roche.

Je décide que le côté droit du lit sera le mien. Je pose toutes les babioles que je garde depuis l'Académie sur les commodes. Le carnet de Gabriel – mon père – est glissé dans un tiroir, gardé par le soldat de bois. Je me sens un peu moins mal. Comme si quelques objets allaient me protéger face à ce qu'il se passe. Je vais épouser un homme que je ne connais pas et intégrer une famille d'étrangers.

Je me jette dans l'emploi du temps titanesque que l'on me réserve dès le lendemain.

Le matin, cours d'étiquette. Ma préceptrice a pour objectif de me faire ingurgiter un maximum de choses en un minimum de temps.

— Vous devez être présentable et irréprochable pour vos premières apparitions. Nous ne quitterons pas cette pièce tant que vous ne savez pas vous servir d'un couteau à poisson.

J'apprends à lever des filets du bout de la lame, à marcher en me tenant droite, à canaliser mon affiliation en présence de monde, à marcher sans trébucher sur les étoffes de luxe, à esquiver une question sans en avoir l'air et à faire tout ce que je fais depuis ma naissance, mais en plus élégant et plus calculé.

L'après-midi, cours d'histoire approfondie sur la noblesse du Continent. Je pensais pouvoir m'en sortir jusqu'à ce qu'on me demande de retenir les noms des membres de toutes les familles éloignées des Maisons dirigeantes.

— La plupart de ces Seigneurs et ces Dames seront présents pour votre mariage. Vous devez pouvoir reconnaître et nommer chacun d'entre eux.

J'ai commencé à voir cette horde d'inconnus au nom écrit à l'encre comme de lointains membres d'une nouvelle famille. Des beaux-frères par alliance, des demi-tantes, des cousins éloignés. Des rameaux de consanguinité à en faire pousser une forêt. Je me suis contentée de plonger le nez dans les pages jusqu'au mal de crâne.

Avec Maïa, nous discutons pendant des heures avec des couturiers si pointilleux sur mes mensurations que ça en devient agaçant, nous gribouillons des plans de table et caressons des tissus pour choisir de quelle couleur seront les serviettes pour la réception. Une réception pleine de tous ces inconnus dont je me fiche s'ils préfèrent le vin ou ne veulent pas s'asseoir à côté de leur sœur.

Le premier soir dans ces nouveaux appartements, ma plus grande peur est de dormir. Je reste les yeux grands ouverts, à fixer le plafond. Même sous les draps, je l'entends.

Je n'ai aucune idée de ce qu'il a fait de sa journée, de son humeur, et je ne veux pas savoir. Les bruits de pas, de tissu, d'eau qui éclabousse, la sensation du matelas qui s'affaisse et de la lumière qui disparaît. Pendant un instant, je sens qu'on m'observe. Le temps s'étire.

Puis, comme une illusion, la sensation s'estompe avec un bruit de draps.

Je m'endors comme si on m'avait assommée.

C'est l'avantage des journées prenantes, et ça marche pendant quelques jours. Je m'y fais bien. C'est confortable d'éviter Isaac en traversant la salle de réception du palais avec quatre encyclopédies sur la tête. De faire comme si on n'avait pas la même vie, pas la même chambre.

Puis la nouvelle paraît dans *La Continentale*. C'est le déferlement des hypothèses idiotes et bon marché. Mais l'annonce fait son effet : Goliath est furieux. Il accuse les Hamilcar de briser le deuil des Litréans, le tout sous couvert d'une sincérité diplomatique qui ne duperait pas un chien. Théodore a démenti et réaffirmé sa joie de participer à l'évènement. Au nom du Continent et de Raphaëlle. Et que le Destin nous guide.

Les Eristène essaient déjà de jeter le discrédit sur moi, farfouillent dans mes origines crasseuses avec agitation. Et ça n'est pas pour déplaire aux magazines farcis aux ragots qui s'en délectent. J'entends tout sur mon passé. Surtout des horreurs.

Là, ce n'est plus la même chose.

On m'assigne deux gardes qui me suivent jour et nuit. J'ai l'impression d'être une enfant qu'on surveille. Il faut que je m'enferme dans mes appartements pour qu'on me fiche la paix. Mais même ici, je ne suis pas tranquille.

Les quartiers privés du jeune Premier sont situés à l'étage. Pourquoi ? Je ne lui ai pas demandé, mais on a une vue imprenable sur la ville. J'aime lire sur le balcon attenant à la chambre. Il donne pleine vue sur l'entrée et les grilles du palais en contrebas.

Jusqu'au matin où, en tirant le rideau épais, j'ai vu la foule qui s'amassait près des grilles.

Mon corps s'est figé, ma tête aussi. Une masse mouvante, pleine de petites silhouettes, agglutinées contre les barreaux, parfois écrasées, qui s'agrippaient et se poussaient. Je ne voyais plus la rue sur laquelle ils marchaient. Les cris et les voix s'emmêlaient et m'arrivaient étouffés. Ça ne m'a pas empêchée de reconnaître distinctement deux syllabes.

Vic-toire.

À partir de ce moment, j'apprends à entrer dans le moule. Question de survie. Les conversations, à table ou lors de mes classes, sont de moins en moins terrifiantes. Je réponds et demande ce qu'il faut quand il le faut. J'excelle à faire semblant.

Ce soir-là, en montant les escaliers menant à l'atelier de tailleur improvisé, je ne trouve personne. C'est étrange. En général, je retrouve Maïa, qui supervise les sessions de couture comme un métronome.

Pourtant, une armée de couturiers s'affaire sur ma robe depuis dix jours. Je la vois grossir chaque soir lors de ma visite où je reste perchée sur un piédestal, face à un immense miroir, à regarder une nuée de mains dérouler, coudre, broder et piquer des kilomètres de tissu sur mon corps.

Même derrière le rideau menant au petit salon qui nous sert de repère, j'entendrais une mouche voler. J'attrape le tissu et le dégage d'un geste lent.

La pièce a été vidée. Plus un mannequin, plus de tabourets rembourrés, plus de mètres à couture étendus au sol. Seul le tapis, déroulé sur toute la longueur de la pièce, fait office de décor. Les lampes ont été allumées, mais leur lumière est ténue. Une table, trois chaises au centre de la pièce. Auguste, le menton dans une main, s'amuse à faire tinter un verre du bout de l'ongle. Lorsque je froisse le rideau, il lève des yeux brillants vers moi.

— Bonsoir, Victoire.

CHAPITRE 39

VICTOIRE

Nous sommes seuls.

— Je pensais devoir travailler sur ma robe ce soir.

— Le programme a changé, me répond Auguste d'un geste de la main. J'ai quelqu'un à te présenter.

Je passe en revue le salon en m'avançant. Personne. Mon esprit se relâche. Je laisse le serpent slalomer entre les meubles, passer autour du Seigneur sans le toucher. Rien.

— J'imagine qu'il s'agit d'un entretien privé.

— En effet, me confirme Auguste en se redressant. Il faut que l'on parle de ta protection, Victoire.

Je tique.

— Ma protection ? En tant que Première ?

— Oui. Tous les Premiers ont la leur. Elle sait se faire discrète, mais elle est toujours là. D'autant plus lorsque nous nous déplaçons.

Je vais donc avoir des gens pour assurer ma sécurité, que je sois au palais ou en déplacement.

— Vous voulez que je sois surveillée pour le mariage.

— Une grande partie des Premiers sera présente, me rappelle Auguste, qui fait briller les bagues sur ses mains à la lueur des lampes. Après les Battues, nous ne pouvons pas prendre de risque.

Je hoche la tête. Guilhem passe brièvement dans mon esprit. Ses yeux bleus illuminent un peu la pièce.

— Avant de continuer, Victoire, cet entretien est confidentiel. Tout ce qui se dit dans cette pièce y restera à jamais. Et si l'un des deux partis brise l'accord, il ne sera pas difficile de le savoir. Suis-je clair ?

Un frisson remonte le long de mon dos. J'ai eu affaire aux Hamilcar en famille, aux Hamilcar en figure publique, aux Hamilcar dans leur vie de Premiers, mais pas encore aux Hamilcar dans le secret de leur métier. Gardant le dos droit, je tâche de rester calme.

— Parfaitement clair.

— Bien. Victoire, connais-tu la Noble Cause ?

J'écarquille les yeux sans pouvoir me contenir.

— Oui… vaguement.

Auguste lâche un sourire amusé. Il me regarde comme si son effet de surprise venait de tomber à l'eau.

— Tant mieux ! Car c'est la Noble Cause elle-même qui va te protéger, triomphe-t-il en haussant les sourcils.

— Mais, comment… ?

— Cela ne te regarde pas.

Rien n'a changé dans sa posture, mais je sais que je ne dois pas insister. Je prends une inspiration, essaie de monter un scénario plausible dans ma tête, échoue.

— Est-ce une bonne chose de faire confiance à la Noble Cause ? Pourquoi ne pas me mettre sous la protection de vos gardes ? Et les Litréans dans tout ça ? Ils se battent contre elle depuis des années.

Auguste m'arrête en levant la main. Un coup de vent, plus frais que la veille, traverse les rideaux et souffle une des appliques accrochées au mur.

— Je peux t'assurer que ni toi ni personne dans ce palais ne craint quoi que ce soit. Nous avons nos accords avec la Noble Cause. Nous serons amenés à voyager sur le Prévoyer Litréans dans un futur proche, et je préférerais que tu sois protégée par des gens moins impliqués dans notre affaire. Quant aux Litréans, j'ai mes propres arrangements.

La chaleur grave de son timbre résonne. Mon instinct me dit qu'il y a autre chose. Je ne suis pas dans la confidence. Auguste est une boîte à secrets. Le goût de la bile qui me remonte dans la gorge est difficile à ignorer.

Le rideau du salon se tire, un peu trop vite, sur un domestique tendu. Le courant d'air créé rafraîchit mes joues chaudes.

— Veuillez m'excuser, débute l'homme d'un ton feutré. Votre invité vient d'arriver.

— Bien, répond Auguste. Faites-le entrer. Et amenez-nous du thé à la menthe.

Le domestique acquiesce, s'incline, puis s'éclipse sans aucun bruit. Auguste me jette un regard en coin.

— Je te présente celui qui sera en charge de ta protection dès les vœux maritaux échangés.

Le bourdonnement de mon esprit emplit mes oreilles sans que je puisse le contrôler. Je sens mes doigts moites et la chaleur piégée entre les couches de ma robe. Quelques secondes plus tard, le domestique rouvre la porte, plateau de thé en main. Il se fait minuscule alors qu'arrive à sa suite l'homme de la Noble Cause.

J'oublie de respirer un instant. La Noble Cause est l'éminence grise du Prévoyer Litréans. En entendre parler est une chose, mais côtoyer ses membres en est une autre. Et pourtant, il est là : un homme grand, très grand, jeune, avec un regard à trancher du marbre. J'observe son port altier, sa tenue venue des régions centrales, la cicatrice qui lui barre la joue droite.

Je rêve. Non. Je ne rêve pas. C'est bien Dimitri.

Les cheveux soigneusement rabattus en arrière, à l'aise, il se tient en face de moi. Il traverse la pièce de son pas assuré, allongé, comme s'il connaissait l'endroit. Il sort les mains de ses poches pour serrer celle d'Auguste. Une poigne de fer, des doigts larges et des mains fortes, contre celles de mon ami, longues, souples et claires. Il n'a pas changé d'un poil : son nez droit, ses sourcils définis et ses yeux verts, à la fois intimidants et réfléchis. C'est lui. Il n'a pas disparu. Ma bouche est entrouverte, mais rien n'en sort. Le bourdonnement dans ma tête s'est arrêté d'un coup.

Les voix me parviennent de façon trop claire.

— C'est un plaisir de vous revoir, débute Dimitri d'un ton maîtrisé à l'adresse d'Auguste.

— Le sentiment est partagé, répond aimablement le Seigneur.

Je reste plantée comme une imbécile alors qu'il salue Auguste et se retourne vers moi. Dimitri, main armée de la Noble Cause. Toutes ces années à l'Académie, ces lettres, ces mensonges. Quel escroc ! Dans la valse des trahisons et des désillusions, celle-ci me fait l'effet d'un coup sur la tempe.

— Victoire ? Tu te sens bien ?

Je bats des cils, réalisant qu'il me tutoie et qu'Auguste sait. Bien sûr qu'il est au courant. Le Seigneur lève les sourcils. Je me fais violence pour improviser une réponse sans perdre la face :

Tout va bien, dis-je d'un ton prudent.

Auguste en profite pour proposer du thé puis enjoint à notre invité de s'asseoir. Je ne peux décrocher mes pieds du sol. Je prends racine sous le regard insondable de Dimitri. J'aurais aimé sortir de cette pièce avec lui, échapper à cette scène surréaliste pour rattraper le réel, le bombarder de questions, parler de Guilhem, d'Isaac, de mes parents, mais soudain, tout est hors de propos.

Installé en face de moi, Dimitri attend que la conversation débute.

La tentation est trop forte. Je dirige mon pouvoir droit vers lui. J'ai du mal à rester de marbre. Toujours cette sensation de violer un espace privé. Sa voix résonne dans ma tête avec une clarté assourdissante. Il sait et accepte mon intrusion sans broncher.

Je vais bien. Explications. Plus tard.

Des explications, le mot est faible.

— La Noble Cause ne vole pas sa réputation, commente Auguste, satisfait. Nous avons eu du mal à démanteler votre couverture…

Les deux hommes échangent un sourire détendu. Ma gorge est sèche, mon crâne vide. Auguste tourne ses yeux bruns dans ma direction.

— Victoire, enfin, Marie, je serai chargé de ta protection pour les Saisons à venir, m'explique Dimitri. Tu dois savoir qu'il s'agit d'un arrangement particulier.

— En effet.

Je parle à un ami. Je parle à un truand. Je parle à un inconnu.

Pour me donner contenance, j'attrape ma tasse de thé et en sirote une gorgée. Dimitri croise les mains sur son torse. Les deux hommes, face à face, se regardent droit dans les yeux. Le front de mon ami luit.

Une fine pellicule de sueur recouvre son cou. L'air d'ici n'est pas tendre avec les habitants du Nord. Il n'est tendre pour personne.

— Quelle est ta mission jusqu'au mariage ?

— Me familiariser avec les lieux. Baliser le palais et apprendre ta routine pour te suivre dans l'ombre, m'explique Dimitri en me fixant intensément.

Rester près de moi. C'est la première nouvelle, depuis mon arrivée ici, qui me déleste d'un poids.

— Vous ne direz pas non à une suite offerte par la famille Hamilcar, reprend Auguste en faisant tourner le fond de son thé dans sa tasse.

— Avec plaisir, approuve Dimitri, un fin sourire aux lèvres. Ce sera toujours mieux qu'une chambre bon marché à deux pas du port.

Un petit rire fait le tour de la table. Je ne m'y joins pas. Déjà, parce qu'il y a une référence que je ne saisis pas ; ensuite, parce que Dimitri n'est pas amusé. Auguste a le regard de celui qui a gagné. Je crois que le Seigneur a fait de mon ami son prisonnier. Il ne pouvait pas refuser.

La conversation me parvient à travers un brouillard hébété. J'ai encore du mal à croire ce qu'il se passe lorsque nous nous séparons après une révérence et quelques politesses.

Personne dans le palais. À l'extérieur, il fait presque noir. Je fais plusieurs pas, passe mes doigts sur les murs en pierre pour me fixer dans la réalité. Après un instant, je m'arrête. Il faut que je m'y adosse. Le contact froid de la roche me fait frissonner.

Je passe une main dans mes cheveux, expire longuement.

Dimitri est là.

CHAPITRE 40

VICTOIRE

Dimitri devient mon ombre : toujours présent, mais invisible. C'est comme si je voyais sa silhouette partout, mais lorsque je le cherche, il disparaît. De toute façon, ce n'est pas comme si je pouvais discuter avec lui. Cet entretien secret n'était qu'un grain de sable dans la machine bien huilée de l'avant-mariage.

Qui dit mariage de Premiers dit évènement public. Même dans les quartiers pauvres, on organisait des fêtes lors des fiançailles ou des naissances. Les citoyens du Prévoyers sont survoltés. La presse n'attend qu'une chose : des informations. Et c'est ce que nous leur donnons.

Tous les soirs, Isaac et moi avons un rituel. Nous retenons par cœur une histoire. Une histoire qui est censée être la nôtre. Sauf que c'est un scénario inventé de toutes pièces. Il n'est pas question de raconter la vérité. Pas là, alors que nous sommes installés côte à côte sur une méridienne recouverte de coussins colorés, face à quatre journalistes triés sur le volet.

Je porte des vêtements clairs qui me donnent un air innocent. On a poudré mes joues avec un rose doux, recourbé mes cils pour agrandir mes yeux. Isaac a troqué ses costumes noirs pour une tenue ocre foncé qui lui donne une allure plus avenante. C'est un fiancé protecteur, et je suis la petite Tercière tombée par le pouvoir de l'amour dans un conte fantastique.

— Vous venez donc du Prévoyer Eristène, Victoire, s'enthousiasme un des journalistes, un homme moustachu dont la plume enchantée copie notre entretien avec frénésie. Comment êtes-vous arrivée sur le Prévoyer Hamilcar ?

J'adresse un sourire qu'Isaac m'a fait répéter au moins trente fois avant de répondre :

— Notre famille fait du commerce de détail. Mes parents ont souhaité élargir leur activité lorsque j'étais petite, et ils ont décidé de venir ici.

— Une décision sage de la part de commerçants, commente une femme en gribouillant sur son papier.

— C'est vrai ! Le Prévoyer Hamilcar s'est montré bénéfique pour les affaires de ma famille, m'enthousiasmé-je en ayant l'air passionnée par ce que je raconte.

Mes genoux effleurent ceux d'Isaac, qui prend le relais avec une voix trop chaleureuse. Le contact me brûle presque.

— J'ai rencontré Victoire lors d'un dîner organisé par…

Isaac croit dur comme fer à son histoire. Je le regarde comme si raconter ces souvenirs faisait remonter le bonheur et l'amour que nous éprouvons l'un pour l'autre. J'évite de penser à cette soirée interminable où nous avions passé des heures à répéter notre petit mensonge :

— Donc, je viens d'une famille de commerçants ?

— Oui. L'histoire est bien plus crédible ainsi. Les gens croient volontiers les belles histoires, mais ils n'avalent pas tout. Les bidonvilles d'Enathon, c'est trop gros et trop défavorisé pour ce mensonge.

J'avais souri jaune marron avant de répliquer :

— Je suis désolée de ne pas faire partie des citoyens les plus désirables.

Une gifle rhétorique qu'il avait retoquée d'un « ne le prends pas personnellement » désintéressé.

Et même si ça me tue, il avait alors raison : la presse sort enchantée de cet entretien qu'elle qualifie « des plus intimistes » dans ses unes exaltées. Les matins suivants, je me lève avec une foule grouillante toujours plus nombreuse face aux grilles du palais. Isaac n'en a que faire.

Au fur et à mesure que la journée avance, la foule s'éparpille devant les grilles. En fin de journée, il n'y a, en général, plus personne pour tenter de m'apercevoir. Je peux m'accouder au balcon et écouter le coassement des grenouilles dans l'étang du jardin. J'y suis tranquille. Seule.

Sauf ce soir.

Des bruits de pas. Assurés, plutôt lourds. Isaac, malgré sa démarche sans finesse, ne fait pas de bruit lorsqu'il me rejoint sur le balcon. Parfaitement coiffé, habillé au millimètre, il lève une main. Mon estomac flotte un instant. Nous voilà isolés du temps.

— Tu t'es bien débrouillée lors de l'entretien. Félicitations.

Je le trouve impassible, comme à son habitude. Il me regarde, l'air satisfait. Son menton est levé plus haut et de petites rides naissent au coin de ses yeux noirs. Je me sens comme un animal qu'on félicite après un tour. Le silence est ma meilleure défense. Il s'en fiche. D'ailleurs, depuis quelque temps, il me tutoie. Sa façon d'être proche de moi, j'imagine.

—Tu t'adaptes vite, pour une Tercière. Le mariage est une formalité déplaisante, mais elle est primordiale pour donner du sens à ta voix.

Mes épaules se tendent, ma poitrine chauffe.

— La mort de tes parents ne restera pas impunie. Nous avons une chance de décider du futur du Continent.

Je suis une poupée jetable.

— Tu as fait le bon choix, ajoute-t-il, interprétant mon silence pour une invitation à aggraver son cas.

— Ton esprit est si étriqué ! sifflé-je. Dans ta tête, tout fonctionne comme les rouages de tes horloges que tu maîtrises si bien. Tu crois que je n'aimerais pas être ailleurs que sur ce balcon en train de me demander si je m'appelle Victoire ou Marie, de me demander si je suis une imposture ? Tu crois que je n'aurais pas rêvé autre chose pour ma vie que d'échafauder des stratégies contre une famille de Premiers cinglée ? Tu crois que ça me rend heureuse de choisir une robe de mariée dont je me contrefous pour quelqu'un que je n'aime pas ?

Isaac, interloqué, ne pipe mot. Son incompréhension nourrit ma violence intérieure. Il fait un pas vers moi, blessé ou peut-être piqué. Il est malhabile, incapable de ressentir. Un Horloger prisonnier de son mécanisme, froid et rigide. Mon cœur se vide et fond dans un miel visqueux.

— Tu as accepté le marché que nous t'avons proposé, rétorque-t-il d'une voix glaciale. Il inclut des responsabilités que tu dois assumer.

Ses sourcils froncés accentuent le tranchant de son regard. Il n'a pas choisi le bon jour pour jouer avec moi.

— Baratiner le couplet de l'autorité ne marche pas, Isaac. Je n'écouterai pas tes leçons de fils de Premier assis sur son petit trône…

Comme mus par la même force, nous nous approchons d'une enjambée. Je lui adresse un regard à découper la rambarde. Isaac se penche vers moi dans une posture d'intimidation. Je jette mon dévolu sur lui et projette le serpent dans mon crâne sur le sien. Je me heurte à cette barrière impénétrable. Mords. Frappe dedans. La sent plier sous mon agression. Les lèvres d'Isaac se tordent en un rictus dérangé. Bien. Très bien.

— … alors avec tes remarques de merde, tu peux aller te faire voir ! lui craché-je au visage, prise d'une rage que je n'avais jamais exprimée.

— Les changements et les sacrifices font partie du contrat. Tu as changé de monde, Victoire. Tes sentiments et tes caprices de pauvre fille abandonnée n'y feront rien.

Une réplique, et le vent a tourné. Isaac, c'est la glace dans mon verre d'alcool. La goutte qui gèle tout, même l'âme. Même la rage.

Je peux sentir son souffle sur mes joues. Cette sensation que je déteste, qui s'accentue lorsqu'il expire brusquement. Je ne veux pas mourir congelée.

Le bruit que fait mon poing lorsqu'il entre en contact avec sa joue résonne dans la bulle mate et cotonneuse du temps suspendu. J'ai chaud. La sueur imbibe mes cheveux, coule sur ma nuque, entre mon dos et mon corset.

Passé la surprise, Isaac me saisit le poignet avec une force désinvolte. Il ne veut pas me faire mal. Il serait incapable d'accueillir la rage qui râle dans mes entrailles.

— Dégage, Isaac.

Il doit rassembler toute la patience présente dans le palais pour me lâcher. Je masse mon poignet engourdi, rabats les mèches tombées sur mon visage. Isaac, lui, regarde sa main, mon visage rougi puis la ville étendue à nos pieds. Son expression se ferme.

— Je te déconseille de recommencer ce que tu viens de faire. Peut-être que Marie saura comprendre.

Sans un mot, il tourne les talons et traverse le rideau.

Ma colère fond comme un sac de glace laissé dehors en plein été. J'ai la tête qui tourne et du mal à tenir debout. Puis la marée déferle, me submerge d'une frustration infinie. Je dois m'adosser au muret du balcon pour ne pas me noyer. Un sanglot incontrôlé sort de ma gorge. J'enfouis mon visage dans mes mains et me recroqueville.

Je suis censée être forte. Être une Première. Une nouvelle personne avec des pouvoirs. Renverser les Eristène. Amener la justice. Sauver mon frère. Mais je ne sais pas où je vais. Ici, je n'ai aucun pouvoir.

Ma vie ne m'appartient plus.

CHAPITRE 41

VICTOIRE

À trois jours de la cérémonie, le Palais court partout d'un air paniqué parce que rien n'est prêt. Le peuple, lui, a les yeux braqués sur les cadeaux de mariage.

Isaac et moi sommes installés sous un des kiosques des jardins. Le lierre qui épouse les piliers de pierre donne un côté intimiste à la scène. Ce serait le cas si la décoration du lieu n'avait pas été pensée de fond en comble. Les fleurs en bouquets, l'énorme tas de boîtes et d'enveloppes enrobées de soie brillante, la quinzaine de domestiques alignés à côté pour répondre à nos demandes : il n'y a rien de spontané dans ce décor.

Comme l'exige la tradition, les cadeaux de mariage ont été envoyés par les invités avant leur arrivée. Aujourd'hui, leur contenu sera jugé et décortiqué par toute la presse sous ce kiosque.

Mon estomac s'est serré lorsque Isaac est arrivé. Malgré le maquillage qu'il a appliqué sur son visage, je vois les teintes décolorées d'un bleu sur sa joue. Nous nous sommes retrouvés comme deux amoureux en représentation, mais la froideur de ses yeux lorsqu'il me regarde est éloquente.

— Cette lettre vient de la part de la famille Litréans, commente Isaac en prenant parmi la pile devant lui une missive délicatement ornée.

Il en décachette le sceau gravé d'un bélier et nous nous penchons sur son contenu tels deux élèves studieux.

— Il s'agit d'une promesse d'offre... pour une maison sur le Prévoyer Litréans !

Ma surprise est sincère. Les journalistes s'exclament. Le jeune Premier prend un air étonné, avant d'adresser un signe de tête respectueux à l'assemblée. Comme si les Litréans en personne étaient là.

— Il s'agit d'un immense honneur venant de Théodore et Erica. Nous ne manquerons pas d'utiliser ce pied-à-terre pour leur rendre visite.

— Voilà de quoi nous rassurer sur vos relations avec les Litréans ! plaisante une journaliste.

L'assemblée rit. Les cadeaux s'enchaînent. Je fais semblant d'être humble et honorée, alors que je ne connais aucun des mécènes ayant participé à ce gros tas plein de nœuds.

Isaac choisit un énième présent puis se rassoit à mes côtés. Au lieu de l'ouvrir, il me le tend. Je regarde le paquet, l'assemblée qui retient son souffle, puis Isaac, qui feint la satisfaction.

— Considère ce présent comme un cadeau de ma part, me confie-t-il d'une voix juste assez forte pour porter dans le kiosque. Bienvenue dans la famille, Victoire.

Avec délicatesse, je prends le paquet en soie blanche de ses mains et en déshabille le tissu avec l'élégance qu'exige l'étiquette. Une boîte en velours sombre, légère mais solide, se trouve en dessous. On me demande de vite l'ouvrir. Je joue le jeu. Les côtés du coffret sont gravés de motifs floraux autour desquels s'enroule un mamba noir.

Un mamba noir.

Je ravale ma salive. Le contact de mes pieds contre le sol m'aide à rester sur terre. Je me revois dans les bibliothèques du palais, aux côtés d'Abraham. La porte dérobée. Je dois me faire violence pour ne pas hoqueter. Je connais ce symbole oublié. D'autres le connaissent aussi.

Je joue avec le verrou de la boîte, déploie le battant.

Le bracelet de bras qui se trouve à l'intérieur scintille. Couleur d'or, il est posé dans son écrin. On dirait qu'il n'a jamais été mis. C'est un serpent qui s'enroule sur lui-même. L'objet est magnifique. Mais surtout, ce n'est pas un cadeau de mariage.

Je redresse la tête et plante mon regard dans celui d'Abraham, installé à l'ombre avec d'autres domestiques. Il me le rend sans ciller.

— Ma Dame ?

Une des journalistes manque de me faire sursauter.

Rien ne me vient, alors je joue l'émotive muette. Je sors le bracelet de son coffret et fais jouer la lumière sur les écailles du serpent.

Un murmure ébahi traverse l'assemblée. Je tourne la tête vers Isaac. Il tient à merveille son expression heureuse. Je lui renvoie un sourire aussi faux que notre histoire.

— Merci infiniment, Isaac.

Je porterai ce bijou à mon mariage.

J'espère que les Eristène sont amateurs de bijoux. Et de serpent.

Je suis enfermée. On ne me confine pas de force, mais c'est tout comme.

Après la dernière entrevue, nous avons eu une conversation avec Auguste. Une conversation durant laquelle j'ai compris que me mêler au flot des Premiers sans réfléchir était inconscient. Les six Maisons seront réunies. Les Eristène seront présents.

En tant que Tercière, je serais un appât jeté dans un étang rempli de brochets. Et puis il faut dire que m'introduire au dernier moment garantit le coup de théâtre. Les Hamilcar sont ravis.

La peur passée, j'ai réalisé que depuis le balcon de ma chambre, personne ne me voyait. Je suis aux premières loges pour assister à l'arrivée des invités. Les cinq Maisons ont fait leur entrée en grandes pompes. Les diligences se retrouvaient bloquées par le peuple aux grilles du palais, qui cherchait à voir et à parler aux Premiers. Godrick et Anastasia Blustrode sont descendus prendre un bain de foule. Il a fallu faire intervenir les gardes pour qu'ils puissent entrer. Il y avait les filles Hafferyn, qui n'avaient pas l'air d'apprécier Isaac. Théodore, qui, sitôt descendu, a fait se redresser tous les domestiques postés dehors.

Je suis partie lorsque j'ai aperçu le blason de la famille Eristène.

Isaac avait raison : je n'ai aucune idée du monde dans lequel je plonge. Je racle la pierre de la rambarde du bout des ongles pour ne pas souffler. Dormir, prendre son bain, respirer dans les mêmes appartements que lui me fait l'effet d'une marmite sous pression.

— Les Eristène sont là.

Je me retourne, surprise, pour voir Dimitri émerger depuis l'entrée des bains. Il a quitté son veston pour ne pas avoir trop chaud : même sa chemise ne l'empêche pas de transpirer.

— Comment tu as fait pour…

— Les Hamilcar sont en bas pour accueillir leurs homologues. Une partie de la garde est avec eux. Esquiver deux types assommés par la chaleur en faction devant une porte, je sais faire, m'explique-t-il en passant ses mains dans ses poches.

— Bien sûr, dis-je sans pouvoir réprimer un sourire. Tu n'as pas quitté le palais depuis… ?

— Non, affirme mon ami.

— Tu es prisonnier ici.

Dimitri hausse les épaules.

— On peut dire ça comme ça. Mais je m'y attendais. Auguste n'est pas assez bête pour me laisser en liberté.

Le silence s'installe. Je vois ses iris verts détailler les alentours en même temps qu'il me parle. J'ai toujours vu Dimitri comme quelqu'un d'observateur. Si j'avais su !

— Depuis le début, tu nous as truandés. Tu fais partie de la Noble Cause.

— Nos activités nous permettent d'alimenter les hospices du Prévoyer Litréans en premiers soins.

— Des activités parfaitement légales, rétorqué-je.

— Tous nos casinos paient leurs impôts rubis sur l'ongle.

— Avec quel argent ?

— Je ne te le dirai pas.

Nous échangeons un regard. Dimitri esquisse un sourire. Je ne sais pas trop pourquoi, mais je lui rends.

— Le monde est petit, hein ?

Je hoche la tête. Il reprend.

— Même si je l'avais voulu, je n'aurais pu te révéler quoi que ce soit. Mon intention n'était pas de vous nuire.

Sa posture est détendue mais alerte, son expression neutre. Je le connais assez pour savoir qu'il ne ment pas.

— Je m'en doute, commenté-je en m'asseyant dans un fauteuil trop mou. En arrivant ici, j'ai appris que tu avais disparu. Qu'est-ce que tu as fait ?

— C'était un coup monté. J'ai une mission à remplir pour Craig, mais ma couverture a sauté. Auguste a besoin de nous. J'en ai profité pour négocier un accord.

Je me passe une main sur le visage.

— Par le Destin.

— C'est la vérité. Le Destin n'existe pas.

— Je te crois.

Avec la chaleur, quelques mèches de mes cheveux se collent sur mon front. Je les replace dans l'espoir qu'ils se tiennent, en profite pour me masser les tempes.

— Qu'est-ce que tu fais avec la Noble Cause ?

Dimitri lève les mains.

— J'ai rejoint la Noble Cause durant mon enfance. J'ai grandi à Milantal.

— Tu m'as parlé de ta mère, pourtant, tiqué-je. Je croyais qu'elle avait disparu plus tard.

— Elle est morte quand j'étais petit. Mon père a suivi quelques années après.

Un instant de silence. Il poursuit :

— Ma mère est décédée suite à un accident. Mon père était alcoolique.

— Tu as eu une enfance joyeuse.

— Ça aurait pu être pire, commente mon ami pour alléger le poids de la conversation.

— Je ne suis pas du tout convaincue.

Mon ami entrouvre la bouche, la referme, passe une main sur sa cicatrice, rouvre la bouche.

— Un point pour toi, cède-t-il d'un air tellement sérieux que c'en est presque comique.

Je me retiens de pouffer. Ça faisait longtemps. Trop longtemps.

— Je viens du Prévoyer Eristène, Dimitri. Ce que fait la Noble Cause chez les Litréans, je n'en ai aucune idée. J'ai entendu parler de vous, et pas en bien. Tu es arrivé comme une fleur, clairement pas là où je t'attendais. Mais précisément là où j'avais le plus besoin de quelqu'un de familier.

Je souris tristement. Une minute passe. Je laisse venir Dimitri.

— Dois-je te féliciter pour ton mariage ?

— Il paraît que c'est la tradition.

Nos regards se croisent.

— Tu es au courant de tout, c'est ça ? lui demandé-je en serrant les lèvres.

— Oui.

Nous restons tous les deux à écouter les éclats de voix au-dehors. Des pas pressés résonnent dans les couloirs. Deux domestiques se disputent en s'éloignant. Leurs paroles meurent, emportées par les échos.

— Guilhem me manque, dit Dimitri. Je n'ai aucune idée de comment le sortir de là où il est.

Et mon cœur de se nouer plus fort encore.

— Il me manque aussi. Mais je crois avoir désormais un atout diplomatique.

— Si Théodore n'a rien à y gagner…

— Les Hamilcar savent que c'est mon frère, statué-je en serrant les poings.

Je détourne le regard. Ces appartements me semblent immenses, ce fauteuil trop grand. Même Dimitri m'a l'air loin, alors qu'il se tient à côté.

— Dans quelques jours, tu seras une Première. Tu as accepté cette partie de toi, il va falloir l'assumer. Mais tu vas gagner du pouvoir. Beaucoup de pouvoir. Et une voix. Parce que ces gens en bas, ils t'écouteront, même si c'est pour voir la dernière bête de foire intronisée dans leur petit monde. Tu seras *leur égale*. Que ça leur plaise ou non.

L'égale d'Auguste. L'égale des Eristène. L'égale de Marie.

— Tu vas forcément te rendre sur le Prévoyer Litréans. Le procès, c'est la seule façon de flinguer des Premiers sans déclencher une autre guerre. Le palais militaire est sur le Prévoyer de Théodore. Tu le sais. Les Litréans et les Hamilcar ne sont pas tes amis, mais ils peuvent t'emmener à destination. Si tu désires libérer Guilhem, trouve une combine qui leur profite. Le peuple verra une Tercière qui s'élève pour faire justice. Tu seras adorée. La Couleuvre travaille pour les Hamilcar, mais elle a toujours appartenu aux Domitia. Et la Noble Cause, ici, c'est moi.

Je finis par me tourner à nouveau vers Dimitri, entrelaçant mes doigts. Il me surplombe, les yeux luisants. Son énergie me fait redresser les épaules et déplier mon dos.

— Demain, tu noueras le ruban rouge avec Isaac. Tu verras tes ennemis face à face. Et ils ne pourront rien faire. Ils se contenteront de te regarder te hisser à leur niveau. Toi, tu auras toutes les cartes en main. Pour te venger. Pour retrouver ton identité. Pour protéger ton frère. Peu importe ce que tu veux. Tu pourras le faire, et tu ne seras pas seule.

Je pose un bras sur l'accoudoir. Le tapis sous mes pieds dessine de larges feuilles qui ondulent sous la brise. Le mouvement m'hypnotise un instant. Je me tourne vers mon ami. La pièce a retrouvé sa taille normale. Ma poitrine se serre un instant. Mes pensées passent par le carnet, par mes parents, par moi. Je prends une inspiration qui calme la machine en surchauffe dans mon crâne.

Dimitri est une éternelle statue. Presque aussi solide que le porte-bonheur de Guilhem. Un soldat de bois avec une détermination de fer.

Je suis la poudre du canon.

CHAPITRE 42

VICTOIRE

— Ton cadeau fait jaser la presse et grincer des dents chez les Premiers, Théodore. Tu en as fait trop.

— Il serait bien plus suspect de vous loger au palais lorsque vos allers-retours se feront plus nombreux, Maïa. Cette maison est le pied-à-terre idéal pour ne pas soulever plus de questions. Tâchons de nous montrer amicaux, mais moins proches qu'à l'accoutumée.

— Tu as raison. Comment tenez-vous le coup, avec Erica ?

— Nous faisons avec. Le temps passe de façon étrange lorsqu'on a perdu un enfant…

Maïa et Théodore ont la même voix : un timbre posé qui n'accepte pas la remise en question. J'imagine que c'est de famille.

Seule dans le boudoir où je m'apprête à être habillée, j'écoute les deux Premiers discuter derrière le rideau épais qui mène à un couloir discret. Ils ne veulent pas être aperçus ensemble. L'acoustique du palais est bien faite : je n'arrive à capter que quelques bribes de leur conversation.

J'évite de jeter un regard par-delà le balcon : il n'est pas question que les journalistes, qui tournent comme des mouches autour des Premiers, m'aperçoivent. Je dois rester invisible jusqu'à la cérémonie.

Je m'éloigne de mon lieu d'espionnage au moment où quatre tailleurs entrent avec grand fracas. On me déshabille avec précaution tout en enduisant mes cheveux d'une huile légère à l'odeur d'orange. Puis commence l'habillage. Je n'ai jamais été aussi apprêtée de ma vie. On m'ajoute couche par couche une crème pour la peau, un baume à lèvres doux, des paillettes discrètes, des épingles dans les cheveux, des couches de tissu et de dentelle brodés de fils d'or.

À travers le miroir qui me fait face, je suis un immense gâteau qu'on glace comme une œuvre d'art.

Ma peau scintille. J'ai la sensation que mon visage, mes cheveux n'ont jamais été aussi éclatants et en bonne santé. C'est horriblement faux, mais très agréable.

Lorsque la dernière touche de poudre est déposée et que toutes les aiguilles ont été retirées de ma robe, les domestiques m'adressent une révérence et sortent sans un mot. Le silence retombe dans la pièce. En attendant que l'on vienne me chercher, je m'admire.

Toutes les coutures, de mes jupons à mon corset, sont cousues d'or. La longue broche qui orne les boucles complexes de mes cheveux est fixée par une vingtaine d'épingles au bas mot. Mes ongles sont limés et soigneusement vernis. Si la légèreté avait une apparence, ce serait celle de ma robe, fastueuse et épurée à la fois. Blanc, or, argent : trois teintes déclinées sur le tissu, qui s'entremêlent et s'harmonisent en fonction de mes mouvements. Si ça avait été moi, j'aurais ajouté du rouge.

J'esquisse un mouvement d'épaule, laissant glisser le voile naissant dans mes cheveux jusqu'au milieu de mon dos. Je suis magnifique. C'est presque ironique d'être aussi belle pour épouser un homme que l'on n'aime pas.

Avec précaution, je descends de mon piédestal et passe devant le miroir sur pied. Sur un meuble adossé au mur s'empilent des dizaines de boîtes contenant des bijoux plus élégants les uns que les autres. J'ai demandé à les choisir moi-même. C'est la seule chose sur laquelle je n'ai pas cédé.

Pour faire bonne figure, je sertis mes oreilles de pendentifs en forme de goutte. Je ne connais pas la pierre qui les compose, mais elle est presque translucide et elle scintille à la lumière. Sans regarder le reste, j'ouvre d'une main le coffret en velours sombre que j'ai fait apporter. Le serpent y niche, intouché depuis l'entrevue. En le regardant, je ne peux m'empêcher de remercier Abraham silencieusement. De tout ce qu'il a fait, c'est ce qui compte le plus pour moi. Je le glisse à mon bras droit. Il prend place comme une évidence.

Aujourd'hui, je m'éloigne de Victoire pour devenir un peu plus Marie.

Les feuilles des arbres ont jauni. La Saison des Feuilles Mortes pointe déjà le bout de son nez. Je regarde les végétaux danser derrière une haie immense qui me sépare de mon Destin.

Un domestique plus stressé que moi remet en place quelques mèches qui se sont délogées de ma coiffure. Je passe les mains sur ma robe, sens la douceur de l'étoffe sur ma peau. Derrière la haie, après une allée bordée de cascades de fleurs et de pierres immaculées qui émergent de l'herbe tendre, un amphithéâtre construit au milieu des jardins. Il compte plus de cent cinquante places, où sont regroupés les invités. Un Peintre aurait de sacrés croquis à faire. Je crois qu'il n'y a jamais autant de hauts placés rassemblés dans un même endroit. Cette fois, ils viennent pour les Hamilcar. Pour moi.

Je ne fais pas l'unanimité. Ni chez les Premiers, ni chez les Seconds. Et je m'en contrefous. S'ils savaient que je viens m'enrouler autour de leur gorge pour leur serrer le cou, ils parleraient moins et prieraient plus haut.

Le domestique qui s'occupait de mes cheveux s'écarte et s'écrase entre les buissons. Je ferme les yeux, respire l'odeur un peu sèche de la végétation. J'attends la voix qui me donnera le signal.

— … s'unir en ce jour à Victoire et faire bénir cette alliance par le Destin.

Les mots du Témoin prévoyal résonnent entre mes oreilles. Un pas après l'autre, je manœuvre avec mes talons dans l'herbe et m'engage dans l'allée.

Le temps est magnifique, la température idéale. J'avance avec un rythme calculé que j'ai répété des dizaines de fois. Entre le soleil qui filtre parmi les branches et la blancheur de mon voile, je dois ressembler à une apparition tombée du ciel.

Lorsque je pose un pied dans l'amphithéâtre, un vol de colombes s'enfuit. Les spectateurs plantent leurs yeux dans ma peau. Victoire. La Tercière sortie de nulle part. Celle qu'ils attendent tous. Je me concentre sur le bracelet à mon bras droit et la silhouette d'Isaac à quelques mètres pour avancer la tête haute.

Partout dans les gradins, des cascades végétales en pots déversent leurs fleurs sur les pierres et le sol. Les branches des fourrés sont recouvertes de rubans de toutes les couleurs. Autant de vœux de bonheur accrochés pour les mariés, qui virevoltent sous un vent un peu frais.

Quand je rejoins Isaac, un silence de mort règne dans l'assemblée. Il n'y a que le doux son d'une harpe pour remplir l'espace. Me voilà encerclée par le monde des Premiers au grand complet. Un pigeon dans une volière de rapaces.

Isaac porte un costume blanc qui fait ressortir les teintes dorées de sa peau et ses yeux noirs comme la nuit. Je n'ai pas l'habitude de le voir habillé avec autre chose que des vêtements sombres. Les couleurs claires lui vont bien. Ce qui ne l'empêche pas de me regarder comme s'il n'avait pas envie de me voir. Je garde la face. Cela fait plusieurs jours que nous ne nous sommes pas parlé. J'ai fait semblant de dormir le soir quand il revenait. Il s'est levé aux aurores pour ne pas me croiser le matin. J'ai vérifié tous mes trajets pour être sûre de ne pas tomber sur lui. Maintenant, je ne peux plus l'éviter. Il doit penser la même chose. On dirait qu'il ne réalise pas, ou qu'il ne veut pas vivre le moment. Il fallait y penser avant de se retrouver devant le fait accompli. Ça n'est pas mon problème.

Nous sommes là, debout, au cœur de l'amphithéâtre, le centre du monde le temps d'un après-midi. Le Témoin prévoyal qui se tient à nos côtés récite le bonheur du mariage. Je l'écoute à moitié. Sa voix claire et pleine d'expérience m'apporte un réconfort illusoire. Comme si tout ce qui devait être se réalisait comme prévu. Je pense aux Haras, à Thalya, à mes parents, et j'ai l'impression d'être un brin d'herbe malmené par le vent au milieu d'une plaine. Je ne sais pas quelle est la place que le Destin m'a prévue. Je le sais encore moins que pendant l'Académie.

Je parcours du regard l'assemblée, observe les gens.

Les Litréans, installés loin des Hamilcar pour préserver l'illusion. Auguste et Maïa, au premier rang, qui nous observent comme si tout allait pour le mieux. Mes yeux glissent à leurs côtés.

Les Eristène. Au grand complet.

Mon corset me serre. L'air me manque. Ma peau devient moite, le bracelet que je porte à mon bras me démange.

Marie Eristène me fixe d'un air absent. On dirait qu'elle n'est pas là. Je ne l'avais pas remarquée. Petite et plus menue que moi, elle n'inspire rien. Un fantôme dans un courant d'air. Sa chevelure droite, sombre, est ramenée en plusieurs mèches à l'arrière, qui doivent être tressées. Avec son petit nez et sa robe en tulle bleu pâle, elle se fond parfaitement dans l'assemblée. La Première idéale. Moi. Elle, surtout.

C'est donc à cela que ressemble mon reflet. Ce reflet qui sait, ou pas. Qui a hérité d'une vie à ma place. Qui est moi, mais pas complètement. Je l'ai tellement imaginé. Le retrouver en chair et en os me paraît irréel.

Je suis à deux doigts de me sentir partir quand mon reflet fronce les sourcils. Droit et distingué, il se penche en avant et regarde vers la gauche d'un air curieux, plus loin que sa voisine, Bianca Eristène. Je parcours la brochette de spectateurs avides. David Eristène échange quelques mots avec son père. Une sueur froide me descend le long du dos jusqu'aux talons. La voix du Témoin prévoyal devient trop forte.

— Le Destin est notre guide, et ce depuis l'aube de notre vie. Il est dans chacun de nos pas, chacun de nos gestes…

Je ravale ma salive. Ce n'est pas le moment. Ma vue se brouille, redevient nette. Isaac remue de façon imperceptible. Personne n'a l'air de remarquer quoi que ce soit. Mais moi, je n'ai d'yeux que pour Goliath. Le monstre.

Impossible de lui donner un âge. Courbé sur le banc de pierre couleur crème, il a des yeux si clairs que j'ai peur de les regarder. Son fils, David, a bien quarante ans de moins que lui, mais il ressemble à un bout de bois à côté. Son visage est à la fois ridé et sans âge. On raconte que les Eristène sont capables d'insuffler la vie, mais aussi de prolonger la leur. Quel âge a-t-il ?

— … et nous guidera jusqu'à notre crépuscule. Cette vie, que vous passerez ensemble, est le choix qu'il a tracé dans les sillons de vos chemins.

De ses mains courtes et osseuses, il tient une canne blanche. Sa barbe grise est encore plus longue que celle d'Abraham. Il a des fils mauves cousus dedans. La couleur de sa Maison. Je serre les dents. Il est si vieux, si fragile. Je n'éprouve aucune sympathie pour lui. Il a massacré ma famille. Il a pourchassé et exterminé des dizaines de personnes.

Je le tuerais, là, si je le pouvais.

D'instinct, je cherche Abraham.

— À partir d'aujourd'hui, vous tracez ensemble cette nouvelle route, dont seul le futur porte le sens…

Mon ancien mentor se tient droit, assis sur la dernière rangée, à côté de quelques domestiques triés sur le volet. Nos regards se croisent. Cette fois-ci, je le soutiens. Il a l'air inquiet. Je secoue la tête avec douceur, dégageant mon voile de mes épaules. Mon bracelet scintille dans le coin de mon champ de vision. Impossible de le rater.

Goliath a ses yeux plantés dans les miens.

Il a l'air interdit. Mais pas fragile, l'enfoiré maudit, car je sens quelque chose me comprimer les poumons. Je sais ce que c'est. Je sais que ça vient de lui.

Je ravale les larmes qui menacent de monter et, puisant en moi concentration et précision, j'attaque son esprit avec le même serpent que celui qui loge à mon bras, plus puissant et plus venimeux. Dès que je l'atteins, je force, j'assaille le mur autour de lui.

Il se plie sur son siège, serre sa canne à s'en démettre les doigts, mais ne cille pas. Maintenant, il sait. Et il sait que je sais. Notre petit numéro est passé inaperçu. Nous venons lui et moi de poser nos pions sur l'échiquier. Ma dame a pris l'ascendant sur son fou. Que le jeu commence.

— … Vous scellez ainsi votre union par le fil rouge qui relie vos vies…

Je lève les mains. Isaac fait de même, et nous entrelaçons nos doigts. Le contact semble le raidir. Par réflexe, je serre les siens. Nous avons tous les deux la peau moite.

Je me sens fébrile. Les murmures s'amplifient un instant, puis se taisent tous.

Le Témoin prévoyal décroche le ruban en satin rouge qui sert à nouer son col. Alors qu'il le passe entre les doigts d'Isaac puis les miens, j'adresse une prière au Destin. Pour Guilhem, mon frère, que je sauverai. Pour mes parents, ceux qui m'ont élevée et les vrais, que je n'ai jamais vus. Pour les membres de la Couleuvre morts par la folie d'un seul homme. Pour les venger. Pour reprendre la place qui m'appartient. Pour être une Première, une Domitia, une Immiscée, et plus une gamine paumée qui fait profil bas. Pour faire justice.

— … Votre nom est désormais Victoire Hamilcar. Je vous déclare unis sous l'égide du Destin !

L'homme laisse couler le ruban sur notre peau jusqu'à ce qu'il tombe au sol. Une brise se lève et fait virevolter les pétales des fleurs en cascade. Je redresse le menton, croise le regard d'Isaac. Il me prend la main avec douceur, et nous nous tournons tous les deux vers le public.

L'amphithéâtre se lève comme un seul homme et applaudit à tout rompre dans une liesse de fin du monde.

Dans le prochain épisode du *Monde des Premiers*...

Coup du sort en coulisse !

Les Eristène sont aux abois !

Alors que Goliath dominait depuis plus de vingt ans l'échiquier du Continent en coulisse et dézinguait en toute impunité ses opposants, les Hamilcar viennent de rafler la mise sur un véritable coup de génie ! La pièce maîtresse du complot « Domitia » s'est fait la malle, et c'est Auguste qui tire le gros lot : Victoire, qui n'est autre que la vraie Marie Domitia, entre dans la famille Hamilcar aux bras d'Isaac... Une union qui met de la poudre dans les couloirs proprets du palais royal !

Forte de sa nouvelle identité et de son statut de Première, Victoire a désormais toutes les cartes en main pour faire éclater la vérité ! Mais osera-t-elle faire tomber Marie, l'innocente Imposteur, et la condamner à une vie de misère au nom d'une loi du Talion souveraine ?

Quelles terribles épreuves attendent nos héros sur le chemin de la justice et de la vengeance ?

Guilhem, prisonnier malheureux et bouc émissaire des Litréans, sera-t-il innocenté ?

Dimitri profitera-t-il de ses entrées chez les Hamilcar pour introduire la Noble Cause plus avant dans les ports et les bas-fonds du Continent ?

Goliath et David resteront-ils les bras croisés devant la débâcle programmée ?

Tout et plus encore dans l'incroyable tome 2 du *Monde des Premiers* !

Remerciements

Me voilà assise à mon bureau, à tremper des Mikado dans de la pâte à tartiner pour calmer cette peur viscérale d'oublier des gens au milieu d'un espace jamais assez grand pour exprimer ma gratitude.

Parce que *Le Monde des Premiers*, c'est un récit que j'ai écrit pour survivre. M'évader était le seul moyen, à l'époque, de ne pas craquer. Puis, je me suis rendu compte que gratter des histoires, c'était sympa. Alors je l'ai publiée sur Wattpad. Et depuis, tout s'est enchaîné.

Tout d'abord, parce que c'est une évidence, merci à Stéphanie Chabert, à la fois éditrice et mentor, pour m'avoir donné ma chance et avoir accompagné la novice que je suis sur le chemin de l'édition. Je n'oublierai jamais ce petit message, reçu au milieu d'un bus bondé en plein mois de mai. D'une certaine manière, tu as changé ma vie. Et ça, je m'en souviendrai.

Merci également aux éditions Mnémos qui ont choisi de faire confiance à mon projet lorsqu'il n'était encore qu'une histoire partielle sur internet. Merci aussi à Nathalie, pour votre gentillesse dans nos échanges de mail et votre patience face à mes (nombreuses) questions.

Louise, il m'est impossible de ne pas t'inclure dans cette section. Toi et moi, on a commencé ensemble. On a été beaucoup trop fans l'une de l'autre, on a passé des soirées de folie à s'entre-corriger et à se taper nos meilleures barres. Tu es ce qui se rapproche le plus d'une âme sœur littéraire. Si ce bouquin en est là, c'est en grande partie grâce à toi. On se retrouvera sur les étagères.

Avec toi, il y a la fine équipe, la crème des bêta-lectrices-trop-cools-que-j'aime, qui ont permis au *Monde des Premiers* de devenir une véritable histoire. Alors merci à Camille, Léna et Svetlana d'être là depuis tout ce temps. Vous êtes devenues de vraies amies d'internet et en plus, vous avez la trace de toutes les anciennes versions gênantes. Je vous propose des négociations de paix sous peu.

J'en profite également pour faire une dédicace au meilleur groupe d'écriture du monde, j'ai nommé celui du serveur Wattpad français. Vous êtes les meilleurs. Promis, je reviendrai gratter le second tome avec vous.

Il me faut aussi mentionner les gens extraordinaires que j'ai rencontrés sur Instagram, cet antre mystérieux où des milliers de personnes se retrouvent chaque jour pour vénérer du papier. Quitte à brûler les yeux de ceux qui ne connaissent pas ces pseudonymes, merci à Camille Endell, CinderWhite, la.lea.des.mots, mirusmirage, telleva2003, et tant d'autres que j'ai sûrement oubliés mais qui se reconnaîtront sans problème. Votre enthousiasme et votre bienveillance me rappellent chaque jour pourquoi j'écris. Adélie, tu es là depuis les prémices de ce livre. Ton esprit et ton intelligence viendront à bout de tous les obstacles sur ton chemin. Ne doute jamais de toi.

Et comme la vie, ce n'est pas que les écrans, n'en déplaise aux baby-boomers persuadés de l'originalité de leur humour, je veux aussi remercier les proches qui ont rendu ce petit miracle possible.

À Laura, Romane, Lucie et Nadya : sans vous, je ne serais peut-être pas là aujourd'hui. Je sais. Vous savez. Nous savons. Vous faites partie des pierres précieuses de ma vie, peu importe la distance.

Céline, Lorraine, Younès, Ugo, vous avez été mes amis et mes guides, jamais à court d'encouragements et de rires, durant ces trois années en école d'ingénieur. Merci de les avoir rendues si belles. Et bien sûr, un grand merci aux amis du Bureau Des Arts. Vous êtes des copains en or. Vivement le prochain week-end !

Mathilde, Laure, Morgane, Tristan, Amaury : à toutes ces soirées au bar, ces galères de CM, ces fous rires et ces incroyables souvenirs du Canada. Sans vous, la fac aurait été bien fade.

Esther, tu te coltines mes manuscrits depuis le lycée sans jamais te lasser. Tu es une lectrice de cœur. Merci, vraiment.

Antoine, tu m'as vue passer des heures devant mon clavier à questionner mon existence. Tu m'as raisonnée, écoutée, soutenue, et tu continues de le faire sans que jamais je n'en doute. Je t'aime.

Je suis quasiment sûre d'avoir oublié des gens, et j'espère que vous ne m'en tiendrez pas rigueur. Quoi qu'il en soit, merci.

Et enfin, merci à vous, lecteurs et lectrices, de tenir cet ouvrage entre vos mains. J'espère que cette histoire vous aura transportés et fait rêver comme elle me porte depuis toutes ces années. Si *Le Monde des Premiers* existe, c'est en partie grâce à vous désormais. Il y a un morceau de cet univers en chacune de vos âmes.

Puisse le Destin illuminer votre chemin.

Lucie

Achevé d'imprimer en mars 2022
par Smilkov
Imprimé en UE